뚜벅뚜벅
전날까지

# 뚜벅뚜벅
# 전날까지

2024년 11월 7일 발행

글      김용원

펴낸이   원미경
펴낸곳   도서출판 산책
편집     김미나 박윤희

등록     1993년 5월 1일 춘천80호
주소     강원특별자치도 춘천시 우두강둑길 185
전화     (033)254_8912
이메일    book8912@naver.com

ⓒ김용원
ISBN 978-89-7864-144-9    정가 15,000원

이 책은 춘천문화재단의 문화예술기금 지원으로 제작되었습니다. 🔖 춘천문화재단

수필집

# 뚜벅뚜벅
# 전날까지

글 김용원

## 수필집 『뚜벅뚜벅 전날까지』를 펴내며

소설을 쓸 때 늘 두 가지를 염두에 두라는 말을 떠올리곤 한다. 하나는 의미고 다른 하나는 재미다. 재미만 있는 소설은 3류요, 의미만 있는 소설은 2류랬다. 1류 소설이 되려면 의미와 재미가 같이 있어야 한다는 말이 되겠다. 그 말은 곧 수필에서도 적용된다는 생각이다. 의미만 있는 수필은 읽는 데 수고로움이 전제되어 지루한 천국을 연상케 한다. 반면 재미만을 추구하는 수필은 관능적인 즐거움은 있지만 황홀한 지옥을 떠올리게 한다.

그래서 영양가를 챙기며 한편으로는 맛있게 꾸미려고 노력은 했지만 타고난 재능이 턱없이 부족하여 뜻대로 되지는 않았다. 틈나는 대로 밥먹듯이 써두었거나 지면, 또는 SNS 등에 펼쳐낸 글들을 모은 뒤 75편을 골라 『뚜벅뚜벅 전날까지』라는 제목을 붙여 엮어내기로 했다. 하는 수 없이 죽는 날은 어쩔 수 없겠지만, 그 전날까지는 뚜벅뚜벅 글을 쓰겠다는 다짐이 이런 제목을 붙이게 했다.

문장을 엮어나갈 때 세 가지 기본을 염두에 두려고 노력했다. 첫째는 옹달샘에서 표주박으로 물을 퍼내듯이 쓰자는 생각이다. 글감이 별로인데 욕심껏 마구 퍼올리다 보면 흙탕물이 섞일 것이고, 그렇다고 타고난 재주도 없으면서 '큰걸' 기대하고 마냥 기다리고만 있으면 가까스로 솟는 샘물마저 돌이킬 수 없도록 흘러가 버릴 것이다.

다음으로는 감나무가 돌팔매를 맞는다는 것은 감이 열렸기 때문이라는 그림을 늘 마음속에 걸어놓고 자주 올려다보는 자세의 유지다. 그 말은 곧 누가 내 글을 폄하하였다면 그것은 곧 그가 내 글을 읽었다는 말이 되므로 당연히 고맙게 생각할 일이라는 뜻이다. 그가 내 글을 읽지 않았다면 지적질 대신 주례식 인사말을 할 뿐이다.

　세 번째는 이 글보다 더 잘 쓸 수는 없다라는 자부심이 생기면 그때는 밧줄을 들고 옥상으로 올라가라는 어느 선배의 말에 대한 되새김이다. 어쩌다 '내가 썼어도 괜찮은데?'라는 생각이 들 때면 앞엣말을 떠올리며 스스로를 가다듬으려고 애쓰고 있다.

　철학적 재해석이라든가 교훈 등으로 의미화시키고 가능하면 옆에서 이야기를 들려주듯 조잘조잘 구어체를 활용하여 잘 읽히도록 노력은 했지만 펴내고 나니 아쉬운 데가 수두룩하여 겸연쩍기도 하다. 이 책을 펴낼 수 있도록 도와주신 '춘천문화재단'과 산책 출판사 제위께 부동자세로 기립하여 감사 인사를 드린다.

퇴계동에서

# 차례

작가의 말

## 어슬렁어슬렁 살펴가며
—

## 느릿느릿 서둘지 말고

—

## 가끔가끔 되돌아보기

—

1

/

어슬렁어슬렁 살펴가며

# 꽃길 만들기

첫 출근하던 날, 우편집배원은 자신의 처지가 너무나 처량했다. 그가 맡은 구역은 말 그대로 가도가도 끝이 없는 삭막한 황톳길이었다. 그 길을 우편배달 가방을 메고 터벅터벅, 그야말로 비가 오나 눈이 오나 매일같이 걸어다녀야 한다는 것은 생각만 해도 끔찍했다.

그렇게 며칠을 근무하던 집배원은 이제 산다는 것 자체가 지겨웠다. 당장 때려치고 싶었다. 그러나 그만둔다고 해서 달리 뾰족한 대안이 없었다. 오랫동안 백수로 빈둥거리다 모처럼 잡은 직장인데, 그마저 그만두면 다시 백수로 돌아간다는 것을 생각하면 그 또한 죽음과 같은 끔찍함이었다.

그러던 어느 날 새벽, 어렴풋이 눈을 뜨는 그에게 문득 이런 생각이 들었다. 아니, 생각이 들었다기보다 어느 절대자로부터의 속삭임이 있었다.

"내가 행복한 길을 만들면 될 게 아닌가!"

그날부터 그 집배원은 자기가 다니는 길가에 꽃씨를 뿌리기 시작했다. 비온 뒤에는 꽃나무는 물론 과실수까지 옮겨

심기도 했다. 마침내 그가 다니는 길 양쪽에는 꽃나무와 과실수가 점점 자라더니, 꽃이 피고 열매를 맺기 시작했다. 그것들은 제각기 뽐을 내며 저를 있게 만든 집배원에게 감사와 함께 한없는 환영을 표했다. 집배원은 그이대로 성취감과 함께 그가 만든 꽃길을 걷는 매일 매일이 행복했다. 되레 쉬는 날에도 길 양쪽에서 그를 기다리고 환영해주는 꽃나무와 과일나무를 보기 위해 그렇게도 지겨워하던 그 길을 걸어야만 밥맛이 나고 몸과 정신이 가벼워졌다.

우리가 살아가는 인생길에서 쾌활하게 웃을 수 있는 날은 몇 번이나 될까? 별로 없겠다. 그렇다면 짜증나고 지겹고 팍팍하고 삭막해서 살맛이 나지 않는 날은 얼마나 될까? 이 물음에는 많은 사람들이 '거의 매일 수번씩'이라는 말을 서슴지 않고 내놓을 게다. 재벌의 자식으로 태어나 누릴 것 다 누리던 누구누구, 최고의 학벌에 최고의 미모를 갖춘 누구누구가 자살하는 이유가 바로 여기에 있다. 추우면 추워서 싫고 더우면 더워서 싫고, 그렇다고 춥지도 덥지도 않은 안온한 환경에서는 매일 매일이 지겹고 지루해서 싫증을 내는 게 인간족, 사람족, 바로 우리들이다.

그런 투정은 태어날 때 으앙! 그것을 시작으로 죽기 전 숨 놓기 위해 발버둥칠 때까지 계속될 수밖에 없다. 왜 편안한 엄마의 자궁에 잘 있는 나를 춥고 시끄럽고 짜증나는 바깥세상으로 내놓는 거야! 응아 응아! 평생 열심히 벌어놓은 재산이며 쌓아놓은 명예 따위 한 줌도 쥐고 가지 못하는 거

너무너무 억울하단 말이야! 외치며 버르적버르적 죽기 위해 용을 쓰는 그날까지.

이쯤해서 우리는 집배원의 '꽃길 만들기'를 대안으로 생각해 봄직하다. 있으면 있는 대로 없으면 없는 대로 꽃씨를 구해 길가에 뿌리며 걸어보자. 그중 배우자와 2세를 낳아 길러내는 인꽃이 가장 값지고 예쁘지 아니할까? 우주만큼 가치 있는 꽃이며 열매겠다. 그 외 가족이며 친인척, 뜻이 맞는 친구가 있겠고 같은 취미생활을 하는 등 문화코드가 맞는 동호회원도 있겠다. 때로는 정치적 색깔이 맞는 동지 따위도 귀하긴 마찬가지겠다. 하지만 그렇게 꼭 내 맘에 드는 꽃만 인정하고 곁에 둔다면 과연 몇 송이나 되겠으며 내 취향에 맞는 것만 있다면 일률적이어서 곧 식상해지지 않을까.

따라서 민들레며 엉겅퀴꽃처럼 잡초꽃씨들도 여기저기 뿌려놓아 어울어짐이 또한 필요하겠다. 음식점에서 식사를 하고 나오면서 "나중에 또 와도 되지요?" 웃으며 계산하는 것도 꽃씨를 뿌리는 일이며, 길거리에서 산나물 한무더기 살 때 굳이 깎지 않고 달라는 대로 주고 나서 "우린 두 식구만 살아서 너무 많아요."하고 덜어놓고 가는 것도 또한 꽃씨를 뿌리는 일이다. 어느 심술꾸러기가 조각상 사타구니에 끼어놓은 빈 종이컵을 끄집어내어 쓰레기통까지 걸어가 버리는 일도 꽃길을 만드는 일이며 앞 지퍼가 열린 젊은이에게 살그머니 다가가 휴대폰에 '남대문 열렸네요' 써서 보여주는 것도 꽃씨를 뿌리는 행위이겠다.

윗집 꼬마를 만났을 때 내가 먼저 "와우, 못 본 사이 많이 크고 예뻐졌네!" 손을 흔들어주는 것도 내가 걷는 인생길에 꽃씨를 뿌리는 일이요, 이왕 아이스크림 하나를 사는 김에 하나 더 사서 아파트 경비실에서 수고하는 경비에게 건네주는 것도 꽃씨를 뿌리는 것이고, 백화점 출입문 손잡이를 잡고 뒤따라오는 사람들이 편히 들어가도록 배려를 하는 것도 꽃씨를 뿌리는 일이 아니겠는가.

# 꿩길

축소지향적이고 안온한 삶을 선호하는 나는 대체로 사람들과 어울리길 좋아하지 않는다. 정신적인 면에서, 호기심을 잃지 않고 자존심을 지키며 한편으로는 고독을 향유하는 '猫心'을 잃지 않으려고 노력하는 편이다. 생활 패턴에서의 우렁이형 지향성은 바로 이런 것에서 비롯되었지 싶다. 그런 나지만 가끔은 내가 좋아서거나 어쩔 수 없거나 그러한 이유로 기꺼이 모임에 참석하는 수도 있다.

모임에 참석하고 나면 내가 왜 그곳에 갔었지, 하는 아쉬움이 들 때가 많다. 그건 내가 자주 그러저러한 모임에 참석하지 않아 몸에 배지 않아서일 게다. 이른바 오지랖이 넓어 여기저기 모임이 많은 사람에게 그런 속내를 내보이면 그들은 되레 그런 말을 꺼내는 내가 안됐다는 표정으로 대답을 준다.

"나도 뭐 무슨 의미가 있어 참석하는 건 아니야. 얼굴도장을 찍어놔야 나중에 내가 필요할 때 마주하기가 편할 것 같아서 그렇게 하는 거지."

그런데 그날 저녁은 어쩔 수 없이 그 모임에 참석은 했지만 나름 영양가 있는 이야기 하나를 주워 챙길 수 있어 좋았다.

시를 쓰는 문우로부터 '꿩길'이라는 말을 들었는데, 나는 그 이야기 한마디 들은 것만으로도 그 만남은 충분한 가치가 있었다. 그는 말했다. 문학을 선택했고, 문학으로 젊음과 정열과 경제적 상승의 기회까지도 투자했다. 그 모든 것을 감안해서라도, 어차피 일회성인 생에서 이제 갈 날이 얼마 남지 않은 시점에서, 죽으나 사나 문학의 한길을 걸을 수밖에 없지 않느냐. 그런 투의 말끝에 그는 이렇게 덧붙였다.

"숲속에는 꿩길이라는 게 있다고 하네요. 꿩은 자기가 닦아놓은 그 길만으로 나름대로의 삶이 보장된다고 합니다."

이어진 보충설명은 이랬다. 꿩은 자기만의 길을 만들기 위해 끊임없이 같은 길을 왕복한단다. 그러다 보면 마침내 숲속에 자기 소유의 길이 생긴다. 그 길로 햇빛을 받기 위해, 또는 이동의 편리성 따위로 곤충이며 작은 동물들이 몰려들기 마련이고, 또한 풀씨라든가 열매들이 그곳에 떨어져 눈에 잘 띈다. 그러면 그 길을 닦아놓은 꿩은 남의 영역을 침범하려 애쓰지 않아도 그곳에 떨어진 먹이만으로도 나름대로 목숨 부지하며 한삶을 영위해 나갈 수 있다는 말이었다.

문학도 마찬가지라 했다. 비록 서점가가 불황에 헐떡이고(수십 년 전에도 그랬지만) 이제 책 시장은 사양길에 접어들어 결국 바닥까지 떨어질 것이라는 말들이 분분하지만, 그래도 한길을 파다 보면 '꿩길'이 생기고, 나름의 먹거리들이 있기 마련이라는 해석이었다. 그러고 보니 그 말에 일리가 있었다. 주위에 '글길'을 마련해 놓고 그 길을 왔다갔다 하며 일생을 살아남은 분들을 많이 볼 수 있었다.

따지고 보면 그중에 하나가 나라고 할 수 있겠다. 연재 따위 글을 써 푼돈을 마련했고, 내내 그 길일 수밖에 없는 학생들 상대의 논술지도로 먹거리를 마련했었다. 그런데다 뒤늦게 열정을 바쳤던 강의도 글쓰기와 관계된 것들이어서 그것이 내내 나의 '꿩길'에 떨어진 풀씨나 땅개비 따위가 되겠고 그걸 주워먹으며 그럭저럭 잘 살아왔다고 자부하고 있다. 값비싼 음식 자주 먹지는 못했지만 하루 세 끼 굶은 적은 없으며 초년에는 셋방을 옮겨 살기에 전전긍긍했지만 지금은 내 집에서 내 맘대로 살고 있다. 아직은 평생 짝꿍인 아내가 내 곁에 있고 자식들은 제 짝꿍 만나 잘살고 있다. 그러면 됐지 싶다. 따라서 오늘을 있게 한 꿩길을 귀하게 여기고 감사하면서 오늘도 뚜벅뚜벅 왔다리갔다리하며 지내고 있다. 아울러 오늘의 이 자취는 바로 '그 일이 닥쳐올 그날'까지 이어질 것이다.

# 굿거리장단으로 삶을 즐기며

사람 속에서 살다 보면 만날 때마다 기분이 좋은 사람이 있는가 하면 화가 나거나 짜증이 나는 사람도 있다. 문제는 화가 나거나 짜증이 나는 사람은 마주치지 않으면 되지만 사회생활에서 그 방식을 모두에게 적용할 수는 없다. 어쩔 수 없이 만나야 하는 사람이 있고 도망가도 자꾸 따라오는 사람도 있기 때문이다. 때로는 낚싯밥에 입술이 꿰어 끌려다닐 수도 있다. 어차피 인간은 인연놀음을 하며 살아야 하는데, 여기서 악연이 문제가 된다.

배당받은 세월을 거의 다 뜯어먹고 나서야 깨달은 바지만, 그야말로 하찮은 일들이었다. 그런 것들은 달라이라마가 "가장 참기 힘들었던 일이 무엇이었습니까?"하고 기자가 물었을 때 "모기 물릴 때였습니다. 참자니 고통스럽고 죽일 수는 없고."라고 대답했다는데, 바로 그런 경우와 맞닿는 말이겠다.

오래 전 세 가지 경우를 겪으면서 깨달은 바가 있었다. 그 깨달음이 오늘까지 사는 데 상당한 도움이 돼 주었다. 인라인스케이트에 빠져 있을 때였다. (지금은 감히 엄두도 내지 못하고 있지만) 별 뜻 없이 60대 선배 뒤를 따라 인라인 코스를 도는데 그가 갑자기 서는 바람에 중심을 잃고 나뒹굴었던 일이 하나요, 말끝마다 비판과 충고만을 일삼는 유난한 또래를 대할 때마다 기분이 찝찝했던 일이 그 둘이다. 나머지 하나는 무슨 글을 올렸는데, 그 글 내용을 가지고 사뭇 뒤쫓으며 나를 쪼아댔던 경우다.

그런 일을 당하면 밴댕이 속이라서 그런지 자꾸만 신경이 쓰이고, 불쾌하고, 언젠가는 콧잔등을 한대 쥐어박아주고 싶은 충동을 일으키곤 했다. 그러나 인라인장에서 넘어지게 만든 사람은 나보다 연장자라서 참아야 했고, 충고 아니면 비판을 일삼는 사람은 여러 면에서 내박치지 못할 동료관계였다. 또한 내 글 궁둥이를 따라다니며 연신 똥침을 놓는 사람 또한 아랫사람인 경우라서 다퉈봤자 본전도 찾지 못할 처지였다.

곰곰 생각 끝에 마침내 그 해결 방안을 발견했다. 바로 그런 일이 일어나도록 여지를 주고 빌미를 준 자는 바로 나였다. 따라서 '바로 나'라는 데서부터 싹을 틔우자 해결 방법 또한 쉽게 그려졌다. 그건 내가 여지와 빌미를 주지 않는 것으로 충분히 방비할 수 있었다. 경쟁하기를 좋아하는 사람의 뒤를 따라간 사람은 바로 나요, 비판하고 충고하기 좋아하는 사람은 비록 공식석상에서 만난다손 치더라도 그와 거리를 두고 눈인사 정도 나누자마자 재빨리 피한다고 해서 벌금을 물거나 망치를 들고 쫓아올 관계는 아니었다. 또한 나의 글을 물고 늘어졌던 그에게는 새 한 마리가 눈앞을 지나간 것처럼 무관심하면 그만이었다.

마침내 내가 생각해 낸 방안들을 실천하기로 작정하고 나서 일단 멀찍이 떨어져 지켜보았다. 그림 전체가 또렷하게 눈안에 들어왔다. 경쟁하기를 좋아하는 그 사람에게는 같이 운동하고자 하는 사람이 거의 없었다. 자기 딴엔 뛰어난 기술로 재롱을 피우는데 왜 찬사를 보내지 않느냐는 항의를 그런 식으로 표현했던 것이다. 그러니 좋아할 사람이 없을 수밖에. 그래서 그는 거의 매일 혼자서 로드를 뛰고 있었다. 가다가 여자들 앞을 지날 때는 그는 여지없이 메뚜기처럼 재롱을 부렸다. 여기서 여자란 늙었든 젊었든 어쨌든 치마만 둘렀으면 매력적으로 보여야 할 대상이라고 여기는 듯했다.

비판하고 충고하기 좋아하는 사람은 또한 그의 주위에 친구가 별로 없었다. 나는 이렇게 똑똑한데 알아주지 않느냐. 나를 인정해 주고 내가 비판하는 점은 아, 이제야 깨달았습니다 정도의 인사말을 해야 하고, 충고하는 말은 고맙다고 사의를 표해야 하지 않겠느냐는 투였다. 그는 자기 외 타인들의 머릿속은 똥으로 채워져 '똥대가리'로 여겨지는 듯싶었다. 그러나 똥은 항문 위에 있는 똥주머니에만 고여 있지 머리에는 담겨있을 수 없다는 걸 알지 못하는, 그는 멍청이였다.

다른 한 사람, 글 일부 구절만을 끄집어내 쫓아다니며 똥침놓기를 좋아하는 사람에게는 그보다 한수 위인 똥침전문가가 그의 적수였다. 어느 순간 나대신 그가 휘어진 오다리를 교체시키며 열심히 도망치는 그의 궁둥이를 열심히 쫓아다니며 쑤셔대고 있으므로 속으로 손뼉을 치며 응원하는 것만으로도 충분히 복수할 수 있었다.

그러나 지켜보는 것만으로는 곧 싫증이 났다. '재미있게' 지켜보는 어떤 장치가 필요했다. 그 장치를 마침내 찾아냈다. 음악의 베이스처럼 바탕에 리듬을 깔고 그 리듬에 맞춰 지켜봄으로써, 그런 방편으로 세월을 여류함으로써 무료함과 싫증을 없애고 재밋거리로 환치시킬 수 있었다. 그 중에서도 인라인을 탈 때 흔히 "갑돌이와 갑순이 리듬으로 타라"는 말을 듣는데 실제로 이 굿거리장단풍으로 맞아들이는 게 가장 적절하고 효과적이었다. 서두르지 않고 느릿느릿 강약이 있는 4분지 3박자를 바탕에 깔아 쿵, 굴러주고 부드럽게 미끄러지면서 여유롭게 "갑돌이와 갑순이는 한마을에 살았드래요~" 곡조를 읊조리면 지루하지도 않고 힘들지도 않으면서 어려움 자체를 즐거움으로 바꿀 수 있었다. 그리고 그때 익숙해진 리듬대처법은 지금 이렇게 늙어가면서 삶의 질을 유지하는 데 많은 도움을 받고 있다. "너는 내가 화내는 걸 구경하고 싶지만 나는 그런 네 조급함을 즐기고 있노라. ~둘이는 서로서로 사랑을 했드래요 ♪ 쿵자자작 쿵 작 작!"

# 의미와 재미, 그리고 편집

소설을 두고 그런 말이 있다. 3류 소설은 '재미'와 '의미'가 둘 다 없는 소설이다. 2류는 '재미'는 있는데 '의미'가 없거나 '의미'는 있는데 '재미'가 없다. 1류 소설은? '재미'와 '의미'를 모두 갖춘 소설.

소설을 우리의 삶으로 대체시켜도 마찬가지다. 삶도 재미와 의미가 없으면 3류 삶이요, 의미나 재미 한 가지만 갖추면 2류 삶이다. 1류 삶이 되려면? '재미'와 '의미'를 고루 갖춘 삶!

대체로 보다 좋은 삶을 고전적 사고방식 틀에서 풀어내면 재미보다는 의미 있는 삶에 더 무게를 두고 있다. 남자는 남자다워야 하고 여자는 여자다워야 한다. 그 말을 뒤집으면 남자는 가문을 이어가야 할 대주로서 배포도 크고 동시에 죽음쯤 대수롭지 않게 여기는 강인함을 보여야 하고, 또는 무슨 짓을 해서라도 돈을 많이 벌어들여 부모 잘 모시고 처자식을 잘 먹여살려야 한다. 반면 여자는 여자답게 나이가 차면 시집을 가서 아이를 되도록 많이 낳아 잘 길러야 하며 남편 또한 잘 섬기어 안정된 가정을 이루도록 힘을 다해야 한다. 노예처럼, 애 낳는 기계처럼.

그러다 죽는다. 그게 의미 있는 삶이라고 강요받아왔다. 그런데 그런 삶이 과연 우리가 지향할 만한 삶인가? 이 삶의 외기둥에 재미라는 기둥 하나를 덧세운다면 어떨까? 그래야 하지 않겠는가? 그래야 불안하지 않고 안쓰럽지도 않을 것이다. 의미라는 기둥에 재미를 덧붙임으로써 의미는 더 강화될 것이다. 의미가 뿌리라면 재미는 꽃이다. 꽃이 있어야 벌 나비를 불러들이고, 수정이 돼야 씨방에서 비로소 씨가 맺는다.

의미와 재미를 동시에 갖춘 삶을 추구해야 한다는 목표에 동의한다면 다음 단계로 생각해야 할 것이 '삶의 편집'이다. 소설에서 편집을 하지 않고 초고를 그대로 출간한다면 오류투성이인데다 의미가 허약하고 재미마저 없어 몇 장 넘기다 내던지게 된다. 마찬가지로 우리의 삶도 흘러가는 대로 따라가다 보면 의미가 모호해지며 재미 또한 없어 허무해지기 마련이다. 그래서 편집은 필수다.

편집 중에서도 가장 좋고 확실한 것은 '수정'보다 '삭제'다. 그 소설 내용 중 재미가 없거나 의미 없는 부분은 수정보다 삭제하는 게 훨씬 나을 경우가 많다. 하여 삶에서도 해서는 안 될 일은 단호하게 하지 말아야 한다. 갈까 말까 망설일 때는 가지 않는 게 상수고, 더 먹을까 말까 망설일 때는 더 안 먹는 게 좋다, 등등. 걸치적거리는 물건은 옮기거나 없애버리는 게 좋듯이, 더하여 자꾸자꾸 걸치적거리는 생각은 물론 습관에서부터 지인까지도 '바이바이'하는 게 좋다. 마지막 한 가지, 더 살아남아 이바지는커녕 살아있는 자들에게 짐만 된다면 이런 경우 또한 '삭제'를 선택해봄직도 한데, 그건 옳은 길인지 아닌지 헷갈리고 결심이 선다고 해도 실행에 옮길 수 있을까 장담할 수는 없다.

# 삶의 윤활유

누군가가 대문을 두드렸다. 찾아올 사람이 없는데? 그는 고개를 갸웃거리며 대문으로 다가가 문을 열었다. 달팽이였다. 달팽이가 따지고 들었다.

"당신이 왜 나를 내던졌는지, 그 이유를 캐묻기 위해 여섯 달 동안 걸어 왔소."

그제야 그는 기억을 되살려냈다. 6개월 전쯤 정원 풀뽑기를 하다가 달팽이 한 마리가 있어 그것을 담 너머 멀리 힘껏 내던졌던 일이 있었다.

이 이야기는 원문이 아니다. 내가 기억하고 있는 내용을 간단히 적었다. 이 내용은 이른바 스카이대에 속하는 어느 대학의 논술시험에 나온 기출문제 중 한 지문이다. 유머에 대한 주제인데, 그날 기출문제를 풀다가 유머에 대해 알고 있는 이야기를 풀어놓는 바람에 수업은 화기애애하게 깨져버렸었다. 나는 이른바 아재개그를 풀어놓았고, 내 강의를 받는 녀석들은 제네들 수준에 맞는 유머를 풀어놓다 보니 그렇게 됐다. 수업은 개판이지만 분위기는 금판이었다.

그런데 그 내용을 하필이면 무지막지하게 목에다 주사

두 방을 맞고 나서 떠올렸다. 피가 튀어박일까 봐 얼굴에 면포 같은 걸 덮더니 내 목젖 아래쪽에 주사바늘을 꽂으면서 나직하고 굵직한 목소리를 냈다.

"많이 아플 겁니다. 참으셔야 해요."

마침내 무지하게 아픈 쓰나미통증이 몰려오기 시작했다.

"아, 그래서 잘 걸어다니는 나를 휠체어에 태워 왔구나!"

그제야 깨달았다. 어차피 맞아야 할 주사였다. 지금까지 살아오면서 갖춰진 의지의 지혜를 꺼내 써먹기로 했다. 유머로 기름칠하기, 내 몸을 떼어내 멀리 내던지는 수법; 나에게 속삭였다.

"히히, 아픈 건 너지 내가 아니야. 네가 알아서 버티라구. 알았지?"

통증이 내던진 몸뚱이에 들러붙어 멀어졌다. 이겨내기가 훨씬 수월했다. 한 방을 버텨내고 다시 한 방이 들어왔다. 첫 번째가 쓰나미고통이었다면 두 번째 고통은 대머리가 모자 없이 우박을 맞으며 전전긍긍하는 정도의 고통이었다. 가냘픈 간호원아가씨가 날 휠체어에 태우고 입원실로 가면서 한마디 건넨다.

"참 잘 참으셨어요."

나일 수밖에 없는 내 몸뚱이를 밀어내어 통증으로부터 조금이라도 자유로웠던 것은 바로 유머였다. 팍팍하고, 때로는 구역질도 나며 비통하기도 한 삶을 보다 덜 상처 받고 보다 부드럽게 이겨내는 데는 유머밖에 없지 싶다. 마치 죽자

사자 안 열리는 창문에 윤활유 한 방울 똑 떨어뜨리자 드르륵하고 쉽게 열리듯이.

광의의 해석을 적용할 때 번지점프로부터 스카이다이빙, 유리다리 따위는 물론 정신이 번쩍 들게 매운 음식이며 콧뼈를 흔드는 삭은 홍어 따위도 알고 보면 그 자체가 유머다. 그 유머들을 스트레스 해소라는 명목 아래 상품화시켜 그것으로 많은 사람들이 먹고 산다.

그런 점에서 나는 일부 상투 꽂은 학자들이 비판하며 몰아세우는 이른바 개그학자들을 개인적으로 무척 좋아한다. 우연히 유튜브에서 임진왜란과 이순신에 대한 강의를 들었었는데, 어찌나 재미있게 들었는지 지루함을 전혀 느끼지 못했다. 그러면서도 강의 내용은 고스란히 머릿속에 잘 정리되었다. 그 후 그 강사에 대해 비판이 아닌 비난을 쏟아낸 평론을 읽었다. 희화화하여 왜곡될 우려가 있는, 저급한 행위라 했다. 그런데 왜일까. 나는 그 평론이 되레 딱딱하게 굳어 먹을 수 없었던 초등학교 때 배급받은 우유빵처럼 저급이었다. 언젠가 그 평론가를 만난다면 난 내 몸을 분리해 내던지는 유머기법으로 어떻게 쓰나미고통을 잘 견뎠는지를 설명해 주고 싶다.

# 모가지 한 번 뻥뻥

술이 거나하게 취하면 옛날에 금잔디 동산에서 매기와 같이 놀던 추억과 힘겹고 고달픈 현실이 환상적으로 버무려지면서 저쪽에 건너가 있는 세상을 맛보게 된다. 때로는 골목이 나타나고 그곳에는 빨강사람 파랑사람 찢어진 사람이 좁다란 골목길을 가고 있는 게 보이는가 하면 엄마가 섬그늘에 굴 따러 가고 나는 갑자기 아이가 되어 바다가 불러주는 자장노래에 스르르 눈을 감고 잠이 들고 싶은 유혹에 빠져들기도 한다. 혹은 '거나'를 지나 혼돈 상태에 빠지기도 하는데, 그럴 땐 길가에 쭈그리고 앉아 비둘기가 일용할 양식을 게워놓기도 하고, 때로는 땅바닥이 갑자기 벌떡 일어나 내 이마를 때리는 기적을 경험하기도 한다.

그런 환상적이고 포스트모더니즘적인 즐거움까지 주는 고마운(?) 술은 애초 바카스 신이 만들 때 세 가지 피를 섞었기 때문에 그런 효능이 있다고 한다. 돼지피와 앵무새피, 그리고 사자피가 그것이다. 술이 과하면 그 세 가지 피의 원초적 성깔이 발동되는데, 각기 술을 마신 자의 인성과 마실 당시의 분위기와 처한 생활환경에 따라 그 배분율이 다르다.

어떤 이는 사자피가 발동하여 아무나 붙잡고 힘자랑을 하고 싶어 으르렁거린다. 또 어떤 이는 앵무새피가 발동하여 끊임 없이, 밤이 지새도록 지껄인다. 또 어떤 이는 술에 취하자마 자 술잔을 손에 든 채 꾸벅꾸벅 졸다가 그대로 바닥에 자빠 지고는 이내 코를 곤다. 돼지피 부류이다.

이 글을 쓰고 있는 나 같은 경우, 술에 취하면 누군가 시비를 걸면 용감하게 맞서고 싶은 충동을 받거나 허기를 면하지 못해 여기저기 싸돌아다닌다. 그러다 누군가와 말 이 트면 앵무새가 된다. 주제 이탈이 되는 것을 깨달으며, 때로는 상대방의 말을 듣지 못하면서 지껄이기도 하고, 또 취중불언은 진군자요 재산분명은 대장부니라[醉中不言 眞君子 財 産分明 大丈夫]라는 명심보감 구절을 속으로 읊조리면서, 그러 면서 마구 지껄이는 내 자신을 또다른 내가 지켜보기도 한 다. 그러다 마침내 지칠 때쯤이면 용하게도 방바닥이 내 머 리에 와 달라붙어 주고, 나는 저쪽 나라로 훌쩍 경계선을 넘 어가 버린다. 세 가지 피 모두가 내 몸에서 골고루 발동하는 것이다.

이렇게 맛나고 멋나고 못난 술이었는데 오래 전 어떤 계 기에 의해 상당히 자제하는 버릇이 생겼다. 그 계기는 어느 늙은 서생분의 말씀을 곁에서 듣고부터였다. 그날도 전과 같 이 고속버스에서 내리자마자 점심식사를 하려고 고속버스 터미널 옆에 있는 음식점에 들렀다. 들어가서 자리를 잡았는 데, 마침 연세가 일흔여덟(지금은 90이 넘었겠다)이라는 예

의 그 노인이 그분의 제자인 듯한 세 명의 늙은젊은이들과
식사를 하며 이런 이야기를 하고 있었다.

일정시대 그분은 사범학교를 졸업하자마자 보통학교
선생으로 발령을 받았단다. 가자마자 관례에 따라 그날 밤
신고식이 있었는데 그제나 지금이나 빠질 수 없는 게 술이었
다. 그런데 그 선생은 평소 서당선생이었던 아버지한테 귀에
못이 박이도록 들은 말이 있었다.

"술 주酒 자가 무슨 뜻을 담고 있는지 아느냐? 삼수변氵
에 달기유酉(닭유) 자로 되어 있느니라. 이것은 술을 마시되
'닭이 물을 마시는 것처럼' 마시라는 뜻이니라. 한 모금 입에
넣고 하늘 쳐다보며 모가지 한번 털고, 또 한 모금 물고 하늘
한 번 쳐다보며 모가지 한 번 털고, 그렇게 조금씩 천천히 마
시라는 말이니라."

그래서 그분 아버지의 말씀대로 눈깔잔에 든 술로 일
단 입술을 적시고 잔을 놓았다. 그러고는 뜸을 들였다가 다
시 잔을 들어 입술을 적시고는 또 놓고, 거푸 그러했더니 선
배들이 술도 마실 줄 모르는 멍청한 후배로 왕따를 시키고는
굳이 술자리에 참석시키지 않더라는 말이었다. 그러면서 짠
짠하고 쫀쫀하고 깐깐하면서도 마른 굴참나무처럼 탄탄하
게 보이는 늙은 서생은 이렇게 말을 잇고 있었다.

"조금씩 천천히 술을 마신 나는 이리 건강하게 80 가까
이 장수를 하고 있네만, 당시 말술 자랑을 하던 선배들은 제
명 제대로 채우지 못하고 어느 분은 4, 50에, 어느 분은 좀더

살아 60대에 고롱고롱하다 저세상으로 먼저 가더구먼. 자네들도 오늘부터 내 말 명심하게나."

그제부터 말술이던 나는 이 노래를 바탕으로 닭모가지 술 타입으로 변하려고 노력하여 오늘까지 안 죽고 살아있다.

술 한 모금 물고 하늘 한번 뿅뿅

술 한 모금 넘기고 모가지 한번 뿅뿅

목표는 100살!

# 하직할 그날까지

Though leaves are many the root is one

Through all the lying days of my youth

I swayed my leaves and flowers in the sun

Now, I may wither in to the truth.

T. S. 엘리어트의 시다. 각운을 설명할 때 자주 인용하기도 하는 이 시는 내가 외고 있는 몇 편의 영시 중 하나이다. 우선 단어가 쉽고 그러면서도 와 닿는 느낌이 유난하여 가끔씩 기타줄을 튕기며 내 나름의 곡을 붙여 흥얼거리기도 한다.

그날 새벽, 산에 오르며 문득 이 시의 마지막 구절을 떠올렸다. '지금은, 진실 속에 시들어가고 있구나'라는 이 대목이 그대로 산속에서 재현되고 있었다. 곳곳에 가을이 몰래 스며들어 움츠리고 있었으며 그에 따라 풀들은 말라비틀어져 누웠고, 아카시아며 굴참나무 이파리는 탈색되어 그득 땅바닥에 널려 있었다. 어느 숲속을 지나는데 우두두둑, 하는 소리가 들려 "어, 비오나 보네!" 놀라 올려다보았다. 아침에 당일 한낮쯤 중부지방에 약한 비가 뿌린다는 일기예보가 펴

뜩 떠올랐기 때문이었다. 그러나 하늘은 맑았고, 멀리 부윰하게 미명이 찢어져 흩어지고 있었다.

살펴보니 아카시아 이파리가 떨어지는 소리였다. 아마 바람 덩어리 하나가 지나다가 키 높은 아카시아 머리통을 정신차리라 툭 치고 간 듯싶었다. 그리고 보니 숲이 훤히, 아니 앙상하게 드러나 보였다. 그간은 나무숲이 전방을 가리고 난쟁이나무들이 숲의 정강이를 감췄으며 발치는 잡초와 산풀이 가리고 있었다. 그것들이 떨어지거나 힘을 잃고 오그라들자 내용물들이 훤히 드러나고 있었다. 그러면서 일년 내내 가꾸었던 몸매가 드러나고, 나름대로 공들였던 결과물인 열매들이 실하고 약함, 많고 적음이 적나라하게 밝혀지고 있었다.

한창때인 봄과 여름, 햇볕 속에 흔들어댔던 나뭇잎과 꽃들이 시들어가면서 진실이 드러나고 있었다. 바로 이 모습이 나에게도 닥치고 있다는 것을 깨닫게 되었다. 우리 모두에게 닥쳤거나 닥쳐오거나 이미 지나가 버리기 마련인 필연적 시간의 토막들.

그렇다. 젊을 때는 누구나 아름답고, 힘이 넘친다. 운동을 할 때도 후닥닥 한판 붙고 숨 서너 번 들이쉬며 심호흡을 하면 금세 힘이 되살아난다. 주름 하나 없는 탱탱한 피부는 비록 미남이거나 미녀가 아니더라도 그 자체로서 아름다워 사랑을 받는다. 혹시라도 잘못을 저지른다 하더라도 웬만하면 그 아름다움이 상쇄시켜 용서를 받게 한다. 또 비록 결실이 보잘 것 없더라도 앞으로 살아갈 남은 시간과 꿈을 저당 잡혀 보다 큰 기대값을 받게 만든다.

그러나 가을의 나이가 되면 진록색의 숲이 퇴색되면서 못난 부분과 그간의 결실이 열매로 훤히 드러나뵌다. 감출래야 감출 수가 없다. 추색한 것은 추색한 대로, 보잘것없는 것은 보잘것없는 대로, 은근한 것은 그대로, 또한 떳떳한 것은 떳떳한 것대로 고스란히 공개되고 만다. 땅을 치며 후회해도 소용없고, 기적을 바랄 수도 없는 막판의 점수판을 보는 수밖에 다른 도리가 없는 게 바로 그 계절이고, 그 나이다.

Now, I may wither in to the truth!

좀 더 일찍 깨달았어야 하는데, 그마저 이제는 춥고 삭막한 겨울에 들어서고 말았다. 수확물은 눈속에 묻혀 있거나 산짐승에게 주워먹혔다. 나목으로 서서 추위와 외로움을 견뎌내야 하는 계절이다. 아쉬움과 애처로움을 시간의 끈으로 묶어 저만큼 물려놓고 초연히 지켜보는 수밖에 달리 대처할 방도가 없다. 하직할 그날까지.

# 已免生徒首又皤이면생도수우파

已免生徒首又皤　殘年勤苦讀書何

我雖老死精神在　一字添知尙足多

"이미 생도를 면하고 머리는 허연데/ 남은 인생 수고롭
게 독서는 웬 독서인가. / 늙어 죽을 때 가깝지만 정신만은
멀쩡하니/ 한 자만 더 알아도 마음이 족하다네." 이규보李奎報,
1168~1241

　새롭게 내 가슴속에 새겨지는 시구이다. 원래 나를 사로
잡아 왔던 시는 '왜 사냐건/ 웃지요.' 단 두 행이었다. 그 내
용에는 덧없음이라는 국물에 살 만큼 살았고 이만하면 족하
지 않느냐는, 다소 내 자신을 빈중거리는 의미의 밥을 말아
서 두눈 질끈 감고 꿀꺽 삼키는 격이었다. 따라서 하릴없이
심심할 때면 만년필을 꺼내 그 시구를 끄적거리곤 하여 심란
기를 다스리곤 했었다.

　그러다 어느 날 문득 사내들의 평균 수명도 80이 넘어가
고 있다는 말을 듣자마자 등골에서 소름이 돋았다. 확률로
보든 건강 상태로 보든 적어도 앞으로 10년은 살아남을 것
같은 (불길한) 예감이 든 것이다. 물론 숫자상으로 10년이라

고 한다면 불과 3천6백일 정도이고, 3천6백 번 요를 깔고 이불을 덮고 눕는 숫자라서 별반 길게 느껴지지는 않는다.

문제는 육체의 노화 못지않게 뇌세포의 개수가 하루하루 줄어드는 게 확연히 느껴진다는 점이다. 그것은 마치 접시에 해바라기씨를 담아 식탁 위에 올려놓고 심심풀이로 하나하나 까먹다가 어느 순간 헤아려보니 거의 다 먹어버려 이제 두서너 개밖에 남지 않은 것을 봤을 때의 황당함과 같은 그런 것이었다. 먹거리 장만 때문에 어쩔 수 없이 글짜 짜맞추기를 내세워 말품팔아 먹고 살다 보니 머리를 많이 쓸 수밖에 없는 세월을 보냈었다. 그러면서 한편으로는 손에 닿는 대로 책을 읽고 변덕이 나면 책을 내봤자 잘 팔리지도 않는 글을 쓰느라 머리를 굴려 최소한의 녹 방지는 유지하고 있다곤 했지만, 그것 가지고 제대로 정신 갖춘 나머지 삶을 이끌어나갈 수는 없을 것이라는 게 정직한 진술이 되겠다. 따라서 놋쇠처럼 쉽게 변색이 되는 회색 뇟덩이가 빛을 잃지 않게 제대로 간수하려면 정신근육 운동이 필요하지 않겠는가.

더구나, 더구나 팔구십줄이 되어 대낮에 유령처럼 종로 3가 길거리를 어슬렁거리고, 파고다공원에서 늙은 꽃뱀들과 노닥거리는 삶을 살고 싶지 않으려면 결단을 내려야 했다. 또한 썩은 쥐 냄새를 풍기며 공짜 티켓으로 전철 노인석에 앉아 하릴없이 젊은이들에게 악담이나 하는 그런 늙은이로 여생을 보내려면 차라리 의자 위에 올라서서 천정에 나일론 끈을 거는 편이 훨씬 가치가 있으리라.

그러다가 문득 내 본연의 길을 깨달았다. 비록 문학이 나를 업신여겼을 뿐 제대로 대우해 주지는 않았지만 살진 돼지 꼬락서니는 면하게 해 주었다. 그러면서도 한편으로는 배고픈 소크라테스를 면하게도 해주었다. 따지고 보면 젊어서 기름기 적은 싸구려 음식들을 주로 먹어서 뚱보에 고혈압환자를 면하게 해줬으니 감사해야 했다. 차 운영비가 겁나 되도록 대중교통을 이용하거나 웬만한 길은 걸어다녀 좀 더 건강해졌고, 해외여행이다 뭐다 멀리 나돌아다니지 않고 방구석에 처박힐 기회가 많았으므로 글 쓸 시간을 벌게 해 주었다. 좁은 아파트에 살다 보니 가족들간의 거리가 가까워져 대화가 충만했고, 그러다 보니 보듬어내는 사랑이 깊어져 가족간의 갈등이 거의 없었다. 충분한 돈을 대주지 못해 화려한 유학생활은 꿈도 꾸지 못한 아들은 결국 공부에 전념하는 길을 선택할 수밖에 없었으니, 그리하여 지금은 대학 강단에 서서 자기 앞가림을 하고 있다.

그러저러한 것들을 모두 접더라도 내가 뒤늦게 침침한 눈에 다리가 흔들리는 노년의 길에 접어들면서 내가 그리도 싫어하면서도 좋아했던 문학으로부터 연금으로 받고 있는 축복은 읽고 깨닫게 하고 (어줍지 않지만 어쨌든 내 좋은대로) 글을 쓰게 하고 있다는 점이다. 이 문학으로부터의 보살핌은 죽기 전날까지 현재형으로 이어지도록 내가 늘 감사하면서 의지를 갖고 의리를 지키는 일만 남았다. 그래서 已免生徒首又幡의 싯구를 이렇게 살짝 변형시켜 본다.

"이미 생도를 면하고 머리는 허연데도
남은 인생 가치있게 글을 지을 수 있구나.
늙어 죽을 때 가까워졌지만 정신만은 더욱 초롱대어
한 줄 글로 죽은 밤하늘에 숨쉬는 별을 그려 내니
비로소 내 삶이 헛되지 않았구나."

# 그날 밤 정시에 열차가 도착하지 않았다면

지금도 그날 밤을 떠올리면 쓴웃음이 나온다. 그러면서 한편으로는 그날 있었던 몽상적인 착각으로 내 자신의 존재가 가벼워지고 있는 부분은 없는가 돌아보게도 한다. 깨닫기만 한다면 그것은 저질의 유머고 저질의 비애이기도 하다.

그날 밤, 짝꿍이 새벽 1시 경에 대전역에 도착한다 하여 자정쯤 그곳으로 나갔다. 짝꿍의 학교 동기가 서울에서 구청장에 입후보해 선거전을 치르고 있던 때였는데, 그녀를 돕기 위해 갔다가 그날 돌아오는 날이었다. 대전역에 도착했을 때는 자정을 지나 12시 30분경이었다. 언제나 그렇듯이 그곳에는 술주정뱅이, 걸인, 노숙자 등이 즐비했고, 나처럼 마중 나온 사람들도 꽤 있었다.

그때만 해도 나는 한창 나이여서 급한 성격 그대로 행동도 차분하질 못했다. 그래서 속으로 늘 '침착하자, 차분하자' 자체구호를 읊조리며 걸음걸이부터 말투, 앉거나 서는 자세까지 여유있게 차분해지려고 노력하던 때였다. 달리 보면, 일종의 객기라고 할 수도 있겠고, 남을 의식한 자신에 대한 기만행위라고 해도 틀린 말은 아닐 터였다. 뭔가 돋보이고 뭔가 남다르고 특별한 인물처럼 보이고 싶은 시기였다.

어쨌든 그에 맞춰 그날 밤도 걸음걸이를 차분하게, 몸은 반듯하고 당당하면서도 여유있게, 그런 자세로 대합실 안에 들어섰다. 정확한 열차 도착 시간을 확인하려고 열차시간 게시판에 다가가 천천히 시선을 들었다. 새벽 1시 15분 도착이었다.

시간표를 보고 돌아서는데, 밤송이머리를 한 30대 초반의 사내가 허리를 굽신하며 물었다.

"어디서 내려오셨는지요?"

나는 어안이 벙벙했다. 하지만 입속으로 되뇌였던 대로 입을 다물고 경계 태세를 갖추면서 천천히 그의 외양을 뜯어보았다. 그러자 이번에는 50대쯤 되어 보이는, 머리가 희끗희끗한 사내가 다가와 한 마디 거들었다.

"선생님의 지도를 받고 싶습니다."

나는 황당했다. 그러고 보니 내 주위로 예닐곱 명이 다가와 있었다. 보아 하니 허름한 옷을 걸친 자들이 대부분이고, 눈꼴로 봐 폭력을 행사하는 무리거나 다른 무엇으로 사람들에게 해코지를 할 인물들은 아닌 듯싶었다. 나는 속으로 '그래, 이럴수록 여유를 갖고 침착하자.' 계속 뇌이며 천천히 걸음을 옮겼다. 그러자 그들이 따라오며 하나씩 자기소개를 하였다. 대합실 기둥을 가리키며 자신은 계룡산 삼불봉 밑에서 수박도를 연마했는데 수도로 한번 치면 대전역사 기둥이 박살이 난다는 둥, 자신은 도를 깨닫기 위해 산사만 15년째 돌아다니다 이제 겨우 속세로 나와봤다는 둥, 대부분 그런 족속들이었다.

그제야 나는 그들이 왜 나를 딸게 되었는지 깨닫게 되었다. 그때만 해도 나는 수염을 기르고 있었다. 못생긴 녀석은 뭣까지도 어떻다고, 30대부터 수염이 하얘 어찌 보면 70대고, 포동포동한 얼굴을 보면 3, 40대고, 그렇게 보인다고 주위에서 말했다. 처조부가 돌아가셨을 때 약국하는 동서와 둘이 장례식장에 들어서자 처 백부님이 뛰어나와 나에게 정중히 인사를 하며 "여기까지 오시느라 얼마나 힘드셨습니까." 하는 인사까지 받을 정도였다. 백부는 내가 동서의 아버지인 줄 알았다는 말씀이었다.

어쨌든 그들은 내 흰 수염을 보고 산속에서 오래 '도'라든지 '선', 또는 무술 따위를 수련한 그런 '도인' 쯤으로 알고 있음이 분명했다. 더구나 의식적으로 걸음걸이로부터 세부적인 움직임까지도 도인처럼 행동했으니 홀라당 넘어갈 수도 있겠다는 생각이 들었다. 그렇다면? 하고 나는 그들에 앞서 걸어가면서 생각했다. 아하! 이래서 혹세무민하는 무속이며 요상한 신흥종교, 사기성이 농후한 동양철학 따위가 먹혀 들어가는구나!

순간 서글펐다. 대책 없이 단순한 오류현상에 쉬이 함몰돼 버리는 저 가벼운 존재들을 내 하찮은 역량으로도 얼마든지 악용할 수 있을진대, 그리하여 그런 상황을 조작하여 그들의 삶을 망가뜨리는 사람들이 그렇게도 많구나! 그날 나는

'영생'이니 '천국'이니 '굿'이며 '점괘' 따위로 사람들의 영혼을 휘둘러 이익을 챙기는 자들의 소스를 대충이나마 파악할 수 있었다. 그러면서 내 스스로도 얼마든지 그들의 행동과 별반 다르지 않게 못된 짓을 저지를 수 있다는 가능성도 발견했다.

그날 밤 짝꿍이 정시에 도착한 열차를 타고 오지 않았거나, 바쁜 일이 생겨 내려오지 않았다면 나는 어쩌면 그들을 이끌고 요상한 이름을 붙인 종교의 교주가 되어 지금쯤 누구누구처럼 사치스럽게 잘 먹고 잘 꾸미고 호화롭게 살 수 있었을지도 모른다. 그래서, 어쨌다는 건가? 어차피 일회성인 인생에서 거짓된 행동으로 남의 삶에 상처를 주거나 삶의 궤적을 엉망으로 헝클어뜨리며 산 삶이 과연 무슨 가치가 있을까? 천당이며 극락 지옥 부활, 또는 가짜가 포장된 이데올로기나 속임수 예술행위 따위로 얼마나 많은 사람들의 인생이 금가고 깨지고, 가루가 되어 허공으로 흩어졌던가. 그런 우를 범하지 않고 이렇게 잘 늙었으니 그것만 해도 나는 '재미있게 잘 살다 가노라'라고 감히 말할 수 있겠다.

# 겨울은 축복의 계절이다

유럽에서 호주로 건너간 이주민 중 일부 양봉업자들은 신바람이 났다. 신대륙 호주에는 온 천지가 꽃이었다. 그뿐인가. 그 꽃은 겨울이 없으므로 사시상철 피어 있었다. 그들은 부랴부랴 유럽 대륙으로부터 벌통을 날라왔다. 아니나 다를까, 갖다놓자마자 벌통에서 나온 꿀벌들은 종일 윙윙거리며 엄청난 꿀들을 따다 담았다. 양봉업자들은 쾌재를 불렀다. 그대로 나간다면 얼마 가지 않아 엄청난 수입을 얻을 수 있을 게 명약관화했다.

그런데 이게 웬일! 일 년이 지나자 꿀벌들은 꿀을 따 모을 생각을 숫제 하지 않았다. 제각기 꽃에서 꿀을 따먹고 빈둥빈둥 놀기만 했다. 별의별 수단을 다 써도 꿀벌들은 꿀을 따다 담을 생각은커녕 아예 벌통에 드나들지도 않았다. 마침내 양봉업자들은 하나 둘 손을 털고 양봉을 포기할 수밖에 없었다.

늦게서야 그 까닭을 알았다. 꿀벌들이 꿀을 모아들이는 것은 겨울철 꽃이 없을 때 먹으려고 수행하는 생존방식이었다. 그러나 겨울이 없다는 것을 알게 되자 굳이 꿀을 비축해

놓을 이유가 없어진 것이다. 사시사철 여기저기 꽃이 널려 있으므로 배고플 때 꿀을 따 먹으면 그만이었다. 나머지는 게으름을 피우며 빈둥빈둥 노는 일뿐.

이러한 예는 열대와 온대, 한대 지방의 삶을 비추어보면 더욱 극명해진다. 열대 지방은 확실히 온대나 한대보다 마냥 먹고 놀기 좋은 곳이다. 숲속에 들어가면 바나나며 파인애플 따위 먹을 것이 지천이고, 굳이 옷을 해 입을 필요도 없다. 그저 치부만 가리든지, 그도 싫으면 발가벗고 살면 그만이다.

온대나 한대는 다르다. 먹을 것을 대비해 놓지 않으면 꼼짝없이 굶어죽어야 한다. 또 입을 입성이나 따뜻한 집을 마련해 놓지 않으면 겨울에 얼어죽어야 한다. 그것 말고도 혹독한 겨울을 살아남으려면 이것저것 머리도 쓰고 몸도 부지런히 움직여야 한다. 그러다 보니 노력한 만큼의 결과물과 비책이 축적되어 마침내 열대지방 사람들보다 월등한 문명의 발달을 가져오게 되었다.

우리 삶도 마찬가지다. 우리는 때로 찾아오는 어려움을 예측하지 않으면 안 되고, 그때를 대비해 미리 미리 저축하고 비축하는 지혜를 갖추지 않으면 안 된다. 그때를 위해 우리는 놀고 싶은 것, 먹고 싶은 것, 사고 싶은 것 등등의 유혹을 물리치고 열심히 살 수밖에 없다. 만약 그러한 어려움이 없이 모든 인류가 다 평화롭고 건강하고 풍부한 물질 속에서 산다면? 그게 극락이고 그게 천당일 것으로 알지만, 결국 인간 종족 자체의 멸종으로 귀결될 우려가 크다.

말 나온 김에 우리나라의 현실을 돌아본다. 우리는 한강의 기적을 이루고 국민소득 3만불을 넘기고 세계 10위권 경제대국으로 커졌다. 그런데 만약 6.25전쟁이 없었고 가난이 없었다면? 또 자원이 풍부했다면? 세계 5위 내 부국이 되고 GNP 7만불쯤 됐을까? 나는 부정적이다. 우리가 이 정도의 부를 만들어낸 것은 자원빈국에 세계에서 가장 가난했던 고난의 행군을 맛본 데다 휴전선 때문에 꼼짝없이 고립된 불행지수 최고의 국가였기 때문에 오늘의 성공을 가져왔다고 본다. 호주에 옮겨진 벌처럼 지하자원도 풍부하고 이탈리아나 프랑스, 영국 등처럼 조상들로부터 유산이라도 많이 받아놓고 있었다면 지금쯤 그리스지경이 되지 말란 법 없다. 긴긴 겨울의 터널을 맛본 우리 대한민국은 따라서 부자가 될 수밖에 없었다.

종교가 필요없는 세상을 만들기 위해 종교가 필요하듯이, 인간의 행복을 보장받기 위해 불행이 존재한다라고 말하면 어불성설일까? 어불성설이라고 말하는 것 자체가 어불성설이다. 따라서 우리에게 어려움이 있다는 것은 축복이다. 그 축복을 여하히 슬기롭게 대처하고 운용하느냐 그렇지 못하느냐에 따라서 그 사람, 나아가 그 사회, 그 나라의 삶의 질이 결정되고, 품위와 격조의 점수가 달라진다.

# 나는 당신에게 만년필일까 볼펜일까

초등학교 시절, 우리는 잉크와 펜을 가지고 다니며 글씨를 썼다. 모든 물품이 열악했던 그 시절, 책보자기는 물론이요, 영이와 순이가 사는 국어 산수 책은 늘 한 귀퉁이가 퍼렇게 멍들어 있었다. 걸핏하면 잉크병 마개 사이로 잉크가 새어나와서였다.

그때쯤 나타난 것이 만년필이다. 만년필은 튜브식이어서 '폴칵폴칵'하고 잉크병에 머리를 박고 잉크를 들이키는 소리는 마치 내가 하교길에 참샘에서 손으로 물을 떠 마시는 시원함으로 와 닿곤 했다. 그러하게 소중한 과정을 거치므로 글 쓸 때 또한 한 획 한 획 정성이 들어가게 마련이고, 그럼으로써 내 어렸을 적 순기능의 성격 형성에 많은 영향을 끼쳤으리라 믿는다.

그때의 추억이 어느 날 볼펜의 위세에 감춰지고, 이어 편리한 타자기를 시작으로 컴퓨터 자판이 나타나면서 거의 잊혀질 뻔했다. 그러다 수년 전 우연히 만년필을 갖게 되면서 옛날의 만년필에 대한 집착이 되살아났다.

아끼던 그 만년필은 일 년쯤 쓰다가 잃어버렸다. 만년필을 구입하려 하니 마음에 드는 것은 비싸고 가격이 싼 것은 마음에 들지 않았다. 그러다 손에 넣은 것이 중국산 '몽블랑 짝퉁'이다. 그것도 두 자루나 생겼는데 아쉬운 대로 글자를 새김질하는 데는 그럭저럭 제 몫을 해냈다.

그런데 역시 짝퉁은 짝퉁이었다. 도금이 벗겨지더니 어느 날인가는 내 허락도 없이 제멋대로 꼭지가 똑 부러져 버렸다. 붉은 잉크를 넣어 제자들 첨삭지도 용으로 쓰는 데는 지장 없었지만 지니고 다니며 남 앞에서 글씨를 써 보일 수는 없었다. 설혹 남의 눈치를 보지 않는 성미라 해도 만년필이 요실금환자가 되어 잉크를 질금질금 흘리는 꼴을 보이는 데는 대책이 없었다.

그 후 네이버 검색창에서 '국산만년필'을 무심코 쳐봤는데 모 이름의 만년필 회사 이름이 뜨고, 여러 가지의 제품들이 우루루 몰려나와 선을 보였다. 그 중 마음에 드는 은색 도금은 품절이 되어 없었으므로 아랫단계인 그레이스형 만년필을 주문했다. 그리고 그 만년필이 도착했고, 그럭저럭 쓸 만했다. 그 뒤에는 만년필 복이 터졌는지 워터맨, 정품 몽블랑 만년필을 차례로 선물받았다. 몽블랑은 너무 굵어 싸인이나 할 것이지 글 쓰는 데는 부적격하였으므로 바꿀까 하여 직매장에 들렀다가 깜짝 놀랐다. 70만원이 넘는다는 말에 내 처지에 맞지 않는다는 것을 깨닫자 정이 뚝 떨어졌다. 순전히 이름값이지, 그렇게 비쌀 이유가 어느 구석에 있단 말인가. 그 뒤 선물한 사람에게 자꾸만 미안해졌다.

만년필은 그 편리성과 효용성에서 볼펜이나 자판을 따라가지 못한다고 여길 것이다. 그러나 천만에! 편리성이나 효용성 따위를 떠나 어느 면에서 만년필은 그 나름의 몫을 해낸다. 그것은 마치 까다로운 절차가 필요한 운동과 같다고 볼 수 있다. 예를 들어 맨손체조라든가 걷기, 조깅 같은 운동은 특별한 절차가 필요없다. 그저 트레이닝복에 운동화만 있으면 된다. 트레이닝복도 챙겨 입기 귀찮으면 작업복을 입고 달려도 되고, 그도 귀찮으면 회사 출근길에 넥타이에 정장 차림으로 달린다고 해서 안 될 것도, 이상할 것도 없다.

그러나 태권도나 유도, 검도 같은 운동은 우선 도복을 입어야 한다. 그리고 급수에 맞는 띠를 둘러야 하고 운동 시작부터 끝까지 지켜야 할 규칙이 있다. 이를 어기면 안 된다. 그런데도 그 나름의 매력이 있어 많은 사람들이 절차의 귀찮은 점을 되레 매력으로 느끼며 운동을 즐기고 있다.

바로 만년필이 그에 해당한다고 할 수 있다. 우선 볼펜처럼 함부로 다루면 펜촉이 망가져 자기가 원하는 스타일의 글씨가 나오지 않는다. 또 잉크색도 자기 선호에 맞게 선택해야 하고 펜촉도 ef냐 f냐, m이냐 선택해야 한다. 더구나 잉크가 잘 나오지 않을 때는 펜촉을 빼고 물로 세척을 해줘야 한다. 그 과정이 만만치 않다. 볼펜 같으면 미련없이 버리면 되지만 만년필은 가격을 따지더라도 그럴 수 없지 않는가. 또 필기구 자체가 볼펜보다 무거워 오래 쓰면 피로를 더 느낀다고 볼 수 있다. 한마디로 볼펜 따위보다 까다롭고 불편하다.

하지만 만년필은 품과 격이 분명히 있으며 그런 내공은 글씨에서 나타난다. 쓰면 쓸수록 자신의 영혼이 녹아들어 자기 스타일의 펜으로 바뀐다. 또 시멘트 바닥 같은 데에 떨어져 펜촉이 망가뜨려졌을 때는 돌이킬 수 없으므로 간직하는 데 신경을 써야 한다. 따라서 그런 일련의 까다로운 행동방식이 따르는 것은 볼펜 따위와 대조할 때 잡초와 난의 차이일 것이니, 그것은 우리가 선택하는 동반자는 물론 친구서부터 거래자와도 비견될 것이다.

스스럼없이 터놓고 지내는 사이라도 품과 격이 있기 마련이다. 아끼는 만년필처럼 소중한 관계가 있는가 하면 볼펜처럼 소중하지 않은 관계가 있다. 아무렇게나 필요에 의해 만나다가 어느 날 잃어버려도 아까운 생각이 안 들고 쉽게 사거나 의자 바퀴에 깨지더라도 아까운 생각 없이 쓰레기통에 버리는 사이가 볼펜사이이겠다. 그렇게 전제해 놓고, 나는 당신에게 어떤 존재일까 생각해 본다. 만년필? 아니면 볼펜?

## 감추면 썩는다

난 대체로 말이 많은 '다변꽈'에 속하며, 음흉 떨 줄을 모르는 편이다. 그래서 내 자신을 가다듬기 위해 나름대로 노력을 했다. 가능하면 침묵을 지키려 했고, 또 웬만한 일은 은밀하게 비밀을 유지하도록 노력했다. 미국 영화 '쇼생크 탈출'에 나오는 주인공을 동경하기도 했다. 그와 같은 사람이 되고 싶었다. 그렇게 하여 '멋진 놈'으로 평가받고 싶었다.

그러나 타고난 성격이 그렇지 못하다. 한번 말을 꺼내면 주둥이 뚜껑이 쉽게 닫히질 않았고, 진득하게 속에 담아두어야 할 말을 문득 꺼내놓고, 뒤에 가서 후회하곤 했다. 그때마다 내가 싫었다. 때로는 혐오감도 느꼈다. 가정에서는 가장으로서 진득하게 입이 무거워야만 존경을 받을 것이고, 사회에서는 침묵하며 남의 말을 귀 기울여 들어야만 정보를 얻을 수 있고 내가 가지고 있는 비법이나 비장의 아이디어 따위를 나만이 고이 간직할 수 있을 것이다. 그러나 그게 잘 되지 않는다. 그것이 문제였다.

내 주위에 음흉 떨며 전혀 모르는 체 나에게 말을 시켜 듣기만 하고, 그렇게 하여 필요한 정보만 싹싹 핥아먹고 헤어지는 지인이 몇 있다. 그들은 나를 만나고 나면 '내 말을 아주 잘 들어주는 덜 떨어진 녀석'쯤으로 인식하는 것 같고, 더불어 "히히, 오늘 좋은 아이디어 하나 얻었네. 고마워, 바보 친구"라고 환호를 하는 듯한 인상을 받곤 해왔다. 그때마다 나는 말을 아껴야지, 다음에는 꼭 아껴야지 다짐을 한다. 그러나 그게 안 된다. 그들을 다시 만나게 되면 내가 알고 있는 지식이나 정보를 알려주고 싶어 입이 근질근질하고, 그리하여 마침내 '주둥이'를 열면 많은 시행착오를 겪으면서 터득한 영양가 높은 고가(?)의 정보까지 노출시키고 만다. 그래서 그런 내가 싫고, 혐오스러웠다.

그러나 이 나이가 되자 나의 행동은 결코 부정적인 부분만 있는 것은 아니라는 것을 알게 되었다. 나는 어느 사이 열린 마음으로 살아왔고, 그럼으로써 생물이 살 수 없을 정도의 썩은 '사해'의 삶은 비껴왔다. 그렇다고 꼭 젖과 꿀이 흐르는 가나안 땅을 만든 '가나안강'과 같은 삶을 살았다고는 할 수 없지만, 그래도 그와 비스무레하게 살아온 것은 확실하다. 내가 거침없이 정보를 줌으로써 상대로부터 주고받는 빠다제 기번테이크give and take가 이루어졌고, 그래서 의미있는 정보를 얻을 수 있었고, 내가 공개를 함으로써 새로운 바깥의 물을 끌어들여 검증을 받을 수 있었다. 하여 썩지 않고 나름대로 신선함을 유지할 수 있었다.

그렇다. 국가의 기초단위인 가정에서부터 사회, 더 나아가 나라까지도 되도록이면 공개해야 한다. 여기서의 공개는 곧 '열림', 그것을 지나 '소통'의 뜻과 흡사하다고 정의 내릴 수 있다. 그래야 썩지도 않는다. 그래야 스스로 알리면서 정리되고 창조적인 발전 단계를 밟을 수 있다. 작은 예로, 가족들이 각기 비밀주의를 고수한다면 그 집구석은 절대 잘될 리 없다. 애비는 애비대로 비밀이 많고 안식구는 안식구대로 비밀을 고집하고 자식들은 자식들대로 비밀을 끌어안고 산다면 그 집구석은 얼마 가지 않아 공중분해될 것은 명약관화하다. 공중분해가 되지 않는다면 곪고 곪다가 어느 날 고름집이 터졌을 때는 돌이킬 수 없는 중증에 걸려 있어 신체 부위 한쪽을 잘라내 장애가 되든지, 아니면 죽는 수밖에 없을 것이다.

지금 빚이 얼마가 있고 수입은 얼마이며, 이대로 나가면 어떤 결과가 올지를 솔직하게 밝히고 가족의 협조를 얻어야 한다. 부부간이나 부모 자식간에도 나는 당신(너)에 대해 이런 감정을 가지고 있다. 이런 점이 싫고 이런 점을 고쳐줘야만 당신(너)과 편안한 관계를 유지할 수 있겠다. 이렇게 툭 까놓고 열린 마음으로 대화를 나누다 보면 썩지 않고 정상적으로 건강한 가정을 꾸려나갈 수 있겠다.

나라도 마찬가지다. 대표적인 나라가 북한이다. 그들은 철저히, 좋게 말해서 비밀 엄숙주의를 선택했고, 나쁘게 말하면 '인민의 입을 봉해버린' 함구정책을 펴왔다. 그러다 보니 아무리 겉포장을 하고 입발림 말잔치를 하고 헛폼을 잡아봤자 이미 썩은 냄새가 풍풍 풍기고 있음을 이제는 더 이상

숨길 재간이 없게 되었다. 세상에, 내 나라 인민의 먹거리도 제대로 해결하지 못하고 굶겨 죽이면서 핵실험이나 하고 긴장용 군사퍼레이드나 벌이는 나라가 제대로 된 나라라고 말할 수 있는가. 그들이 좀더 일찍, 아니 지금이라도 경제 규모는 이렇고 사회적 문제점은 이런 것들이 있고, 인민들의 삶의 진실은 이렇다고 적나라하게 공개한다면 늦은 대로 건설적이고 긍정적인 대안은 얼마든지 있다고 본다.

공개하자. 우리 모두 열린 마음으로 살자. 당신 혼자만 알고 있으므로 남에게 공개하면 손해본다고? 그건 썩은 조선 말엽 시대의 발상이다. 당신만이 알고 있다고 믿고 있는 정보는 이미 네이버, 다음, 야후 등의 검색창에서 단어만 치면 더 상세하게, 더 전문적으로 알 수 있는 게 요즘 세상이다. 준 만큼 받는 시대다. 그 말을 바꾸면 주지 않으면 받지도 못한다는 말이 된다. 비밀이 많은 사람, 비밀이 많은 집구석, 비밀이 많은 조직, 비밀이 많은 나라 치고 제대로 돌아가는 거 봤는가. 한마디로 요약하여, 소통과 유통이 안 되면 썩어 문드러질 수밖에 없다. 그런 점에서 내 의지와는 상관없이 나불거리길 좋아하는 내 입은 내 본 모습보다 한수 위였지 싶어 이제는 고맙다고 칭찬할 수밖에 없다. 아울러 주둥이라고 하시했던 내 태도를 철회하고 이제는 '입님'으로 섬기겠노라 약속한다.

# 바보 考

　충청도 뻐꾹새 우는 마을, 내 고향에 바보 형이 있었다. 나보다 다섯 살쯤 나이가 더 먹은 데다 그의 어머니와 아버지 또한 똑똑한 편이 아니어서 퍽 가난하게 살았다. 그의 부모는 남의 뒷간 독에 고인 거시기를 퍼 나르거나 남의 집 허드렛일을 돕는 일로 품삯 받아 근근하게 살아갔다. 특히 근동에 누가 밥숟갈을 영원히 놓을 양이면 그들에게는 최고의 잡job을 얻는 날이다.

　바보형은 그에 걸맞는 바보라는 별명 값을 하느라 그때껏 책을 펴 놓고 글씨를 읽는 게 아니라 그림을 보고 설명하는 수준이었고, 자기 이름자도 제대로 쓸 줄 모른다는 소문이었다. 그런데도 부모가 학구열이 있었던지, 아니면 의무감 때문인지 사친회비라는 명목의 등록금을 받는 당시인데도 시난고난 초등학교를 졸업시켰다.

　나는 그 바보형도 그렇고, 그의 부모가 동네에서 장난감 취급당하는 게 싫었다. 나름대로 인정이 있었지 싶고, 다른 한편으로는 광산김씨 가문에 훈장 핏줄을 이어받아 남다르게 예의에 민감하도록 길러져 장유유서의 의식이 어렸을 때부터 몸에 배인 바가 있어서이기도 할 것이다. 어쨌든 우리 또래 녀석들은 바보형에게 반말을 함은 물론이고 덩치가 훨씬 큰 그를 슬쩍슬쩍 시비를 걸어 약을 올리곤 했다. 그러나 나만은 바보형에게 꼬박꼬박 하오를 했고, 되레 또래가 그 형을 못살게 굴면 말리거나 하지마라 윽박지르기도 했다.

그렇게 대하자 역시 바보는 바보인지라(그때 생각에는) 다른 내 또래한테는 슬슬 눈치를 보거나 행동거지를 조신하게 대하면서 나에게는 종종 시비를 걸고 얕잡아보는 행태를 보이곤 했다. 잘 대해주는 내가 착하고 순하고 자기처럼 모자라 막 대해도 괜찮다고 나름대로 판단하는 듯싶었다. 그렇거나 저렇거나 나는 개의치 않고 반말을 하지 않았으며, 괘씸해도 피식 웃는 것으로 넘어가곤 했다. 그러는 데에는 지금은 저 세상 사람이 된 누나와 동갑이라는 것도 내 마음이 좀더 너그러워지도록 작용한 것 같다.

그런데 그 바보형의 나를 대하는 행태는 내가 중학교 들어갔을 때까지 여일하게 지속되었다. 그때는 교복을 입고 나름대로 자존심을 지키기 위해 은근히 더운 피를 행사하고 싶던 시절이었다. 헛간에 샌드백을 매달아 놓고 주먹에 다마(못, 각질)도 만들고 앞차기 옆차기 양발차기 돌려차기를 연습하기도 하면서 누군가 나보다 좀 약한(?) 녀석이 덤벼주길 은근히 바라는 시기였다. 그래서 멋지게 한방 날려 또래는 물론 여학생들에게 놀라움을 선사하는 내 모습을 그려보기도 하는 나이였다. 그리하여 때로는 등하굣길에 여학생들을 괴롭히는 녀석들을 살펴봐 나보다 힘이 약할 것 같으면 현장을 목격하는 즉시 끼어들어 한방 날려 기개를 시험해 보기도 했다. 실제로.

따라서 바보형이 여전히 내 또래한테는 주눅들어 하면서 나한테만은 불평등하게 대하는 것에 고까움을 느끼기 시작했다. 그러던 어느 날 내 또래들과 어울려 뭔가를 하고 있는데 그 바보형이 다가와 늘 해왔던 대로 나한테 은근히 시비를 걸었다. 그러잖아도 벼르고 있던 나는 돌연 바보형을 똑바로 눈을 부릅떠 노려보고, 주먹을 불끈 쥐어 하늘을 향해 치켜들며 소리쳤다.

"이 새끼, 너 뒈질래!"

이어 평소 연마해왔던 돌려차기 시범을 보였다. 발길이 자기 얼굴까지 올라가는 묘기(?)를 보이자 바보형의 얼굴이 하얗게 질리더니 몸을 돌려 똥줄기가 빠지게 달아났다. 그 뒤로는 나만 보면 저 멀리서 눈길을 피하며 길모퉁이에 움츠리고 서 있든가 저만큼 돌아서 가곤 하였다. 역시 바보는 바보였다. 그들의 공통점은 헤아려주는 것과 얕잡아보는 것을 구별하지 못하는 것이다(라고 생각됐다, 그때는).

요즘 나는 어쩔 수 없이 지나온 삶을 갈무리하는 나이에 접어들면서 어느 날 갑자기 그 바보형을 떠올렸다. 그렇다면 나는 바보가 아니었던가? 살아온 내 삶의 행적을 뒤돌아보니 여지없는 바보였고, 지금도 간데없는 바보다. 그렇다면 다른 사람들은? 눈길을 돌려 나와 직간접적으로 인연이 닿은 사람들을 돌아봤다. 겉똑똑이는 겉똑똑이대로, 건방진 품성은 건방진 품성에 맞게, 교언영색을 일삼아 이중적으로 살아온 자는 또한 그 모습 그대로, 겉과 속의 결실물을 적나라하게 보여주고 있었다. 어, 저렇게 하지 않았으면 이렇게 됐을 텐데, 왜 저렇게 살았지? 아, 이제 보니 속 빈 강정이었구나. 나 같으면 이렇게 했을 텐데. 으이구 쯧쯧, 내 그럴 줄 알았지. 제가 판 허방에 제가 빠진 꼴이구먼 등등. 결국 그들이나 나나 우리는 어딘가 모자라는, 모두가 그 바보형의 틀에서 크게 벗어나지 못한다는 걸 깨닫게 한다.

## 악담이었을 뿐이길

점심식사 후면 잠깐씩 눈을 붙이는 습관이 있어 그걸 거르면 몸 상태가 어떨까 시험하려고 식사가 끝나자마자 공원을 갔었다. 그곳에서 멋진 광경을 봤다. 고수머리의 사내가 공원 쉼막 의자에 앉아 휠체어를 탄 극노인과 얼굴을 마주하고 기타를 치며 노래를 하고 있었다. 대충 알만했다. 언젠가 들었던 말을 기억해냈다. 자기 동에 결혼도 하지 않고 노래만 하는 사람이 있다는 말이었다. 아직 일할 나이인데도 공원 구석에서 노래나 하고 있고, 그의 어머니는 늙어 꼬부랑 깽깽인데도 고물을 주우러 다닌다는 말이었다. 그리고 나 또한 고물을 줍는 그 노인네를 몇 번 본 적이 있었다. 바로 그 사람일 거라는 생각이었다.

그리고 나서 저녁식사 후 자주 해오던 대로 짝꿍과 같이 공원을 걷는데, 거의 대여섯 시간이 지난 그때껏 그 사내와 휠체어 탄 안노인이 낮에 보았던 광경 그대로 그 자리에 있었다. 짝꿍과 나는 곧바로 그곳으로 가 옆 벤치에 앉았다.

청중이 있자 끼가 발동한 그는 곧바로 노래를 불렀다. 자신이 어머니를 위해 다섯 곡을 작곡했다며 그 중에 두 곡도 불러주었다. 아내는 눈자위를 찍어냈다. 나 또한 가슴이 뭉클하는 바가 있었다.

노래는 그저 그랬고, 기타 치는 솜씨도 코드 잡는 거며 그저 그랬지만, 목소리는 나이와 다르게 또랑또랑한 편이었다. 마침내 노래를 마치고 말을 주고받게 되었다. 자랑 섞어 자신의 처지와 생각을 털어놓았다. 목소리에는 열정이 있었고, 또한 나름대로 그만한 수준의 어휘도 튀어나왔다. 그렇게 일상적인 대화로부터 약간 머리를 써야 하는 대화로까지 진전되더니만, 어느 순간 '하나님 말쌈'이 튀어나오면서 꼬리에 불달린 토끼처럼 튀기 시작했다.

자주 경험하는 바지만, 주특기대로 성경 한 구절을 프랭카드로 머리 위에 걸어놓고 온 세상의 진리를 그곳에 꿰어맞추는 식의 열변이 쏟아져나오고 있었다. 하나님 아버지, 전능, 사랑, 믿음, 성령 등등의 단어가 끊임없이 이어졌다. 그동안 '하나님 전사'들의 무차별적 공격에는 맥을 못춰왔는데, 결국 그렇게 되고 말았다.

나는 가까스로 시간을 내어 대화가 부드러워지려면 예술과 정치와 종교 이야기는 빼는 게 좋다는 말을 했다. 그는 인정하는 척하더니 다시 '하나님 전사'의 전투 의지를 과시했다. 어느 순간 머리가 흔들리더니 구역질이 느껴져 예의고 뭐고 차릴 새 없이 불끈 일어나 그곳으로부터 빠져나왔다. 그리고 그날 저녁 뱃속이 거북하여 소화제를 먹었었다.

코로나사태가 온나라를 긴장시키고 있는데 일부 개신

교 지도자들이 요상한 논리를 내세워 혹세무민하면서 나랏일을 그르치고 있다는 뉴스를 자주 접한다. 그때마다 나는 앞에서 그랬던 것처럼 뱃속이 거북하여져 물이라도 마셔야 했고, 이젠 그게 습관이 되었지 싶다. 신천지로부터 광복절 속옷목사사태 때 우리를 그토록 긴장시키더니 이번엔 상주 열방센터에서 IM센터까지, 과연 이들은 기본적 상식이라도 갖춘 사람들인가 의심을 갖게 했다. 성경말씀을 목숨보다 중하게 여긴다는 그들에게 이참에 이 말 한마디는 꼭 해주고 싶다. "네 이웃을 내 몸처럼 생각하라는 말씀을 실천하는 게 코로나확산에 앞장서는 일이냐"고.

# 깔딱고개 마루에서

그날, 짝꿍과 수락산 깔딱고개를 넘었다. 막바지 가파른 비탈을 오를 때는 나를 원망하는 눈빛이었다.

"여기서 쉬었다가 그냥 내려갈까?"라는 내 말에 짝꿍은 퉁명스럽게 대꾸했다.

"시작했으면 끝을 보는 게 당신 주특기잖아?"

네 고집 때문에 내가 고통받고, 그걸 즐기니까 내가 알아서 더 처절하게 고통받는 거 보여줄게 기다려, 하는 뜻으로 받아들여졌다. 막판에는 쉬었다 가자 해도 마구서니로 이를 악물고 올라갔다.

그랬는데, 어쨌든 깔딱고개 날맹이에 올랐다. 짝꿍의 얼굴이 구름 속에서 삐져나온 보름달처럼 환해졌다. 시야에 펼쳐지는 가을 단풍 경치와 해냈다는 자부심이 좀전의 나에 대한 억하심을 모두 쓸어냈던 것으로 보였다.

그러고 보니 수년이 지났다. 그날 아내는 화장실에서 피를 쏟으며 유언을 했다. 예금통장은 무엇무엇이 있으며 앞으로 재산관리는 어떻게 하고, 자식들은 어떻게 해달라는 내용이었지만 내 귀에 들어오는 소리는 아무것도 없었다.

그저 앞이 노랗고, 거짓말 같아 꿈이거니 그런 생각만 하고 싶었다.

마침내 119대원들이 들이닥쳐 구급대에 실리자마자 아내는 정신을 놓았다. 상계동 백병원 응급실에 도착하자마자 혈액수치부터 쟀는데, 헤모글로빈이 1.6이란다. 13 이쪽저쪽이 정상이고, 5 이하면 죽음인데 그보다 더 수치가 떨어져 숨놓기 직전이었다. 급한대로 수혈을 하면서 정신을 놓을까 봐 의사들은 계속 무슨 말인가를 물어 말을 시켰다. 그리고 이튿날 네 시간에 걸친 수술, 가까스로 살아났다. 그땐 그저 살아나기만을 바랐다. 장애인이 돼도 살아만 준다면 내가 다 수발들겠다고 맹세했다. 그랬는데, 이렇게 살아서 건강을 되찾고, 마침내 숨이 깔딱 넘어갈 수도 있다는 깔딱고개도 넘었다.

생각해 보면 이 세상에 이와 같은 이 또 있으랴. 별볼일 없는 나를 이만큼 똑바로 서게 만들고, 때맞춰 밥 주고 옷 갈아입히고 등등, 어머니 곁을 떠난 이후 이 나이가 될 때까지 길러준 거나 다름없지 않는가. 사실은 부모에게 효도만 부르짖을 게 아니라 아내에 대한 보답도 부르짖어야 할 것이다. '나의 여인'이라는 장편소설에서 한 번 써먹었듯이, 내가 만약 문둥병이 걸려 손가락이 고름집에서 쑥쑥 빠져나갈 때 과연 그 손가락을 탈지면에 싸서 쥐고 통곡할 사람은 누가 있을까? 부모가? 형제가? 자식이? 물론 부모님도 그렇게는 하시겠지. 그렇지만 빠진 손가락 마디에서 흘러나오는 고름을 닦아내며 통곡하는 몫은 역시 아내이지 않겠는가.

이제 짝꿍의 머리에도 희끗희끗 서리가 내렸다. 나는 백발이거니 짝꿍만은 안 그럴 것이라고 생각했는데, 세월은 누구도 어쩌지 못한다는 철칙을 깨닫게 만들고 있다. 따지고 보면 참으로 오랜 세월 동고동락했다. 나이가 들면서 생일도 음력 삼월 열이튿날 한날이니, 죽는 날도 한날이어서 자식들의 제사상 차리는 번거로움을 줄여주었으면 좋겠다.

하긴 이제는 제사를 물려주지 않을 것이니 그 걱정은 하지 않아도 되겠다.

# 이쁜할머니

저번에 살던 아파트에 '이쁜 할머니'가 살고 계셨다. 키가 자그마하고, 늘 웃는 모습인데, 처음 뵙는 순간 지적인 면모가 얼굴 가득 인절미에 떡고물처럼 묻어 있는 것을 알아챌 수 있었다. 어찌어찌 서로가 마음이 통했던지 엘리베이터 안에서 인사를 주고받게 되었고, 마침내 내 짝꿍과 절친하여져 이쁜할머니의 속사정까지 알게 되었다.

인생을 돈으로 따질 수는 없지만, 어쨌든 현실적 통념으로 따지면 돈은 상당 부분 그 나라나 지역, 사람의 능력까지도 수준을 짐작할 수 있는 잣대가 된다. 그런 면에서 그분은 우리가 살았던 강북의 25평 서민 아파트와는 예전에는 별반 관련이 없었다는 말에 동의했다. 그네는 간데없는 서울 본토박이에 금수저 출신이고, 돌아간 그네의 남편은 서울대 약대 출신으로 약국을 경영하여 꽤 부유하게 살았다고 한다. 그런데 남편이 저쪽 세상으로 돌아간 데다 친척의 빚보증을 섰다가 재산 다 날리고 신용불량자로 우리가 사는 서민아파트까지 흘러들어왔단다. 그분은 성인 상대로 일본어 과외를 하고 계셨다.

이야기하다 보니 내가 좋아했던 분의 상처를 드러내고 말았다. 어쨌든 이야기하고자 하는 것은 어렸을 때의 교육이 얼마나 중요한가에 대한 되새김이다. 그 할머니는 만날 적마다 재바르게 두 발을 모으고 차렷자세를 취한 뒤 손을 모아 배에 대고 허리를 거의 90도 가까이 숙이곤 했다. 그리고 걸음도 종종걸음으로 보폭을 짧게 발뒤꿈치를 들고 사뿐사뿐, 바람을 밟고 가는 걸음새였다. 전에 진검술 검형에서 배운 바 있는 것으로 일본의 사무라이 보법을 그대로 실천하고 있는 듯했다. 그러다 보니 엘리베이터를 타려고 기다리고 있는데 문이 열리며 그분이 나올라 치면 사람들이 있거나 없거나 그분은 일단 발을 모으고 두손을 마주잡고 허리를 꺾어 인사부터 한다. 그러는 바람에 내리는 사람도 타는 사람도 시간을 늦춰야 하고, 젊은이들 중에는 열림버튼을 누른 채 짜증스런 표정을 드러내기도 했다. 일단 그렇게 인사를 갖추고 나면 예의 사무라이 보법으로 바람을 밟으며 그제서야 사부작사부작 엘리베이터를 나오시곤 했다.

그러저러한 그분의 남다른 행동이 몸에 배게 된 동기를 내 짝꿍에게 털어놓았다고 한다. 그분은 왜정 때 철저하게 왜식 교육을 받은 분이었다. 따라서 배운대로 했고, 그 습관이 몸에 배었으며, 어렸을 때 밴 습관이 미수인 그때까지 그대로 유지되고 있었다. 따라서 걸을 때는 보폭이 짧게 장금장금 걷고, 인사를 할 때는 두 손을 모아 명치에 붙이고 90도 각도로 숙여야 하며 상대방과 말을 할 때는 눈을 똑바로 보지 않고 가슴을 바라보는 등 요새 사람들과는 다른 행태를 보이곤 하셨다.

　그 이쁜할머니를 떠올리자 뒤따라 오래 전 수도이전 특별법이 위헌판결로 무산되고 말았던 기억이 겹쳐진다. 그들은 낡아빠진 경국대전을 끌어들여 소위 습관적 불문헌법에 억지로 발라맞춰 위헌의 근거로 삼았었다. 물론 수도의 남하정책에 대해서는 고구려가 평양 천도를 단행하면서 그 거대한 만주 벌판을 잃는 계기가 되었던 것이 상기되며 께름칙한 부분이 자꾸 만져지긴 했었다. 그래서 쌍수를 들고 환영할 수는 없었다. 그렇지만 세계 초유의 습관적 불문헌법만을 유일한 위헌 판결 근거로 삼아 국민의 대표기관인 국회의 의결사항을 박살낸 것에 대해서는 동의할 수가 없었다.

　당시 그들은 거의 대부분 우리 아파트 이쁜할머니처럼 가장 정신적 확장이 빠르고, 또한 뼛속에 행동 규범이 스며들기 쉬운 나이에 일본식 교육을 받은 사람들이었다. 그들의 정신은 아직도 우리나라를 개명시킨 나라는 바로 일본이라는 의식이 잠재의식 속에 깊이 뿌리 내리고 있어 그 영향을 배제할 수 없을 것이다. 그런 사고의 틀에서는 서울은 어디까지나 한양이며 동시에 경성이기 때문에 절대로 옮길 수가 없었다. 그들의 　바탕에는 옥천이나 연기, 한밭에서 빼액빽 소리지르며 칙칙폭폭 달리는 화통 기차를 타고 서울까지 오려면 아무래도 다섯 시간 이상은 걸린다. 그러다 보니 박물관에나 소장돼야 마땅할 경국대전을 시렁에서 끌어내린 그

기발한 착상이 천재적인 발상이었다고 자화자찬하며 희희
낙락거렸을 게다.

하다 보니 별로 즐겁지 못한 사람들의 이쁘지 않은 얘
기를 꺼낸 것 같다. 어쨌든 그들의 조상은 일제강점기에 이
른바 출세를 하여 얻은 권력과 금력으로 자식들을 잘 가르쳐
기반을 닦아 주었다. 그런 그들이 어떻게 자기 부모가 일제
에 부역한 역적이고 자신이 역적의 자손이라는 반성을 갖게
할 수 있겠는가. 되레 자기 부모는 당시 어떤 벼슬을 했고 얼
마나 돈이 많았는가를 자랑스러워하고 있을 수밖에 없다. 그
렇게 커왔으므로. 이후 해방이 되자 일제의 우민정책에 의해
국민 대부분이 무지렁이로 있을 때 좀더 많이 배우고 돈도
있고 부모의 '빽'이 있는 한 그들 자식들도 권력 또는 금력을
자연스레 이어받을 수 있었다.

따라서 그들 자식들 또한 대부분 그들 조상의 권력과 금
력이 바탕이 되어 권세를 누리고 있는 중이다. 문제는, 다 그
렇다는 것은 아니지만, 그들 대부분은 어렸을 때부터 그런
환경에서 자라왔기 때문에 자신들은 '토착왜구적폐'라는 손
가락질에 대해 비웃음을 지을 뿐 조금도 자신을 돌아보는 의
지가 없다는 게 현실적 실체다.

# 다기망양多岐亡羊

이것저것 일주일 동안 먹고 마시고 싸고 나서 생긴 것들
이며 종이 따위를 분리수거하고 돌아서려는데 문득 눈에 밟
혀오는 게 있었다. 종이류만 모아놓은 곳에 한아름 책이 쌓
여 있었다. 책들은 모두 새것이었다. IBM회사의 내부문건
따위가 있는 것으로 봐 그 회사 어디에 다니는 듯한 사람이
버린 것들 같았다. 궁금하여 뒤적이던 중 새책 몇 권을 발견
했다. 대부분 영어하고 관계된 책들이 많았다. 관광영어니
동사활용법이니, 그러저러한 책 속에 얄팍하고 작은 책 한
권이 눈에 들어왔다. Read & Grow Rich라는 책이었다. 영
어와 관련된 책들 중에 마음에 드는 책 서너 권을 우선 챙기
고 좀전에 말한 책과 '노란 손수건'이라는 책 등 소설류와 교
양서적 몇 권을 더 챙겼다. 그럭저럭 내 방을 둘러싸고 있는
것들이 대부분 책이지만 유달리 책 욕심이 많은지라, 어쨌든
일단 모아놓고 보는 성격이 발동했던 것이다.

들어와 이것저것 뒤적이던 중 Read & Grow Rich, '독서,
그 풍요로운 삶'이라는 책이 금세 읽을 수 있을 듯 만만하여
일단 펴들었다. 한 번이라도 펼쳐봤었던가, 아니면 그러지도

않은 듯 새파란 글짜들이 굼실굼실 반기며 기어나왔다. 읽어
내려가던 나는 점점 그 책에 빨려들어가고 말았다. 그날 나
는 단숨에 읽을 셈이었으나 갈수록 책이 진지하여 급기야 줄
을 치며 읽게 되었고, 이틀이나 걸려서 완독을 했다. 애초의
주인은 그 책을 읽지 않고 버렸지만, 고맙게도 나에게는 좋
은 자양분이 되었다.

책 내용 중에 가장 인상 깊었던 것은 주인공의 경험담이
었다. 이 책을 쓴 벅 헤지스라는 사람은 가건물에서 요트를
만드는 사람이었다. 밥이라는 친구와 배를 만들던 어느 날
형수로부터 '위대한 상인의 비밀'이라는 책을 한 권 선물 받
아 읽고 그것에서 감동을 받아 그날로 다니던 직장을 그만두
었다. 그리고 한손에는 책을, 다른 한손에는 책의 내용에 있
는 지침서에 충실하려고 노력했다. 마침내 회사를 두 개나
거느리고 책을 다섯 권이나 쓴 저술가가 되었으며 많은 강연
을 하러 다니게 되었다.

주인공 헤지스는 10년 만에 그렇게 성공한 뒤 옛날 같
이 일했던 밥이라는 사내를 찾아갔다. 하루종일 쇳가루를
마시며 그라인더로 쇳조각을 갈고 나서 저녁에는 초죽음이
되어 동료 밥과 가건물로 된 일터를 빠져나와 맥주잔을 들
며 희희낙락거리던 옛 동료는 지금쯤 어떻게 살고 있을까
궁금했었다.

그가 찾아갔을 때 옛 동료 밥은 10년 전이나 조금도 다
른 바 없이 그대로였다. 역시 쇳가루를 뒤집어쓰며 그라인더

로 쇠붙이를 열심히 갈고 있었다. 밥과 서로 살아온 얘기를 나누던 중 벅 헤지스는 자신이 회사를 두 개나 경영하고 있으며 성공 사례 강연을 하고 있고 책을 써냈다는 말을 했다. 그러자 옛 동료 밥은 껄껄거리며 웃고는 농담하지 마라 했다. 그 말에 헤지스는 그렇다면 자기 차에 자기가 쓴 책이 있다며 그것을 가져다준다고 일어서자 밥이 말했다.

"뭘 주려거든 맥주를 사주게. 책 같은 건 필요없으니 말야."

여기서 헤지스는 깨달았다. 똑같은 환경이었는데, 10년 전 자기는 맥주잔 대신 책을 들었고 밥은 여전히 맥주잔을 들고 있는 차이의 결과가 바로 이거였구나.

책을 다 읽고 나자마자 즉시 교보문고 홈페이지에 들어가 '위대한 상인의 비밀'을 검색했다. 6000원짜리였는데 세일로 3000원에 구입할 수 있었다. 그리고 헤지스가 감동을 받을 만하다는 결론을 얻었다.

多岐亡羊이라는 말이 있다. 갈림길이 많으면 양을 잃기 쉽다는 말이렷다. 현대사회는 못된 직업도 많고 유혹도 많다. 또 메스미디어다 인터넷이다 하여 엄청난 정보의 홍수 속에 살고 있지만 그중에 상당 부분은 필요없거나 잘못됐거나 악성을 지닌 정보들이다. 이런 무수한 갈림길에서 그래도 '양이 가는 걸 본 길은 바로 이 쪽이오.'라고 올바르게 가르쳐줄 확률이 가장 큰 것은 뭐니뭐니해도 책이지 싶다. 책속에는 대체로 이른바 검증된 지식과 정보 중에서도 작가가 공들여 엑기스만 뽑아놓은 내용이 많기 때문이다.

# 그 추운 날씨에

아파트단지 밖으로 나서자 해가 져 캄캄한데도 희미한 가로수 불빛에 의지하여 장사꾼들이 도로 양편에 늘어서 있었다. 그 땡추위에 조는 이도 있었다. 산다는 게 무언지, 그 모진 추위 속에서 한푼이라도 더 벌어먹고 살겠노라 고생들을 하고 있었다.

"자기 자식들은 그렇게 살길 원하지 않겠지?"하고 짝꿍이 혼잣말이듯 말했다.

나는 고개만 끄덕였다. 직업에는 귀천이 없다. 그렇게 배워왔다. 그러나 그것은 이상에 지나지 않는다. 현실적으로 분명 직업에는 귀천이 없을 수 없다. 누구는 방학 동안 밥터인 학교에 가는 둥 마는 둥 시간을 때우며 깡추위는 스팀 속에서, 무더위는 에어컨 밑에서 지낸다. 그러고도 토요일이든 공휴일이든, 수업이 있든 없든 일당 20만원 안팎의 돈을 번다. 그들은 잠을 자도 벌고 제자들과 축제를 벌여도 돈이 나오고 산행을 해도 은행으로 돈이 들어온다. 누구는 사이다병 밑바닥같이 두터운 돋보기를 쓰고도 전문용어인 영어의 알파벳이나 복잡한 한문을 제대로 읽기조차 어려워도 '쫑'을 빌려주고 이따금 감사 받는 날만 가서 의자에 앉아 있으면 한 달에 몇 백 만원씩 들어온다. 그러저러하게 '쫑'으로 먹고 사는 사람들은 겨울의 혹독한 북풍한설을 피해 남양군도 근방이나 지중해 근처에서 따스하게 겨울을 보낸다. 때로 어떤 이는 가서 노는데도 학술연구비가 나와 일거양득을 누린다.

그런데 이 깡추위에 미처 팔지 못한 과일과 채소류, 질그릇, 효자손 따위 한 개라도 더 팔려고 외치고 굽신대는 그들이 있다. 이들과 전자의 그들을 비교하여 어찌 직업에는 귀천이 없다 할 수 있겠는가. 그러는 당신은 당신의 자식들에게 직업의 귀천이 없다 하여 후자의 길을 선택하여도 좋다고 생각하는가.

그래서 저렇게 그들은 이 모진 추위에 자신을 내던지고 있다. 방학 때 방바닥에서 뒹굴뒹굴 누워 있어도 봉급에 연구비가 나오는 직업을 갖게 하기 위해서, 비록 늙어 시력이 장님이나 다름없게 낡아져 있어도 '쫑'만 빌려주면 맘껏 따스한 겨울을 보낼 수 있게 하기 위하여, 그리하여 쉽게 직업에는 귀천이 없다라고 말할 수 있게 하기 위하여 저리 고춧가루보다도 매운 아스팔트의 강추위 속에 자신을 던져놓고 있는 것이다.

이상! 좋다. 그러나 이상을 향한 시선만으로는 우선 배가 고파서도 고통스럽다. 백면서생白面書生적인 문제의식은 갖되 한편으로는 장사꾼적인 눈으로 현실을 바로 볼 줄 알아야 그럭저럭 이 험한 세상의 파고를 어렵잖게 잘 타고 넘어 갈 수 있다. 한창 젊었을 때 나는 문학을 폄하하고 오로지 돈만 좇는 사람들을 경멸했다. 그러나 지금은 돈을 경멸하고 문학을 최상의 이상으로 말하는 사람들에게 연민의 정을 느낀다. 그게 바로 삶을 통과하면서 깨닫게 되는 의례적 과정이다. 내 자신이 소인일 수밖에 없다는 것을 인정하면서 하는 말이다.

## 친구야

친구라는 단어를 떠올리면 배신을 당했거나 손해를 본 기억이 먼저 떠오른다는 말을 많이 들었다. 그러나 나에게는 친구에 대해 부정적인 생각은 거의 없다. 그 점에 대해 곰곰 생각한 끝에 완벽하지는 않지만 어느 정도 입증이 가능할 만 한 원인을 분석해냈다. 무엇보다도 나에게는 어느 높이의 담 장을 항상 둘러두고 그 담장을 지키려 긴장감을 유지하는 편 이다. 그 담장을 넘어오는 것을 싫어하기 때문이다. 가까웠 다 싶으면 대부분의 사람들은 그 담장을 넘어오려 시도하고, 그러면 나는 담장을 더 높이 쌓고 그의 얼굴과 마주치는 것 자체도 마뜩지 않게 여긴다.

가령 이러한 예이다. 어느 날 문단 선배가 술집에서 나 오며 어느 문우의 집을 쳐들어가자고 했다. 밤 아홉 시가 넘 은 시간이었다. 난 반대했다. 선배는 그래야만 더욱 가까워 지고, 특히 글을 쓰는 사람들은 그러한 이벤트성 깜짝쇼쯤 누구나 대수롭지 않게 받아넘겨야 자격이 있다 했다. 말이 그렇게 나오자 당장 그이로부터 등을 돌리고 싶지만 차마 그 럴 수는 없어 절충안을 내놓았다. 미리 전화를 하고 가자는 제안이었다. 내 말에 그는 발끈했다.

"그럴려면 미쳤다고 가냐!"

나는 돌아섰다. 그들의 비난을 뒤통수로 받으며 그들로부터 등을 돌렸다. 집으로 오면서 그날 일은 없었던 것으로 붉은 색 사인펜으로 가위표를 커다랗게 그려 골방에 처박았다. 그날 그들은 계획대로 갑자기 쳐들어갔으며 새벽 한 시까지 선물하려고 간수해 놨던 양주를 몽땅 바닥냈음은 물론 안주로 냉장고 청소까지 해줬다고 했다. 그 뒤 그 선배와 나 사이는 극히 나빠져 지금은 멀리서 들려오는 풍문으로만 근황을 알고 있는 사이가 됐다.

누군가는 내 행동이 좀스럽고 쩨쩨하고 축소지향형이라고 비난할지도 모른다. 그러나 그건 내 개성이고, 내 신념이다. 그렇다고 내 주위에 친구가 전혀 없는 것은 아니다. 내 신념과 시쳇말로 코드가 맞아 근 2, 30년을 두고 가까이 지내는 친구가 몇 있다. 그 중엔 여성도 있다. 특히 여성들은 서로 속엣말을 털어놓으며 서로에게 폐가 안 되는 선에서 적당히 마시고 적당히 노래하고 아주 적당한 시간에 헤어졌으므로 얼마 전까지 멀리서나마 예쁘게 늙어가는 과정을 지켜보면서 윤색된 추억을 해바라기씨처럼 한 톨 한 톨 까먹으며 지냈다.

이제는 그마저 하나둘씩 소식이 소연해졌다. 저쪽 세상으로 떠나 소식마저 들을 수 없는 이도 있다. 그런데다 코로나사태가 터지고 나서는 모임마저 사라져 더욱 소연해졌다.

그리하여 외로움이 밀려오면서 잘못 살았나 하던 차 문득 나는 가장 친한 친구를 발견하게 되었다. 대머리꽈에 우그러진 얼굴, 오징어걸음, 걸핏하면 어린애짓을 하는 나를 그래도 싫은 기색 숨기고 말이라도 어여삐 챙겨주는 친구는 이름하여 아내뿐이라는 것. 성적 매력에 빠졌었고 자식들이 생기고 나서는 그 녀석들을 길러내는 동업자가 되었다가 어느 날부터인가는 서로를 챙겨주고 참아주는 낯선 친구로 변질되어 있었다. 괴로움을 견디는 과정일 뿐인 인생살이에서 그래도 이 나이에 그런 친구가 내 곁에 있다는 것만으로도 나는 간데없는 백퍼 행운남이지 않겠는가. 친구야, 덜 아프고 오래 살자.

# 좋은 것 나쁜 것, 그리고 추한 것

세상사를 보는 관점은 상식선과 주관의 범위에 따라 달라지고 그 충돌에서 갈등이 일어나는 경우가 많다. 대표적인 게 오래 전 세간의 입노리개감이 된 억대 내기 골프에 대한 판결이다. 담당 판사는 자기 실력껏 돈을 따먹은 것은 하나의 재능이고 노력의 대가이기 때문에 죄가 아니다 하여 무죄 판결을 내렸다. 상식선에서는 도저히 이해할 수 없는 판결이다. 그러나 그 판사의 주관적인 판단으로 보면 그럴 수도 있다. 그 자신이 억대의 내기골프를 쳤을 수도 있고, 또는 그 집단에 소속돼 있는 판관들 대부분이 그러한 행동 비슷한 짓을 벌이는 것을 목격해 온 바로서 차마 유죄로 판시할 수 없었을 수도 있다. 아마 후자가 맞을 것이다. 그런 의미에서 그 판사는 양심적이고 용기가 있었다?

그 판사의 행위를 놓고 볼 때 우리는 좋다 나쁘다 이분법적으로 말할 수가 없다. 상식선에서 보면 나쁘다, 이겠지만 그들 집단을 두고 주관적 시점에서 보면 용기 있고 양심적이어서 좋았다, 라고 말할 수도 있기 때문이다. 여기서 우리는 딜레마에 빠진다. 어쩌란 말인가? 방법은 있다: 이때 제 3의 판단인 '추하다'라는 범주를 만들어 놓으면 스트레스 안 받고 쉽게 수용할 수 있다. 그 '추하다'의 명패가 붙은 창고에는 별의별 게 다 있지만 그 중에는 우리의 입장에서는 어찌 해 볼 수 없는 저쪽 세상 사람들의 행동들이 대부분을 차지하고 있다.

우리들의 일상에서도 그러한 경우는 얼마든지 흔하다. 만나면 별로 뒤끝이 좋지 않고 별로 만나고 싶지 않은 사람이 있다고 하자. 여기서 시쳇말로 코드가 맞지 않는 그 사람이지만 그의 인격을 존중하여 만나면 악수 정도 하고 의례적인 인사말을 나눈다. 그러나 되도록 만나지 않으려고 자리를 피한다. 이 정도가 상책이고 '좋다'의 범주에 들 수 있는 행동이다. 그러나 만나자마자 고개를 돌리거나 대놓고 낯박살을 주는 행위는 '나쁘다'의 범주다. 여기서 '나쁘다'는 '좋다'의 반대 개념이 아니라 '좋지 않다'의 개념으로 받아들여야 한다. 그런데 만났을 때는 친한 척 밥 술 다 얻어먹고 그가 없는 다른 장소에서는 그를 비방하고 헐뜯는 행위, 이 행위가 바로 '추하다'의 범주에 속하는 행위다. 등급으로 따지면 가장 저질의 등급이다.

일반 가정사에서도 그렇다. 참고 양보하고 융화하려고 노력하는 것은 물론 '좋다'의 범주다. 때로는 화를 내고, 특히 부부간에 갑질을 하거나 폭력은 폭력으로 맞대항하여 상대편의 의도를 무력화시켰다면 이는 좋지 않지만 있을 수 있는 '나쁘다'의 범주에 속한다. 그러나 지능적으로 은근히 스트레스를 주어 상대를 골병들게 하고, 말려 죽이는 행위는

'추하다'에 속한다. 따라서 가능하면 좋은 쪽을 선택하고 그렇지 못하면 '나쁘다' 쪽에 서는 것도 있을 수 있고, 이해할 수 있다. 그러나 절대로 '추하다' 쪽의 선택은 있어서는 안 되겠다. 그 범주의 경계가 확실치 않을 때는 '상식'이라는 잣대를 들이대면 대부분 답이 나오는 경험도 참고할 만하다.

그런 점에서 근래 말이 많은 정치검찰 수장의 행동은 일부에서는 '좋다'로 평가하고 다른 일부에서는 '나쁘다'로 평가하고 있는 모습을 본다. 말 그대로 '법대로' '법에 따라' 행동했다고 보는 측에서는 요즘 그의 정치적 행보를 환영함과 동시에 기대감까지 갖고 있다. 그러나 그 대치된 입장에서는 자기 가족이나 자기편에 줄을 선 사람들은 법의 잣대를 느슨하게 가늠하면서 자신과 각을 세우거나 거스르는 측은 잔인할 정도로 법도를 휘두르는 선택적 수사와 기소를 했다며 비난했다. 즉 '나쁘다'로 분류했다.

그러나 가급적 중도지선을 지키려는 나의 시각으로는 그의 행위는 '추하다' 쪽이다. 적어도 한 가족을, 한 개인을 그토록 철저하게 짓밟는 행위는 법률행위를 떠나 상식선에서 추한 편이었다. 사건이 터지고서야 알게 된 그냥 그런 대학의 봉사활동 표창장 하나 가지고 어찌 일흔 번 넘은 압수수색을 할 수 있으며 여중 때의 일기장까지 뒤지는 행위, 그게 법에 따른 공정한 공적행위라고 말할 수 있을까? 이 말이 고까우면 당신의 행동을 돌아보라. 일흔일곱 번 당신을 압색해도 먼지 한 알 털리지 않을 자신 있는가?

# 설거지 예찬

　오래 전부터 특별히 바쁘거나 몸이 피곤하다면 몰라도 식사 끝나자마자 거의 대부분 내가 설거지를 해왔다. 자식들과 같이 식사를 하더라도 불끈 일어나 설거지는 내가 한다. 설혹 딸은 물론 며느리가 있어도 설거지는 내가 하며 움직일 수 있는 한 그렇게 할 것이다.

　처음에는 미안해서 시작한 일이다. 짝꿍이 식사를 준비했으니 당연히 설거지쯤은 내가 해줌으로써 조금은 고마움을 표시하게 되지 싶어 하는 마음에서 시작했었다. (얼마 전부터는 식사 준비도 대부분 내가 하지만; 그 재미 또한 일품이다) 하고 보니 여러 가지로 내게 도움이 됐다. 첫째는 음식을 하는 사람은 설거지를 하기 싫어하는 게 일반적인 바, 내가 설거지를 해줌으로써 짝꿍은 나에게 감사한다. 그러면 우쭐해지며 한편으로는 빚을 갚은 듯하여 뿌듯함을 갖게 한다.

　다음으로는 어차피 씻을 손인데, 맨손으로 설거지를 함으로써 자동으로 손을 씻게 된다. 그리고 설거지를 맨손으로 하다 보니 일일이 그릇마다의 감촉을 즐길 수 있는데, 그 각각의 특성 있는 질감을 즐기는 일이 나에겐 색다른 경험이다. 그러면서 회색의 볏덩이는 이런저런 생각들을 뒹굴리게 되는데 그러다 순간 기가막힌 글감을 건져내기도 한다. (물론 기름기 있거나 비린 음식을 먹었을 때는 고무장갑을 끼고 하지만)

무엇보다도 설거지를 함으로써 건강에 크게 도움이 된다는 점을 빼놓을 수 없다. 대개 식사를 하면서 시작된 화제는 식사가 끝나고 나서도 이어지고, 그러다 보면 계속 의자에 앉아 있게 되며 그러면서 자연히 남은 반찬으로 자꾸만 젓가락이 가게 마련이다. 그러나 식사가 끝나자마자 설거지를 하게 되면 불끈 일어남으로써 식사를 빨리 끝낼 수 있고, 쓸데없이 자극적인 반찬을 집어먹는 나쁜 습관을 없애게 된다. 또한 쓸데없는 대화로 시간을 낭비하거나 말을 잘못하여 가족으로부터 핀잔을 얻어먹지 않아도 되고.

그리고 또 하나, 무엇보다도 허리운동에 좋다. 그중에서도 평소 세균처럼 붙어 일생을 괴롭히고 있는 요통이 식사 끝나자 의자에서 바로 일어서고, 개수대에서 설거지라는 운동을 함으로써 자연 근골격계 계통의 요통을 가라앉히는데 많은 도움이 된다는 것을 경험한다. 그래서 나는 서슴지 않고 많은 사내들에게 이렇게 말하고 싶다.

"건강하게 살고 싶으면 아내로부터 '설거지권'을 빼앗아 챙기시오."

# 내 해골 편하게 뉘이기

꽃을 두고 선택할 때, 그것을 꺾어야만 직성이 풀리는 소유양식적 삶과 존재를 인정해 주고 지켜봄으로써 향유하는 존재양식적 삶, 두 가지로 크게 나눌 수 있다. 그런 점에서 남녀 문제도 마찬가지라 할 수 있겠다. 정을 주고 싶고 사랑스러운 여인이 있으면 그대로 멀찍이서 지켜봄으로써 그 자체가 행복일 수 있다. 그러나 그 여인을 나와의 관계를 좁히기 위해 이름을 붙여주고 그녀의 존재 일부를 소유하려다 보면 그제는 행복이 아니라 불행의 덫을 밟게 된다.

그러한 경우를 참으로 많이 봐 왔다. 얼핏 떠오르는 사람이 있다. 그분의 딸이 나와 동기니까 나이는 거의 아버지 뻘이지만 같은 광산 김가 용자 돌림인, 그냥 그렇게 형님이라 일컫는 분이 있었다. 가방끈은 내놓을 만하지 못하지만 얼굴 윤곽이 뚜렷하고 언변 또한 좋았다. 또 재물을 모으는 재주도 있어 근동에 하나뿐인 전기방앗간을 운영하고 있었고, 도의원이었고, 농협 이사장으로도 있었다. 가방끈이 출세의 기본이 되는 한국적 풍토에서 보통학교 출신으로 그만하면 꽤 성공하였다고 볼 수 있는 경우다.

그런데 한 가지 커다란 결점이 있었으니, 여자에 약하다는 점이다. 그래서 젊디젊은, 딸 같은 여인을 알게 되어 몰래 결혼식까지 치렀고, 본처에게 들키자 그제부터 머리 터지는 정신적 수렁창에 빠져들기 시작했다. 본처가 나달아와 여부인의 세간을 죄 때려부수고 가면 여부인은 즉각 반격에 나서 이른바 그녀의 오빠라는 자들과 떼지어와 그제는 본처의 세간을 모두 때려부수었는데, 그런 일이 규칙적으로 일어났다. 그러다 결국 본처와 이혼하게 되고, 얄잡힌 형님은 여부인으로부터 심한 구타까지 당하게 됐는데, 그 처참하게 된 이른바 따라지신세를 견디다 못해 나뭇가지에 목을 매달아 말년을 욕된 삶으로 마감했다. 그 외에도 나와 관계된 사람 중에 난봉으로 망하든지 제 명을 다하지 못한 사람이 양손에 붙은 손가락을 거의 채우고도 남는다.

그렇다. 초가삼간에 내 해골 뉘이고 방 두 칸이 남걸랑 청풍과 명월 한 칸씩 들임으로써 인생의 기본적인 낙은 갖춰진다. 그러고서 나머지는 둘러놓고 봄으로써 깔끔하고, 품격도 갖춰진다. 둘러놓고 보아야 할 것들을 내 방에 끌어들임으로써 그제부터 번잡함과 고통의 회오리바람에 말려든다. 더구나 남녀 관계는 더욱 조심스럽다. 물건 같으면 내다 버리면 그만이고, 가축 같으면 팔거나 잡아먹으면 그만이다. 그러나 이성은 사람이기 때문에 일단 인연이 맺어지고, 그 인연이 합당하면 행복은 배가 되지만, 그렇지 못할 경우에는 불행이 배가 되는 공식이 성립된다.

그래서 우리같이 못난 사람은 약간의 노력으로 충분히 존재양식적 삶을 구가할 수 있지만, 잘나고 잘나가는 사람은 자기 관리에 공을 들여야 신상도 편하고 말년에 편안한 마음으로 꼴까닥 가볍게 저승으로 갈 수 있다. 그렇지 않음, 함부로 꽃을 탐내다가 내가 보아왔던 그 사람들처럼 폐인이 되든가 목에 밧줄을 걸어야 끝이 나기 마련이다.

근자에 들어와 이른바 '미투'라는 신조어가 생성되고 그 신조어가 확장되면서 사회적으로 많은 이슈의 큰자리를 차지하고 있다. 그리하여 우리나라 서울과 부산의 수장들이 하나는 삶을 내던졌고 하나는 사법부에 끌려다니면서 죽음보다 못한 수치스런 삶을 가까스로 유지하고 있는 중이다. 그 외에도 예술계로부터 정치계와 학계까지 왜곡된 이성문제가 가시화되고 죄악시되면서 나락으로 처박히는 모습들을 많이도 보았고, 보고 있다. 사회상이 그렇게 자리잡혀가자 본능적으로 공격적인 남자들은 여성들과의 거리두기에 민감해질 수밖에 없고, 그러다 보니 늙은 총각들이 날로 늘어나는 현상으로 이어지고 있는 일면을 보면서 잘 늙어온 내 삶이 문득 자랑스러워진다. 얼씨구!

# 남성우월, 그 마지막 세대의 조언

　길을 걸을 때 자주 만나는 여인은 흉측할 만큼 깡말랐다. 얼굴의 뼈가 모두 드러나 해골을 보는 듯했다. 그 외양을 보는 것 자체가 부담스러워 나중에는 그녀와 마주치는 것을 피하기까지 했다. 멀리서 그녀가 마주 오는 것을 보면 가급적이면 내가 미리 방향을 엇갈리게 바꾸거나 지나치더라도 얼굴을 보지 않으려 했다. 그처럼 웃음의 흔적마저 없는 무표정한 해골 형상은 묘지 속에서 마악 일어나 밖으로 걸어나온 미이라나 진배없었다.

　그런 외양으로 그녀는 벙거지 모자를 쓰고 걷고 또 걸었다. 살아나고 싶은 모진 의욕을 다리에 힘을 주어 걷는 동작으로 대신하고 있는 듯 보였다. 저리 악을 쓰고 걷는 것보다는 차라리 병원에 입원하든지 요양원 같은 데 가는 게 낫지 않을까 늘 속으로 뇌이곤 했다. 그러면서 한편으로는 저 여자의 남편은 누구일까? 어찌 자기 부인이 저 지경인데도 조치를 취하지 않는가, 속으로 욕을 해대기도 했다.

　그런데 어느 날 그 미이라의 여인 얼굴에 얼핏 미소의 흔적이 묻어 있는 것을 엿볼 수 있었다. 물론 무표정한 얼굴이었지만, 얼굴 입가쯤에 웃음기가 잔상처럼 엷게 묻어 있었다. 그러고 보니 미이라의 얼굴에 화색이 도는 듯도 싶었다.

그러더니 어느 날 문득 그녀와 마주치자 전과 다르게 그제는 미이라의 얼굴에서 화색이 도는 기미가 확연하게 드러나 있었다. 살도 조금은 붙은 듯싶었다. 뭔가 변화가 있는 게 분명했다. 아니나다를까, 뒤에 그녀의 남편인 듯한 50대 초반쯤의 사내가 뒤따라오고 있었다. 사내는 자그마한 키에 곱살하고 피부에는 제법 윤기가 반질대는 그런 사내였다. 보아하니 대충대충 아무렇게나 사는 그런 인물은 아닌 듯싶었다.

그러더니 언젠가, 그 남자가 그 미이라의 여인을 자전거 뒤에 태우고 어딘가 가는 모습을 볼 수 있었고, 마침내 나란히 걸으며 무슨 말인가 나누는 모습도 보았다. 그러는가 싶더니, 어느 날 갑자기 그 미이라의 여인은 보통 여자의 외양을 갖추고 내 앞을 스쳐지나가는 게 아닌가.

그 여인에 대해 몇 번 이야기를 꺼낸 적이 있는데, 짝꿍이 귀담아 두었다가 그의 남편이 야쿠르트를 파는 아주머니와 나누는 이야기를 들었다며 전해주었다. 그 사내가 말하더란다. 우울증이 그렇게 무서운 줄 몰랐다. 어느 날 아내가 침울해지고, 활기를 잃었는가 싶더니 바짝바짝 꼬챙이처럼 말라갔다. 그래도 그저 병원약을 먹다 보면 치료가 되겠지 하며 직장일에 열심이었단다. 그러다 끝내 더이상 그대로 두면 죽겠다 싶어 회사를 그만두고 자기 부인 옆에 붙어서 전적으로 병구완에 나섰단다.

그러면서 그녀의 우울증을 가져다준 가장 큰 원인제공자는 바로 자기 집 가족, 시집이었다는 것을 깨달았단다. 그 가족관계에서 얻은 결론인즉슨, 사위가 처갓집에 가면 처갓집 식구들은 뭔가라도 잘해주려고 최선을 다하는 대신, 며느리가 시집에 가면 시집식구들은 어떻게 하면 헐뜯을 '꺼리'를 챙겨내나 하는 차이가 있다는 것도 알게 되었단다. 그것에서 근본적인 치료 방안을 찾아내 강력하게! 개선시켰더니 마침내 죽음과 같은 우울증에서 다소 해방될 수 있게 되었다는 말이렷다.(시누이들을 향해, 누구든 자기 아내에게 함부로 입을 놀리면 그 자리에서 당장 주둥이를 찢어놔 버리겠다고 선언했단다.)

토플러의 말마따나 현재는 권력 이동 중에 있다. 그중 하나가 이성간의 권력이동 현상이다. 학교 선생님들의 삼분지 2가 여자다. 법조인의 상당 부분도 여성이 차지하고 있다. 이제는 공군사관학교는 물론 배를 타고 몇 달씩 해상에서 생활해야 하는 해군사관학교에서조차 여생도를 뽑고 있다. 호적법도 바뀌었다. 초등학교부터 중고등학교까지 상위권 학생의 3분지 2를 여학생이 차지하고 있는 게 현실이다. 이런 현실을 분명히 인식하고, 인정하고, 그에 따라 사회관습이 바뀌지 않으면 안 된다. 이대로 넋 놓고 있다 보면 출산율은 더욱 떨어질 테고, 남성들의 입지는 더욱 좁아질 것이며, 결국 태어날 때 이미 열성으로 태어난 남성들의 말로는 비참해질 수밖에 없다는 것을 염두에 둬야 할 시기가 온 것이다.

그렇다! 나도 알 두 개가 더 달린 남자지만, 아무리 돌아봐도 남자는 평생 누군가의 애프터서비스를 필요로 하는 열성인자를 갖고 태어난 게 사실이다. 조상들이며 선배들이 사회 구조적 힘을 이용하여 잘도 억압하고 잘도 부려먹고 잘도 무시했으니, 이제 유산으로 받은 그 대가를 치를 마음의 준비를 단단히 해놓아야 그럭저럭 한세상 목숨 부지하며 살아갈 것 같다. 그렇게 따지니, 나는 결혼생활에서 남편이라는 특권을 잘도 누린 그 마지막 세대가 아닌가 싶기도 하다. 아니, 확실히 그렇다. 현실적으로 증명되고 있지 않는가.

# 도둑에도 급수가 있다

옛날 옛날 호랑이가 양주에 취해 비실대다가 전봇대에 머리를 박고 죽는 시절 그땟적 이야기가 생각나 몇 자 적어 본다. 노 전 대통령이 은행에 예금해 났던 비자금이 들통나 몰수당했다는 뉴스가 있었다. 31억을 이두철이라는 가명으로 예금해 났는데, 금융실명제가 되면서 시쳇말로 빼도박도 못하고 속앓이만 하고 있다가 이자가 붙어 72억이 된 그때쯤에서야 발각이 나 세금과 추징금으로 고스란히 국고에 들어가고 말았다. 이로써 추징금 중 80% 정도를 회수했단다.

그러나 같은 대도大盜 계열인 전 전 대통령을 보자. 그도 2천억이 넘는 추징금형을 받았다. 그러나 그는 2003년에 금융자산이 29만원 예금밖에 없으니 배째라는 식으로 나왔다. 결국 나라에서도 그 강단에 기가 죽은데다 워낙 철저하게 재산을 은닉하여 새발에 피만큼의 돈만 회수하고 말았다. 지금도 "땡전 한푼 먹은 게 없다."라고 대중 매체에서 당당하게 말하던 그의 표정과 목소리가 생생하게 떠오른다.

여기서 도둑에게도 급수가 있다는 것을 우리에게 입증해 주고 있다. 좀은 한수 아래인 노대도는 멍청하게도 비자금의 대부분을 기업에 꾸어주거나 은행에 예금해 놨단다. 따라서 결국은 모두가 들통날 수밖에 없었다. 노대도의 도적 단수는 그저 7단? 그 정도일 것 같다.

그러나 전대도는 대부분의 비자금을 무기명채권, 부동산 등으로 사놔 도대체가 장물의 행방을 추적할 수 없었단다. 비자금을 쫓는 포졸은 포졸대로 기진맥진한데다 좌절감에 빠진 반면 도적 단수 9단인 전대도는 여유만만하게 그들 앞에 나타나 그들을 비웃으며 반문했었다. "진돗개까지 다 내놨는데 뭘 더 내놓으라는 거야? 나같이 양심적인 사람을 시도 때도 없이 애먹이고, 이 사람들 미친 것 아냐?"

모든 일에는 분명 급수가 있고, 그 급수에 따라 내공의 크기가 다르다는 게 밝혀졌었다. 또한 전대도와 노대도의 차이를 보면서 보통사람보다 급수가 월등히 높은 사람은 타고난 천재적 기질이 바탕에 있어야만 하지 않을까 하는 생각도 함께 해보게 된다. 여기서 혹자는 엠비가 전대도보다 더 급수가 높다고 말할 수도 있겠다. 그러나 내 생각으로는 전대도보다 한수 아래라고 말하고 싶다. 전대도보다 더 높은 급수를 받으려면 바비큐회사를 두고 당당하게 말했어야 했다. 그래, 내가 했다. 왜, 매스껍냐!

우리 같은 지렁이들은 설혹 대통령 자리에 앉게 하고 비자금을 갖다준다 해도 심장이 요동치고 손이 떨려서라도 감히 받지 못할 것이다. 설혹 받았다손 치더라도 모든 게 들통이 나 그 지경에 이르면 그제는 부끄러워 밧줄 서너 발 들고 인왕산 낙락장송 밑으로 가든지, 아니면 최소한 적어도 매스컴에 얼굴을 내밀지 못하고 굼벵이처럼 땅속으로 기어들어갔을 것이다. 하긴 그런 쫌보가 대통령이 될 확률은 당연히 0%이겠지만.

# 가장 맛있는 말

    살아가면서 느끼고 배우는 것들이 왜 이리 많은지 모르
겠다. 또 배우고 느끼긴 느끼는데 어느 사이 잊어버리고 타
성에 젖어 살다 보면 어느 날 까마득히 잊고 있다가 일을 저
지르고 나서야 아차, 이런 멍청이! 하고 후회하곤 한다.

    그 중에 하나가 남의 말 하기다. 먹는 것 중에 가장 맛있
는 것은 훔쳐먹는 것이라 했는데, 말 또한 가장 맛있는 것은
남의 흉 뜯는 것 아닌가 싶다. 대상을 끌어다 놓고 삶고 굽고
튀기다 보면 그 맛이 일품이다. 그렇게 남의 말을 하는 자리
에 나도 꼭 끼어서 한마디는 해왔다.

    그러다 어느 날 그들은 또한 내가 없으면 나를 끌어다
요리해 먹는다는 것을 깨닫자 등골이 오싹했다. 그런 뒤 그
사실을 입증받기 위해 은밀히 곰파보았는데, 과연 나와 같이
남을 요리해 먹었던 그 사람들이 또한 나를 요리해 먹는다는
것을 전전말로 들을 수 있었다. 그래서 절대로 남과 입 섞어
남의 흉은 보지 말아야겠다고 결심했는데, 어느 사이 분위기
에 취해 끼어들어 같이 요리를 해먹게 된다. 그리고 난 뒤에
서야 내 주둥이를 짓찧고 싶은 후회를 하지만, 얼마 가지 않

아 또 그 짓거리를 반복하고 있는 나를 돌아보게 된다.

남의 흠을 보지 않는 행동은 상위 계열의 미덕이다. 제대로 실천만 하면 확실하게 성공한 삶을 사는데 결정적인 바탕을 만들어준다. 그것을 나는 목격했다. 그 중에 하나, 금세 떠오르는 사람이 있다. 그는 나와 같이 대구 미8군 캠프에서 군생활을 했었다. 그는 나보다 대강 6개월 선배였다. 같은 충청도 출신이라서 정감도 갔지만, 무엇보다도 그는 우선 말수가 적어 나로 하여금 깊은 신뢰감을 주었다. 그런데다 남의 말 하는 것을 보지 못했다. 그는 소대본부에 있었는데, 카투사는 물론 미군까지 그를 인정했고, 좋아했다.

그에게서 남을 비난하지 않고 말수가 적은 미덕 빼놓고는 달리 특별하게 재능을 보이는 것은 글씨를 잘 쓰는 것이랄까, 그 정도였다. 나머지는 인물이 훤칠하게 잘생긴 것도 아니고 집에 돈이 많은 것도 아니고, 또한 학벌이 높은 것도 아니었다. 그런 그였는데, 포털사이트 검색창에서 그의 이름을 치면 어디서든지 그의 행적을 쉽게 엿볼 수 있을 만큼 살아오면서 지금껏 자기 몫을 멋지게 해냈다는 게 밝혀지고 있다. 그리고 그 바탕은 가장 맛있는 말, 즉 남의 말을 삼가는 품성 때문이라고 확언할 수 있다.

2 / 느릿느릿 서둘지 말고

# 군살 빼기

오래 전 일이다. 짝꿍과 같이 자전거를 타고 의정부까지 간 적이 있었다. (지금은 옛 추억이 되었지만) 가다가 중랑천 자전거길 옆에서 고등학생들을 데리고 선생님이 야외 활동을 하고 있는 모습을 보게 되었다. 편을 갈라 양편에서 한 사람씩 나와 닭싸움을 벌이고 있었다. 기가 넘치는 환호와 웃음소리가 폭죽으로 파란 하늘에 수를 놓았다. 비록 중랑천에서는 싸구려비누향이 구역질나게 풍겼지만, 그들의 생기발랄한 열정에는 아무런 끼침이 없었다.

짝꿍과 나는 자전거를 세우고 한껏 녀석들의 열정에 취했다. 젊다는 것! 젊음의 융단 위에서는 사금파리 하나도 다이아몬드로 빛나고, 방귀소리 한 방에도 수천 마리의 비둘기가 날아오르는 날갯짓소리로 하늘을 덮는다. 그곳에는 사회의 음기도 양기로 바뀌며 사람을 사람 같지 않게 만드는 귀신들은 감히 범접하지 못한다.

그곳에서 우리는 중요한 것을 발견했다. 대체로 뚱뚱한 학생과 호리호리한 학생간에 닭싸움을 벌이면 거의 90%는 뚱뚱한 녀석이 진다는 것이다. 얼핏 생각하면 뚱뚱한 녀석은 체중이 있기 때문에 부딪치면 호리호리한 녀석이 당연히 나가떨어질 것으로 여기기 마련이다. 그러나 실제는 그렇지 않았다. 대부분 뚱뚱한 녀석들은 상대방에게 밀려서 지는 게 아니라 스스로의 체중에 지치거나 중심을 잃어 주저앉고 말곤 했다.

과체중! 그러고 보니 나라까지도 과체중은 위험하지 않나 싶다. 미국이 그렇고, 한국의 6.25동란 특수를 타 목돈을 거머쥔 뒤 동물적인 상술로 돈을 긁어모은 일본이 또한 그 예이다. 그들이 정녕 과체중인 채 감량을 하지 않고 육덕 하나로 으스댄다면 틀림없이 어느 날 갑자기 스스로 주저앉는 우를 범할 것이다. 2백만의 인구가 불과 만 명 남짓의 인구로 전락하면서 망했던 로마사가 그것을 증명하고 있다.

개인과 가정도 또한 마찬가지다. 지위든 돈이든 과중하게 많이 갖고 있는데도 더욱 많이 가지려고 발광한다면 머지않아 스스로 주저앉을 수밖에 없다. 누구누구 꼬집어 말할 수는 없지만, 그런 모습들을 매스컴 등을 통해 많이 봐오지 않았는가.

그런 폐단을 방지하는 대책은 생각보다 간단 단순 명료하다. 주다 보면 가벼워지고, 가벼워짐으로써 과체중에서 오는, 스스로 힘에 부쳐 주저앉는 자멸의 단계를 극복할 수 있다. 남에게 주지 못할 것은 버리면 된다. 버리면, 그것이 필요한 사람이 주워가게 마련이다. 강력한 알렉산더 대왕이 한 수 아래인 페르시아 군대에게 패했을 때 그는 곰곰 그 원인을 분석했다. 마침내 군졸들이 전투하지 않는데도 피곤에 지쳐있는 모습을 발견했다. 그리고 그 원인은 각자 메고 있는 커다란 배낭에 있다는 것을 알게 되었다. 그 속에는 승전지에서 습득한 패물 따위들이 가득 들어 있었다. 알렉산더는 그것들을 모두 거두어 태워 버렸고, 마침내 짐이 가벼워진 병사들은 연전연승하게 되었다.

그렇다. 이제 가벼워지는 연습을 하자. 당장 몸무게부터 빼야 한다. 쓸데없이 가지고 있는 것들을 남에게 주든지 버려야 한다. 별 도움이 안 되는 시시껄렁한 잡념들도 버려야 한다. 무엇보다도 빨리 버려야 할 것은 기억의 창고 속에 처박아놓고 이따금 먼지를 떨어내 원형을 곱씹는 분노, 원한, 책망, 자책감 따위다. 그래야 평생 닭싸움을 벌인 '거짓 나'와의 대결에서 '참나'가 이기게 된다. 가정도, 사회도, 정치도, 나라까지도.

# 삶의 바퀴를 힘들게 하는 것들

짝꿍의 생일 선물로 자전거 한 대를 산 적이 있었다. 짝꿍과 나는 음력 생일로 한날이어서 나 스스로는 해마다 그래 온 것처럼 아침에 쇠고기 넣은 미역국이나 먹고 슬그머니 보내려 했는데, 맏상주가 번역료 받은 돈과 강의료 일부를 떼어 내게 노트북을 선물했다. 아직 미혼에 학생인 주제에 그러한 선물을 했으니 나로서는 미안하고, 기쁘고, 아무튼 그랬었다. 그래서 이왕 구입하는 김에 거금(?)을 투척하여 알루미늄으로 된 여성용 예쁜 자전거를 샀다. 최신형 기어는 내 자전거와 다르게 녹고 있는 아이스크림처럼 부드럽고도, 질감 좋은 키펀치처럼 또록또록 확실하게 작동했다. 짝꿍은 무척 기뻐했다. 그리고 고마워했다.

가난하던 시절부터 우리는 원래 자전거를 좋아했다. 그래서 일과가 끝나고 나면 한밤중에 교외로 나가 논두렁에 앉아 도란도란 숙덕숙덕 무슨 말인가를 끊임없이 나누곤 했었다. 어둠과 개구리울음소리, 머얼리 점점이 이쁜 전설을 꾸미고 있는 아련한 불구슬들이 뒹굴고, 그리고 우리 주위에는 반딧불이가 날고 있었다.

그런데 짝꿍의 자전거 타는 솜씨가 예전 같지 않고 속도가 영 느렸다. 때로는 같이 다니기에 속이 터질 정도였다. 그러면서도 다 타고 돌아오면 무릎이 아프다느니 엉덩이가 아프다느니 투정이었다. 한번은 강남 진출을 목표로 나섰는데 그때는 더욱 속도가 느렸다. 물론 맞바람이 불어 그러기도 하겠지만, 그래도 그렇지 너무 느렸다. 그래서 투정을 부렸더니,

"당신이 타 봐! 타 보면 알 거 아냐!"

하고 뜬금없이 목청을 높였다. 그래서 말대로 바꾸어 타 봤다. 짝꿍은 당해 보라, 하는 투로 내 자전거에 올라앉자마자 마구 달렸다. 그 속도에 맞춰 가는데 정말 힘이 들었다. 이상하게 힘만 들고 속도는 나지 않았다. 내 일방적인 추론으로 그 원인을 분석해 말했다.

"길이 안 나서 그래. 자동차도 처음 사면 길을 내기 위해 고속도로에서 마구 달려주라는 말이 있듯이. 곧 잘 나가게 될 거야."

그랬는데, 그 이튿날 아침 짝꿍의 자전거 키를 풀고 끌자마자 이상이 있다는 게 손을 타고 회색 넛덩이에 전해졌다. 힘들이지 않고도 굴러가야 원칙인데 끌고 가는 것마저 은근히 힘을 요하는 것이다. 그래서 살펴보았더니, 뒷바퀴 브레이크 라이너가 바퀴테에 닿아 있지 않는가! 그게 원인이었다. 아무리 조작을 해도 브레이크 라이너는 바퀴에서 완벽하게 떨어지질 않고 끈질기게 붙어 있었다. 즉시 자전거를

끌고 구입한 곳으로 갔다.

"자전거가 힘들어서 못 타겠어요."

짝꿍이 불만을 토했고,

"뒷바퀴 브레이크 라이너에 이상이 있는 것 같은데요."

라고 내가 말을 이었다. 살피던 주인은 하하, 웃고는 말했다.

"이 철사줄이 튀어나와서 그럽니다. 이 상태로는 아무리 힘센 장정이라도 절대로 속력을 낼 수 없어요."

그러면서 밖으로 튀어나온 철사 토막을 안쪽 홈에 우겨넣었다. 그러자 거짓말처럼 자전거 바퀴가 잘 익은 배를 베어먹듯이 사르르 돌아갔다. 그날 짝꿍은 랄랄라, 바람 속을 질주했다. 그러다 넘어져 무릎이 까지기도 했지만.

바로 그거였다. 브레이크 라이너처럼 우리 삶의 바퀴를 돌리는 데도 힘들게 하는 그 무엇인가가 있기 마련이다. 그것은 아주 다양하다. 신체적으로 남에게 눈길을 받을 만하게 특이한 것도 그렇고, 집안에 장애인이 있는 것도 삶의 바퀴를 돌리는 걸 힘겹게 한다. 심지어 출신 지방마저 삶을 버겁게 만드는 경우가 있다. 그 외에 극성스런 부모 밑의 자손들, 반대로 부모의 말을 듣지 않고 멋대로 행동하는 자식을 둔 부모의 경우도 있다. 우울증환자나 알코올 중독자가 있는 가족, 증권 노름 복권 따위 한탕주의에 빠진 사행성이 있는 가족, 폭력이나 사기 따위 범죄를 자주 저지르는 가족이 있는 경우도 마찬가지로 자전거의 잘못 장치된 라이너처럼 삶을 버겁게 만든다. 정치가가 있는 가족은 말할 것도 없고!

그뿐인가. 그 외 타인으로서는 아주 사소한 것들이지만, 실상 당사자들은 그것으로 인해 삶의 바퀴를 돌리는 데 힘겨워하는 것들이 수두룩하다. 왼손잡이 하나만 놓고 봐도 도어 핸들을 돌리는 것부터 칠판에 글씨 쓸 때, 군대에서 총을 잡는 일, 모든 공구를 사용할 때, 공공시설을 사용하는 데까지 바른손잡이 위주로 되어 있어 또한 삶의 바퀴가 은근히 버겁다. 신체적인 작은 결함도 우리를 얼마나 힘들게 하는가. 근시 때문에 간판이나 자막을 제대로 보지 못하는 경우가 그렇고, 원시라서 돋보기가 없으면 신문이나 잡지를 제대로 읽을 수 없는 경우가 그렇다. 청각 장애서부터 평발 따위까지 우리 삶의 바퀴를 은근히 힘들게 하는 것들은 아주 흔하고, 아무리 쫙 빠진 사람이라도 한두 가지씩은 갖고 있기 마련이다. 없다고요? 천만에! 키가 너무 큰 것도 위의 경우요, 키가 너무 작아도 위의 경우고, 너무 뚱뚱하거나 호리호리해도 위의 경우에 해당된다. 여성이 남의 눈에 쉽게 띠도록 인물이 너무 뛰어나도 위의 경우요, 훤칠하게 잘난 남자 역시 이에 해당된다. (다행히 잘못생긴 나는 그런 점에서 자유롭지만)

그렇다고 힘들지만 그냥 적응하며 산다는 것도 일면은 미덕이 되겠지만 한편으로는 권장할 만한 태도는 아니다.

"바보야, 그렇게 힘들면 원인부터 캐내려고 해야지!"

라고 내가 짝꿍한테 화를 냈다. 그간 고생시킨 것이 안

타깝고 미안해서 한 소리다. 짝꿍이 같은 높이의 목소리로 받았다.

"아직 길이 안 나서 그렇다매? 그래서 난 그때까지 적응하려고 했어."

'적응 좋아하네!'라는 말이 입속에서 만들어졌지만 내놓지는 않았다. 적응 좋아하다 사경을 헤매며 숨놓기 직전 병원에 실려갔던 기억이 떠올랐던 것이다.

바로 그거다. 적응하기 전에 우선 원인부터 꼼꼼하게, 논리적으로 체계있게 살펴야 한다. 그래야 현실을 직시하고 그에 대한 대응책을 궁리하게 마련이다. 자전거가 이상하게 잘 나가지 않는데 아무리 살펴도 원인을 모르겠다 싶으면 전문가를 찾을 일이다. 자전거를 구입한 자전거포에 가서 보였으면 보름 이상 그런 고생은 하지 않았을 게 아닌가. 원시나 근시면 필요할 때 안경을 쓰면 된다. 청각이 떨어지면 보청기를 사용하면 되고 평발은 그에 맞는 신발을 따로 구입해 신으면 된다. 학벌이 낮아 늘 그것이 삶의 바퀴를 버겁게 만들면 늦게라도 공부를 해 학교를 다니면 된다. 시어머니 시누이 등쌀에 도저히 힘들어서 살 수 없을 경우에는 분가를 하고, 그도 어려우면 대담하게 다른 조치를 취하면 된다.

문제는 현실을 직시하고 그 현실을 받아들이는 단계적 태도가 중요하다. 그게 아니라는 것을 잘 알면서도 자기합리화로 사태를 악화시키는 누를 범하진 말아야 한다. 남이 내 인생을 살아주지 않는데 남의 시선을 의식하여 감추거나 피하는 길을 선택하는 것도 결코 좋은 해결책은 아니다. 힘든데 해결방법을 잘 모르겠으면 전문가를 찾아가고, 또한 여러 사람들에게 조언을 부탁하면 방법이 나오기 마련이다. 이 글을 마감하면서 문득, 지금 내 인생을 버겁게 만드는 것은 무엇이 있을까, 자문해본다. 금방 생각나는 게 있다. 늙음이다. 늙음? 그러고 보니 이 문제만은 대책이 없다. 그렇다면? 마침내 답이 나왔다. 때가 되어 죽으면 된다.

# 노인성 심다공증 心多孔症

　　대부분의 여성들이 나이가 들면서 두려워하는 질병 중
하나가 골다공증이다. 뼈에 구멍이 숭숭 뚫려 삶의 질을 떨
어뜨리고 때로는 죽음으로 이르는 단초가 되기도 한다. 그런
데 육체적으로는 골다공증이 두려우면서 심다공증을 두려워
하는 경우는 적다. 특히 노인성 심다공증이 문제다. 실질적
으로 노년에 이르러보면 노인성 심다공증은 노인성골다공증
만큼이나 삶의 질을 가름하는 데 중요한 역할을 한다.

　　심다공증이란 마음에 구멍이 숭숭 뚫리는 병을 말한다.
심다공증의 원인 대부분은 욕심에서 나오는 것들이다. 특히
늙었으면서도 그 늙음을 받아들이지 못하고 젊었을 때의 행
동을 구현해 내려는 태도에서 심다공증이 두드러진다. 예를
들어 걸핏하면 허리가 시큰거리고 잘 걷다가도 다리가 꼬이
며 비틀거리든가 나뒹굴 때가 있는 늙은 몸인데 앓고 있는
심다공증으로 젊음환상병이 도져 등산을 하거나 오래달리
기를 하다가 무릎이 나가든가 심하면 심장이 터져 저쪽 세상
으로 가고 마는 경우를 많이 보게 된다.

　　그 노인성 심다공증 치료방법은 간단하다. 늙음을 받아

들이면 된다. 스스로 폐차시기가 얼마 남지 않은 다 된 중고 차라는 것을 인정하면 그제부터 무리하게 시도하지 않고 성능을 살펴가며 살살 다루기 마련이다. 폐차직전 중고증세는 우리 신체에서 곳곳에 드러나 경각심을 갖게 한다. 이빨이 흔들리며 빠지는 것은 소화기 기능저하를 감안하여 딱딱하거나 질긴 음식을 먹지 마라는 신호다. 다리가 시원찮아 빨리 걷지 못하는 현상은 심장에 무리를 줄 수 있으니 욕심내 빨리 걷지 말고 쉬엄쉬엄 움직이라는 경고다. 걸핏하면 허리가 절리거나 삐끗거리는 것은 이제 써먹을 만큼 써먹어 등심이며 안심이 약해졌고 물렁뼈도 닳았으니 어여삐여겨 살살 다루라는 뜻이다.

그러저러한 입장을 모두 받아들이는 게 습관화되면 그제부터 노년성 심다공증으로 인한 마음의 아픔은 훨씬 좋아짐을 깨닫게 된다. 그렇지 않으면 골다공증이 심한 할머니를 손자가 반갑다며 힘껏 끌어안았다가 뼈가 우지직 부서지는 사건이 있듯이 또한 누군가 젊을 때의 모습만 생각하며 살아있어 반갑다고 마음씀씀이를 심하게 압박하면 금세 심골心骨이 바스러지게 마련이다. 따라서 이러한 노인성 심다공증을 예방하려면 평소 끊임없는 자기성찰이 필요하다. 염색약 없어도 머리가 이렇게 꽁짜로 하얗게 염색되는 것이며 제 몸 치다꺼리도 제대로 못할 주제에 후세를 욕심내는 성욕 따위가 사라지는 고마움은 그냥 꽁짜로 주어지는 게 아니다.

# 순행원리

　아주 오래 전 일이다. 그 일로 인해 깨닫는 게 있었고, 그
때의 깨달음은 내 인생을 평탄하게 살아남는 데 자양분이 되
었다.

　고3 방학 때였다. 충청도 뻐꾹새 우는 마을이 내 본가이
어서 내려와 있었다. 그러던 어느 날 10여 리 떨어진 고모댁
에 갔다가 밤 11시 넘어 집으로 오던 길이었다. 자전거를 타
고 오는데 예닐곱 명의 십대 애들이 마주오고 있었다. 지나
가는데 녀석들이 시비조로 말했다.

　"라이트도 없이 왜 싸돌아다녀."

　"ㅆㅂ, 자전거 빵꾸를 확 내버려."

　나는 화가 났지만 그냥 지나쳤다. 그러는데 자전거 앞쪽
에 돌이 날아와 떨어졌다. 어느 녀석이 돌을 던진 것이다. 그
러잖아도 화가 난 데다 자존심이 몹시 상해 나는 자전거에서
내렸다. 돌아서 다가가자 녀석들이 내 쪽으로 돌아선 채 희
희덕거렸다.

　"어쭈, 뒈질라고 환장했구먼."

　하고, 한 녀석이 비아냥거렸다. 일단 안경을 벗어 호주

머니에 넣으며 다가가자 서너 녀석이 비포장도로인 신작로에서 돌을 집어들었다. 그제서야 아차, 후회가 됐다. 그러나 도망치기에는 이미 늦어버렸다. 일촉즉발! 순간, 도장에서 어떤 선배가 들려줬던 말을 떠올렸다. 우선 한 놈을 겨누어 두눈을 후린 뒤 목을 끌어안는다. 그러고는 칼이라도 들고 있는 척 녀석의 목에 대고 잘라버리겠다고 엄포부터 놓는다. 그 이상은 생각할 겨를이 없었다. 이미 엎질러진 물이었다. 후회해도 소용없었다.

그때 한쪽에 서 있던, 또래 녀석들보다 유난히 가슴이 넓게 보이는 녀석이 다가오며 말을 붙였다.

"형, 어디 갔다 오는 거?"

희미한 달빛에 자세히 보니 아는 녀석이었다. 중학교 등하교 때 유난히 이뻐해 줬던 1년 후배 녀석이었다. 당시 녀석은 홀어머니 밑에서 좀 서럽게 사는 걸로 알고 있어 내가 특별히 안쓰러운 마음으로 잘 대해줬었는데, 바로 그 녀석이었다. 다른 동년배들은 녀석의 행동이 거칠다고 함부로 대하곤 했었다. 그 후 내가 고등학교 다닐 때 얼핏 풍문에 녀석은 그 나이에 그 또래 일짱이 되어 자주 사고를 저지르는, 품행이 좋지 않다는 말을 전전말로 들은 바 있었다. 녀석이 또래들에게 들고 있는 돌 내려놓으라는 말을 한 후 내게 덧붙였다.

"형이 나한테 잘해줬잖아. 그때 참 고마웠어."

남의 마음을 헤아려주는 것과 상처를 주는 것에 따라 나중에 그만한 대가를 받는다는 것을 그때 깨달았다. 그리하여 그 후 가능하면 양보하고 상대편의 입장에서 헤아려보는 지혜를 터득하여 지금껏 그런대로 잘 살아왔다고 본다.

박원순 전 서울시장의 불행한 소식을 들으며 위에 소개한 에피소드를 떠올렸었다. 참고로 나는 고 박원순 전 서울시장을 개인적으로 존경했었고 지금도 변함은 없다. 다만 내가 떠올렸던 것은 페미니스트를 자처한 그는 그가 만들어놓은 덫에 스스로 치인 결과를 가져왔다는 느낌을 저버릴 수가 없어 지금껏 생각날 때마다 마음이 저리다.

그는 1993년 '서울대 우 조교 성희롱 사건' 변호를 맡게 되면서 명성을 얻었다. 이는 우리나라 최초의 성희롱 법률소송으로 서울대 우모 조교가 교수로부터 성희롱을 당했다며 고발한 사건이었다. 그는 6년간의 법적 공방을 벌인 끝에 교수가 우모 조교에게 500만원을 지급하라는 대법원 승소판결을 이끌어냈었다.

여기서 당사자인 교수가 6년 동안 성희롱 범법자로서 받았을 고통을 한 번쯤은 고려해 봤는가 싶었다. 물론 그 교수는 잘못을 저질렀다. 하지만 대법원까지 6년 동안의 법정 다툼을 두고 당사자인 그 교수의 삶은 어떠했겠는가. 한 인격체로서의 그의 삶은 어땠었는가에 대해 한번쯤 역지사지로 돌아봤어야 했다. 그리고 그 한 인격체가 가루로 부스러지는 과정을 지켜봤다면 말 그대로 성직자 뺨치도록 더 적극적으로 더 철저하게 자신을 관리했어야 했다. 왜냐하면 언젠가는 그 잣대가 자기에게 돌아오기 때문이다.

그런 점에서 나는 다음 대선에 꿈을 펼치고 있는 윤 전 총장에게도 위 경우가 해당될 것에 대해 관심을 갖고 지켜볼 것이다. 조국 전 법무부장관의 부인인 정 교수가 혹간 '그'의 주장대로 (나 개인적으로는 그 사건이 일어나고서야 그런 대학교가 있다는 것을 비로소 알게 된) 동양대학교의 봉사상 표창장을 위조했다손 치더라도 그렇게 가루가 되도록 법칼을 휘두르면 그 지나침의 업보가 덫으로 본인에게 되돌아온다는 걸 알았어야 했다. 그 자신은 한 인간이 그토록 곤욕을 치르도록 자신의 행실은 티끌만큼의 흠도 없이 순정품이었던가? 역지사지로 당신의 부인이 표창장 하나를 두고 일흔 번 넘게 압수수색을 벌이고 당신의 딸 중학교 일기장까지 뒤졌다면 당신은 어떻게 받아들이겠는가? 나는 여기서 뿌린 만큼 거두어들이게 마련인 그 '순행의 원리'를 관심 깊게 관찰할 것이다.

# 손절매의 결단

　살아가면서 가장 곤혹스러운 것은 갈수록 상황은 나빠지는데 막상 결단을 내리지 못할 때이다. 그것은 흔히 말하는 '가마솥 개구리'의 경우와 비견된다. 뜨거운 물에 던져지면 후다닥 튀어나오지만 서서히 뜨거워지는 물에서는 참고 견디며 적응하다 결국 삶겨져 죽게 되는 경우이다. 예를 들어 주식에 손을 댔는데 날만 새면 돈이 솔솔 빠져나간다. 이제 투자한 돈의 반도 회수하지 못할 지경이다. 하지만 주식이 반등할 수도 있으므로 참고 견디면 잃은 돈을 되찾을 수 있을지 모른다. 그리하며 본전만 찾으면 재빨리 이 바닥에서 발을 빼야지, 라고 결심하지만, 대부분 혹시나는 역시나로 끝나기 마련이다.

　바로 이럴 즈음이 손절매의 지혜를 발휘할 때이다. 이게 아니다 싶으면 행운에 기대지 말고 '반이라도' 건질 수 있을 때 결단을 내려야 한다. 반만이라도 건진다는 게 얼마나 다행인가. 나머지 반은 다시는 그런 모험을 하지 않도록 내공이 생긴 교육비로 상계시키면 된다. 그 내공은 반으로 졸아든 회수액을 본전으로 만들어내는 데 기초 체력으로 작용한

다. 더하여 다시는 그런 헛된 욕망이나 환상에 빠져들지 않
도록 혜안을 갖게도 된다.

발가락을 수술했는데 발이 다시 탈을 잡는다. 그때는 결
단을 내려 다리를 잘라야 한다. 목발을 짚거나 휠체어를 타
고도 자기 몫을 얼마든지 해낼 수 있는 게 현대이다. 암이 뇌
까지 전이됐다. 그 많은 수술비를 들여 수술을 해도 살아남
을 확률은 10%도 안 된다. 그때는 공연히 의사들 배만 채워
주지 말고 남은 가족을 위해 결단을 내려야 한다. 저 세상이
그렇게 힘들고 못된 곳은 아니다. 그곳으로 간 사람들이 한
사람도 돌아오지 않은 걸 보면 알 수 있다. 아니, 예수님마저
도 사흘 동안 부활했다가 그 세대가 지나기 전에 온다는 말
을 남기고 가더니 2000년이 넘도록 얼굴 한 번 내민 적 없다.
그렇게들 다시 오지 않는 것을 보면 그곳도 살만하다는 것을
증명하고 있는 게 아닌가!(?)

그렇게, 살아가면서 손절매의 지혜를 터득해야만 삶이
보다 값지고 치사한 꼬라지 보이지 않는다는 것을 이제 깨달
았다. 물질적인 면은 물론이요, 정신적인 면까지도 손절매는
통한다. 되레 정신적인 손절매가 더 중요하고 값지고 직접적
일 수 있다. 신호등의 파란 불이 깜박이는데 건너는 사람들
의 꽁무니가 저만큼 있으면 아예 걸음을 멈추고 편안히 기다
린다. 헐떡이며 위험을 무릅쓰고 건너는 자와 나 사이의 시
간 차이는 불과 5분 양단간이다. 지하철을 타려고 섰는데 사
람이 꽉 차 콩나물시루 같다. 그러면 뒤로 물러나 버린다. 산

을 오른다. 오르다 보니 정상은 저만친데 지친다. 그러면 잠깐 쉬어본다. 그래도 몸이 풀리지 않는다. 그러면 정상을 향해 "나중에 봐."하고 손 한번 흔들어주고 미련없이 내려온다. 어차피 내려올 건데 뭘 하면서. 그런 손절매 지혜를 무시하고 정상을 향해 무리를 하다가는 실족하여 부상을 입거나 병이 될 수도 있다. 죽을 수도 있고.

이런 건 또한 어떠한가. 대화를 하다 보면 상대편의 말이 자꾸만 거슬릴 경우가 있다. 그냥 참자니 정신적인 스트레스를 받았기 때문에 엄청난 손해를 본 것 같다. 하지만 손절매의 기지를 발휘해 입을 꾹 다물어 버린다. 전에는 손해 보는 것 같아 끝까지 반박하고 말꼬리를 물고 늘어지고 태클을 걸곤 했는데, 지금은 손해봤다고 생각되더라도 입을 닫고 무시해 버린다. 그러면 상대방은 혼자서 열을 내다가 제풀에 고꾸라지고 만다. 멋진 복수를 한 셈이다. 오랫동안 공을 들여 사귄 사이인데 내가 정성을 들인 만큼 나에게 관심이 없다. 또는 이렇게 저렇게 요구만 할 뿐 내가 부탁하는 건 무시하거나 말로만 풍성하게 받아주는 척한다. 그때 필요한 것이 손절매이다. 공을 들인 게 아깝더라도 그때쯤 안녕 빠이빠이 손절매를 단행해야 한다.

종교까지도 마찬가지라고 말하고 싶다. 어떤 종교를 갖게 되었는데 막상 그 종교의식에 참석할 때마다 부담이 간다. 말로는 마음을 다하고 성의를 다하고 죽기 아니면 살기로 기도를 하면 다 들어준다고 했지만 내키지 않는다. 하지만 지금 그만두자니 그동안 바쳤던 노력과 시간과 경제적 손실이 아깝다. 그리고 혹시 그 종교에서 내세우는 그런 앞날이 실제로 다가오면 그땐 어쩔건가 두렵다. 그때 필요한 게 손절매 결단이다. 지금 아닌 건 영원히 아니다. 진실된 건 단조롭고 경쾌하며 눈에 보인다. 거짓된 것일수록 거창하고 복잡하고 캄캄하다. 거창하고 복잡하고 캄캄한 것에 내 삶을 투자하면서 많은 손실이 생겼더라도 지금 당장 손절매의 결단을 내리면 가장 늦었을 때가 가장 빠른 지점에서 새출발을 할 수 있다. 이참에 내가 손절매를 할 것은 무엇인지 목록을 짜보는 일도 나쁘지 않으리라.

# 영혼밭 관리하기

산을 오르기 위해서는 두 갈래의 길이 있는데 하나는 가파른 언덕바지에 계단을 놓아 오르게 돼 있었다. 나는 그 인공적인 길이 싫어서 사람들의 신발로만 길이 만들어진 오른쪽 오솔길을 선택했었다. 그런데 그곳 초입에 들어설 때면 좀 불편한 점을 감수해야 했다. 전해까지만 해도 양쪽에는 주변 사람들이 밭을 일구어 여러 가지 채소류가 자라는 것을 볼 수 있었다. 주렁주렁 매달린 고추는 말할 것도 없고 바람에 손을 까불대는 널찍널찍한 들깻잎, 땅을 비집고 나왔네 싶은데 어느 날 갑자기 속이 차 포기로 자란 배추가 있는가 하면 도깨비가 팔뚝을 내밀 듯 불쑥불쑥 솟아오른 무들 또한 눈요깃감으로는 아주 매력적이었다. 시골 태생인 나에게는 향수며 자연 친화 갈망의 해소이며 동시에 눈으로 보는 삶의 반찬이기도 하였다.

그런데 그해 봄 그곳은 주민을 위한 공원이므로 함부로 산을 개간하고 곡식을 심을 수 없노라는 공고를 구청에서 붙여놨는가 싶더니 어느 날 할머니 할아버지가 꼬부랑꼬부랑 땅을 고르고 채소를 심고 김을 매던 밭을 다 깔아뭉개고 그곳에 우둠지 잘린 개나리를 여기저기 꽂아놓았다. 그리고 그 때부터 바라며 강아지풀, 명아주 같은 잡초들이 자리를 잡더니 어느 날 그게 숲을 이루었다. 그리하여 그 잡초들은 오솔길을 덮어 길을 지나갈 때마다 풀씨가 들러붙는가 하면 이슬이 바짓가랑이를 적시곤 했다.

그런 잡초덤불 사이를 그날 새벽에 걷다가 문득 내 영혼은 이런 잡초로 덮여 있지 않을까 하는 의문을 가졌다. 영혼은 물론 육체까지도, 더하여 생활 주변까지도 늘 살피고 잡초를 뽑고 김을 매고 무너진 둔덕을 채우는 등 마음을 쏟아 돌보지 않으면 어느 순간 이러한 잡초밭이 된다는 것을 가르쳐주고 있었다.

나이 탓일까, 언제부터인가 나는 어떤 사람을 만나 자리를 같이하면 그의 형식인 외양을 비켜 그의 내용물인 영혼을 은밀히 탐색하는 버릇이 생겼다. 그러기 이전에는 직관에 의한 판단이 그의 인상으로 남았고, 더 이상 그 속을 들여다보려는 생각이 없었다. 사람들을 단순한 기준에 의해 분류하여 정리하는 습관이 있었다고나 할까. 그래서 어떤 지인을 떠올리면 대개 잘 웃기는 사람, 화를 잘 내는 사람, 바람과 같은 사람, 술을 좋아하는 사람, 아무나 씹는 버릇이 있는 사람 등으로 구분하여 단순화시킨 후 약장 같은 기억력 서랍 속에 파일로 챙겨 잘 정리해 놓았었다. 그러나 어느 날부터인가 인간의 다양성과 이중성, 변이성의 용이 등을 인정하면서 마침내 외양보다 그에 담긴 내용물을 분석하는 버릇이 생긴 것이다. 그래왔는데, 그중에 그날 아침 새롭게 내게 다가온 잡초숲을 보면서 그와 같은 영혼을 가진 몇몇 사람을 기억해 냈다.

물론 나도 그런 면이 있지만, 정말 어찌해볼 도리 없이 잡초가 무성하게 자란 영혼들을 만날 때가 있었다. 친환경적으로 오판되어 그런지는 몰라도 그들 대부분은 설핏 만났을 때는 아주 매력적으로 보였다. 낭만적이고 질푸덕하며 울퍽질퍽 재미있게 느껴졌다. 그러나 가까이하면 할수록 그 영혼 속에는 개똥이 나뒹굴고 썩은 쥐가 버려져 있으며 물구덩이에는 장구벌레가 헤엄치고 각다귀와 모기떼가 숨어 있었다. 그래서 혹시 자못 풀숲을 건들라 치면 윙 소리와 함께 온갖 각다귀와 모기떼가 날아오름은 물론 바닥에서는 숨겨져 있던 바퀴벌레에서 지네까지 나달아나와 나로 하여금 귀찮거나 징그럽고, 따갑고, 깜짝 놀래켜 당황하게 만들었다.

그렇게 되지 않으려면 무엇보다 자기 관리가 중요하다. 항시 자신의 내면을 들여다보며 혹시 잡초 씨는 떨어져 있지 않는지, 심겨진 식물들은 제대로 꽃이 피고 열매를 맺는 등 싱싱한지, 땅이 메마르지는 않은지, 거름기가 너무 많거나 적지는 않은지 살펴야 한다. 그리고 언제든 쥐새끼와 두더지, 해충들이 해를 입히지는 않는지 돌보는 평상성과 성실성 또한 중요하다. 남의 말 하지 말고 그렇다면 나는 어떤가? 이렇게 깨우치고 있고 그렇게 되지 않으려고 마음쓰고 있으니 그 자세만으로도 60점은 되어 낙제점수는 면하고 있다는 자부심을 가져본다. 너무 후하게 점수를 줬나?

# 가지치기


멋대로 자란 나무도 나름의 쓸모는 있다. 잘 구부러진 가지는 멍에도 될 수 있고 지겟감도 될 수 있다. 이왕이면 집을 짓는데 쓰이는 대들보, 아니면 기둥이 되든가 식탁이나 장롱 따위 가구의 일부가 되는 게 바람직하겠지만 그렇게 됐다고 해서 실존적 가치 판단에서 우위를 점유했다고 단정지을 수는 없다. 다른 데에 쓸모가 없어 선택되지 못하고 아궁이 땔감이 돼도 제 가치는 지니고 있겠다.

사람의 쓰임도 마찬가지다. 남들이 하는 대로 고스톱도 치고 경마장도 기웃거린다. 일상의 밥벌이가 끝나면 삼겹살 구워놓고 소주 한병에 하루를 마감하는 삶도 그럭저럭 괜찮다. 그러다 나이가 들면 그제는 자식이든 배우자든 가족에게 얹혀 투명인간으로 존재한다. 낮에는 파고다공원에 나가고 밤에는 눈치 보며 들어와 물말아 밥 한술 뜨고 텔레비전과 동무하며 잠들어도 된다. 그러다 어느 날 저승사자가 다가와 오랏줄 내밀면 발버둥 몇 번 치고 떠나는 삶도 그럭저럭 괜찮다는 뜻이다.

그렇게 사는 것도 선택이고 그렇게 살기 싫은 것도 또한 선택이다. 짧은 삶이지만 내가 좋아하는 입성을 입고 내게 맞는 음조를 알아내 내게 걸맞는 노래를 흥얼거리다 가고 싶은 것은 내 개인적 선호에 따른 선택이다. 비록 고대광실의 재목은 되지 못할지언정 길가 아담한 정자의 서까래쯤은 되고 싶은 것이고, 못돼도 규방의 장롱 간살이나 연장의 자루 정도는 되고 싶은 것이다.

그러려면 가지치기가 필요하다. 잔인할 정도로 철저한 가지치기는 내 성격에 맞지 않는다. 그럭저럭 즐기면서 싫은 일, 하고 싶지만 결과가 별로 좋지 않을 것 같은 일, 남들에게 손가락질 받는 일 따위 가지를 자르며 나를 가다듬으려 노력해 왔다. 그러다 보니 쓸데없이 그냥저냥 시간 보내기 좋아하는 사람들과 멀리하면서, 음주도 사람 골라 대작하다 보니 나를 이해하지 못하는 사람들이 나로부터 많이 멀어져 갔다. 문득문득 그들에게 미안한 마음을 갖긴 하지만, 그들과 휩쓸려 쓸데없는 가지를 키우고 싶은 생각은 지금도 없다.

이제 100살까지 산다고 해도 얼마 남지 않은 나이다. 살날 동안 좀 더 쓰임새 있는 나를 만들려면 아무래도 가지치기에 대해 사려 깊은 결단이 있어야 함을 뼈저리게 느낀다. 가장 먼저 손을 대야 할 부분은 인터넷과 거리를 두는 일이다. 그리고 텔레비전과도 다소 높은 담을 쌓아야 할 일이다. 대신 책과 더 가까워지려고 노력하며 동시에 이제는 글을 쓰는 일에 시간과 마음을 비중 있게 싣고 싶다. 그래야 볼품은 없을지라도 올곧은 목재로 남아 썩어 흙이 될 때까지 방치되거나 땔감밖에 되지 못하는 신세를 면할 것이다. 클래식기타의 네크 정도는 되고 싶지만, 그렇지 못할 게 뻔하므로 도끼 자루 정도는 됐으면 싶어서 하는 말이다.

# 죽음의 자유를 달라

우리 세대만 해도 결혼하면 단칸방에서부터 시작하는 것을 당연한 것으로 알았다. 공부도 초등학교를 나왔든 중학교를 나왔든 가정 형편과 부모의 교육열에 따라 한계가 있었고, 자식은 그것을 당연한 것으로 받아들였다. 그리고 그것만으로도 감지덕지하는 자세였으며, 그 뒤부터는 알아서 나름대로 살아나갔다. 그러하므로 누구도 물고기를 갖다주는 자가 없어 스스로 물고기 잡는 법을 터득하여 살아남을 수밖에 없었다.

그러나 지금은 어떤가. 적어도 대학은 마쳐줘야 한다. 그리고 학교에 다니면서 학원을 따로 다니는 것은 필수이며 결혼비용은 물론 결혼 후에는 최소한 아파트 하나는 전세라도 얻어줘야 한다. 그것은 거지 취급을 받는 최하의 한계선이고, 떳떳한 부모가 되려면 아파트 한 채 자식 명의로 사주고, 차 한 대 정도는 빼줘야 비로소 고개를 들 수 있는 시대가 됐다.

그런데다 결혼연령은 갈수록 늦어지고 있다. 예전에는 20대 초반에 결혼하는 게 일반적이었고, 30이 넘어가면 집안에 수치로 여길 정도였다. 당사자는 당사자대로 그때까지 결혼을 하지 못하면 부모 앞에서 죄인으로 살아야 했다. 그러나 지금은 30대 중반에 결혼하는 것은 당연한 것이고, 40대가 넘어서 결혼을 해도 흉될 게 없다. 그렇게 되니 환갑이 되어서야 자식은 겨우 20대가 되고, 공부를 다 마치고 결혼을 하여 분가할 즈음이면 부모는 70대 문턱에 다다랐거나 넘어서 있다. 아무리 건강관리를 잘하고 의학이 발달됐다손 치더라도 70대가 되면 한물간 것은 말할 것도 없고, 반반한 월급을 주는 직장을 잡을 수도 없는 형편이 아닌가.

그런 시스템인데다 자식은 또한 늙은 부모를 책임질 의무 따위는 구세대의 유물관이고, 또한 그런 생각을 갖고는 살 수 없도록 사회적 구조가 설정돼 있다. 다시 말해 자식은 자식대로 시대가 그러하여 부모를 모실 형편이 되기 어렵다. 이런 모순의 갈쿠리에 걸려 꼬이다 보면 악순환에 걸려들게 되고, 우리 시대의 비극을 초래하기 마련이다. 늙고 병들면 요양병원이나 요양원으로 갈 수밖에 없다. 옛날 같으면 집에서 밥숟갈 놓고 서서히 죽어가면 그만인데 요사이는 일단 요양병원이나 요양원으로 보내게 되고, 그러다 보면 '과학적으로' 안 죽게 '잘' 관리하여 죽을 수가 없게 된다. 좋게 말하면 자식들이 해야 할 일을 전문가들이 알아서 잘 관리해주는 것이고 나쁘게 말하면 전문가들은 수익창출을 위해 옛날 같으면 벌써 저쪽 세상으로 건너갔어야 할 병든 늙은이를 거래상품으로, 아니 돈벌이 인질로 삼고 있는 꼴이 되고 있다.

따라서 지금 늙은 세대는 죽음에 대해 공포심을 갖고 있다. 태어났으면 늙고, 늙으면 병들어 죽는 게 순서다. 사람 구실을 하지 못하면 빨리 죽어주고 싶은데 죽지 못하게 만들어 놓았다. 그렇게 해놓고 대책은 세워주지 않아 죽기가 여간 힘든 게 아니다. 요양원에 5, 6년씩 누워서 죽음을 기다리는 것은 기본이다. 물론 연명치료 거부를 할 수는 있다. 그러나 미리 연명치료 거부 선택을 했더라도(본인 내외는 오래 전에 해놓았다) 병원에 입원하면 현대의학은 여러 방법을 동원하여 얼마든지 죽지 않도록 '조작'할 수가 있다. 더구나 연장시술을 했다 하면 그땐 산송장이 되어 자식들에게 폐만 끼치며 오랫동안 깔딱거리게 된다.

그래서 이참에 나는 안락사 허용이 법제화되었으면 하는 바람에서 이 글을 쓰고 있다. 식물인간으로 생명만 연장되고 있다면 이건 살아있는 사람은 말할 것도 없거니와 못 죽는 당사자도 고통이다. 다른 말로 죽을 때까지 지옥을 헤매야 하는 형벌을 가하는 것과 다름이 없다. 그래서 나는 외친다. 늙은 우리에게 '안락한 죽음의 자유'를 보장해 달라! 유식한 말로 '존엄사를 허락하라!'

# 만화경 환치 기법

공자가 제자들과 길을 걷던 중 골목에서 오줌 누는 녀석이 눈에 들어왔다. 공자는 대뜸 그 녀석을 꾸짖었다.

"사람이 지나다니는 백주에 감히 성기를 내놓고 오줌을 누다니, 사람의 몰골을 가지고 이게 할짓이냐!"

혼구멍을 내고는 제자들과 큰길로 나와 걷는데 이번에는 사거리에서 아랫도리를 까내리고 똥을 누는 녀석을 보게 되었다. 제자들은 스승의 눈치를 살폈다. 공자는 똥을 누는 녀석으로부터 고개를 돌리고 태연히 걷고 있었다. 제자 하나가 물었다.

"어찌 골목으로 들어가 오줌을 누는 사람은 꾸짖으면서 사거리에서 똥을 누는 녀석은 못 본 체하시는 겁니까?"

공자는 대답을 주었다.

"골목에 들어가 오줌을 누는 녀석은 혼을 내면 바뀔 수 있지만 백주에 사거리에서 아랫도리를 까내리고 똥을 누는 놈은 아무리 꾸짖어봤자 자신의 행동에 대해 반성의 기미조차 없는 놈이야."

공자가 그런 말을 했건 그렇지 않든 상관없다. 우리 인간족 자체가 그렇게 다양하다는 것을 일러주고 있다. 몇 년 전, 자신의 잘못이 드러나면 동대구역사에서 할복자살을 하겠다던 그는 모든 게 들통났는데도 자살을 택하지 않고 국가 세금으로 재워주고 먹여주는 감방으로 갔었다. 그러나 자신이 받은 정치헌금이 드러나자 자살을 택한 한 정치가는 위의 경우와 아주 아주 대조적이지 않는가.

몇 억을 먹고도 뻔뻔하게 딱잡아떼다가 모든 게 들통나고 나서야 수갑을 찬 경우와 몇 천만 원 돈을 받고 정치헌금 신고를 하지 못한 자신의 불찰을 스스로 인정하고 고층아파트에서 뛰어내려 생을 마감한 사람을 비교할 때 골목에서 오줌을 싼 자와 백주 사거리에서 똥을 눈 인간과의 차이와 다르지 않겠다. 후자의 경우 그래, 나 몇 천 받은 바 있다. 잘못했다. 죗값을 받겠다. 하고는 무상급식 한동안 받아먹으며 갇혀 있다가 바깥으로 나와 다른 많은 정치인들처럼 행세를 누리면 그만이었다. 그러나 그는 그러지 못했다. 그 두 경우를 놓고 이완용과 민영환의 경우를 견주어 전자는 성격이 외성적이고 담대하여 살아남았고, 후자는 성격이 내성적이고 우울증 증상이 있어 자살을 했노라는 식으로 해석하는 자도 있을 것이다.

두 경우를 놓고 내가 그들의 입장에 처했다면 어떻게 했을까 생각해 본다. 마침내 답을 얻는다. 난 아예 정치판에 뛰어들지 않을 것이니까 해당이 없다.(그런 재목도 못되니까). 그게 우선 앞세우는 내 입장이다. 뒤이어 정이나 내가 어찌어찌하다 정치판에 끼어들어 그런 입장이 될 수밖에 없었다면 난 자살은 하지 않을 것 같다. 모든 게 들통나면 나는 기꺼이 감옥에 가 무상급식 대우를 받다가 죗값 계산을 끝내고 나올 것이다. 다만, 최소한, 내 얼굴가죽 갖고는 다시 대중 앞에 나와 정치한답시고 거들먹거리지는 못할 것이다. 그런 뻔뻔함을 갖추지 못했기 때문이다. 어쩌면 해변가에 방 한 칸 얻어놓고 매일 낚시를 하든가 머리 깎고 산속으로 들어가 칩거는 할 것 같다. 그 정도의 부끄러움은 아는 부류니까.

어쨌든 요즘 유튜브며 텔레비전 뉴스 따위를 보다 보면 내 머리통이 혼란스럽다. 혼란스럽다는 것은 골머리가 온전하지 못하고 고뿔 중세 정도의 병을 얻어 앓고 있다는 말이 되겠다. 해결책은 간단하다. 안 보면 된다. 멀리하면 된다. 그렇게 하기로 다짐도 해보지만 어느 사이 내 손모가지는 리모컨을 집어 들고 유튜브와 뉴스채널 따위를 뒤적이고 있다. 어찌 저리 뻔뻔할까. 어떻게 인간의 탈을 쓰고 저리도 잔인할 수 있을까. 어디서 저런 상상력을 초월하는, 기발한 사건을 만들어낼 수 있을까. 끝없이 궁금해하다가 문득 정신이 들어 돌아보면 바로 나와 모양이 같은 한 인간족이라는 사실에 귀착되면서 아연해지고 만다. 그들의 그 모든 악행의 소질을 나도 고스란히 가지고 있다는 것을 깨닫기 때문이다.

치료방법을 마침내 만들어냈다. 만화경처리기법이다. 그들의 행태를 거울이 든 원통 안에 넣고 흔들어 펼쳐지는 황홀함을 즐기는 것이다. 여기에는 조건이 있다. 그 세계에서 나를 분리해내야 한다. 난 이곳에 있고 그들의 세계는 원통 안에 있으며 나와는 아무 상관이 없다. 그러면서 어렸을 때 들여다보던 만화경의 황홀경을 재연시키는 것이다. 여기에는 궁시렁거림과 고갯짓이 충분조건으로 뒤따른다. "와, 재미있다!" 라고 중얼거림과 동시에 고개를 끄덕여준다. "세상에, 이럴 수가 있는 거야!" 라고 중얼댈 때는 고개를 가로저어준다. 그런 후 만화경 원통에서 눈을 떼면 곧바로 평상심을 되찾고 있는 나를 발견하게 되겠다. 물론 그 경지까지 다다르려면 상당한 노력이 필요할 것이다.

# 현대판 야다시

선거전이 치열하다. 지금은 강압적 정부라서 불가하지만, 전직 이모 대통령을 비롯하여 몇몇 고위 당직자들의 집 앞에서 구호를 외치며 행진하거나 촛불집회 등을 갖는 것을 볼 때마다 옛 선조들의 '야다시'를 떠올렸었다. 야다시란 조선조에 전중어사라는 직책을 가진 관료가 수행했던 책무 중 하나이다. 요즘 감사원의 직무와 비슷한 직무를 수행하는 그들은 스스로 가져야 할 처신 또한 남달랐다. 그들은 우선 검소해야 했다. 따라서 늘 누추한 옷차림에 지저분한 외모를 갖는 건 물론이고, 말까지도 무식한 척 버벅거리도록 훈련을 받는다 했다.

일단 높은 벼슬아치가 풍속을 해치거나 분에 넘치는 행실을 보이면 그들은 밤중에 모여 응징행동에 대해 토론을 벌인다. 이 행동을 두고 '야다시'라 했다.(얼핏 들으면 일본말 같아서 기분 나쁜데, 순수한 우리말이다) 그들은 대상이 된 벼슬아치 집에 갑자기 뛰어들어 덮치거나 물증을 대어 인정을 받아낸다. 그 자리에서 죄목을 판자에 조목조목 적어 대문 밖에 건다. 그러고는 가져온 가시덤불로 대문을 막아 출입을 차단한다. 그렇게 되면 그 벼슬아치는 관직에서 쫓겨남은 물론 금세 소문이 나돌아 세상사람들로부터도 버림을 받는 꼴이 된다. 그런 일을 두고 갑자기 무슨 일을 당하면 "야나시 당했다!"라면서 억울해하는 말이 생겨났다고 한다.

이 야다시는 어느 면에서 지금도 수행되고 있다. 그 현대판 야다시를 극렬하고도 표본적으로 보여준 것은 한동안 무상급식을 받으며 근신했다가 무상급식소로 기소하여 보낸 당사자가 특사라는 권한으로 도로 구제해줘 활보하고 있는 전직 대통령이다. 감옥에 가기 전 그의 집 앞에서는 한 주가 멀다 하고 당사자를 비판하는 구호를 외치고 기타반주에 맞춰 야유조 노래를 하곤 했다. 그리고 그런 행태는 고스란히 유튜브를 통해 많은 시민들이 현장감 있게 공유하곤 했다. 지금은 지금대로 고위직에 있는 그들의 일거수일투족이 하나하나 촬영되거나 채록되고 있다. 그리고 그 기계적 증거물은 언젠가는 그들의 발목과 목에 덫 또는 올가미가 되어 최소한 죽고 나서까지 더럽혀진 이름으로 흔적을 남길 것이다. 그런 점에서 그 자체가 야다시당하는 꼴이 되지 않겠는가.

물론 그런 장면을 보면서 때로는 인신공격성이 지나쳐 우려가 되기도 했다. 지나치다 싶어 "저건 아니다!" 반감을 떠안기도 했다. 그러면서도 다른 한편으로는 이 '현대판 야다시'에 대해 긍정적인 효용성을 인정할 수밖에 없는 현실을 받아들여야 했다. 당사자는 얼마나 부끄럽고 화가 날까, 동정심이 일어나기도 했지만, 그만큼 백성을 만만하게 보고 못된 행동을 한 것에 대한 마땅한 과업이며 사필귀정이지 싶다.

우리가 생활하다 보면 하루에 수백 번씩 CCTV에 노출되어 사진이 찍힌다고 한다. 어찌 보면 이것처럼 개인자유를 훼손하는 제도도 없지 싶다. 인권사각지대가 확실하다. 그러나 맞은편 입장에서 뒤집어보면 이처럼 개인자유와 인권, 범죄예방에 도움이 되는 제도도 없지 싶다. 어디에서 우리를 일일이 감시하는 CCTV 렌즈가 지켜보고 있는지 몰라 함부로 못된 짓을 저지르지 못하는 효과가 있다. 한 예로 어느 학생이 현금인출기에서 돈을 빼고는 깜박 노트북을 놓고 왔다가 뒤늦게 찾으러 갔으나 이미 그곳에 없었다. 바로 경찰에 연락하자 30분도 안 돼 연락이 왔단다. 인출기에 드나든 사람들의 CCTV 영상과 현금인출기록에서 유실물 횡령자의 신분이 그대로 드러났기 때문이다.

어차피 그런 시대에 살고 있다. 누구든 나쁜 행동에 대해 자유로울 수 없다. 그러므로 방법은 하나다. 자기 본분을 지키며 남에게 해가 되는 일은 하지 않도록 노력하는 게 상책이다. 특히 공인으로 자리매김된, 좀은 잘나서 그만한 대우를 받는 사람들은 그만한 예우를 받는 만큼 그만한 행동도 뒤따라야 한다. 그렇지 않으면 언제 현대판 야다시에 걸려들어 삶의 질이 바닥으로 떨어질지 모르기 때문이다. 당장 그 대상자가 누가 될 것인지 이 글을 읽는 우리는 잘 알고 있다. 기대된다. 증거는 충분하고도 넘친다. 국민 심판의 날에 보자. 민심이 천심인지 헛소리인지 절실하게 깨달을 것이다.

# 인간, 배신이 본질인가

흔히들 사람을 짐승과 대조시켜 패턴화하는 경우가 많다. 곰 같은 사람이라느니, 뱀 같은 사람, 사자 같은 사람, 호랑이 형 인간, 족제비 같은 인상 등등이 그런 경우다.

짐승을 끌어들여 그 사람의 전체적 인상을 표현하는 데는 그 나름의 논리가 있고, 더불어 그 사람을 파악하는 데 도움이 되기도 한다. 여기서 도움이란 그 사람의 행동이나 겉모습을 두고 성격을 파악하는 데 관련성이 높다는 것을 의미한다. 예를 들어 곰 같은 사람이라고 한다면 겉모습은 좀 두루뭉술한 편이고 평소 말이 적으며 행동은 느린 편이나 진솔한 면이 있다는 말이 되겠다. 또 호랑이 같은 사람이라 하면 호랑이처럼 화가 나면 사납지만 긍정적 측면에서는 행동이 박력 있으며 패기가 돋보여 함부로 대할 수 없는 사람을 일컫는다.

그렇게 동물을 빗대어 사람을 평하지만 실제로 대부분의 사람들은 동물을 두고 감히 인간과 비견할 수 없을 정도로 비정하고 본능적이며 말 그대로 짐승에 불과할 뿐이라고 여기는 경우도 많다. 반면 어떤 이들은 동물에 비해 인간을 두고 배신이 본질이며 배신의 아이콘으로 일컫는 이도 있다. 동물에게도 감정이 있으며 어느 면에서는 동물이 인간보다 더 정적이며 일단 인간에 대한 신뢰가 자리잡으면 되레 인간처럼 배신하거나 동족폭력이나 동족살인을 지능적으로 야비하게 저지르는 경우는 거의 없다고 한다. 그러저러한 생각에 이르자 근자에 알게 된 두 가지 동물과 인간과의 상반된 이야기가 떠오른다.

하나는 사자의 경우이다. 사설동물원이 망하면서 기르던 동물들을 팔고 있는 것을 지켜보던 젊은이가 사자 새끼를 보면서 안쓰러움을 느꼈다. 맹수 중의 맹수로서 아프리카 초원지대에서 태어났다면 모든 동물들을 압도하는 먹이사슬 최상위층으로 제 입지를 영위할 텐데 개인이 운영하는 사설동물원에서 태어나는 바람에 강아지만도 못한 처지로 내박쳐져 있는 게 안쓰러웠다. 생각다 못해 젊은이는 그 사자를 구입하여 집으로 데려왔다.

그 후 1년여 동안 기르다가 갑자기 덩치가 커지자 뒷바라지하는 것은 물론이고 언젠가는 본능적인 야성이 드러나면서 생명에 위협을 받을지도 모른다는 생각에 결국은 국가에서 운영하는 동물원에 기부하기로 하였다. 그 후 십여 년이 지난 어느 날 정부로부터 연락이 왔다. 기부했던 사자가 너무 늙어 죽어가고 있으니 마지막으로 만날 수 있다는 그런 내용이었다. 어린 사자를 길렀던 그는 나름 정이 들어 보고 싶은 참에 잘됐다 싶어 당장 동물원으로 향했다. 사자우리에

다가가면서 그는 어렸을 때 지어주었던 사자의 이름을 큰 목소리로 불렀다. 그러자 늙은 사자가 뛰어나오더니 그의 목을 끌어안고 데굴데굴 구르며 반가워서 어쩔줄을 몰라했다. 그를 떠나온 뒤로 십여 년이 넘도록 내내 그의 생각을 했다는 말이 되겠다.

다른 한 가지 이야기는 미국에 사는 어느 여인이 뱀을 길렀다. 어린 뱀이 커가면서 나름 정이 들었다. 마침내 뱀이 여인의 몸매만큼 커졌는데 어느 날부터인가 먹을 것을 거부하고 굶기 시작했다. 별의별 짓을 다해도 먹이를 먹일 수가 없게 되자 그녀는 수의사에게 뱀을 가져갔다. 뱀을 진찰한 끝에 수의사가 말했다.

"지금 이 뱀은 바로 당신을 잡아먹기 위해 굶기 시작하고 있습니다. 뱃속을 비워야만 당신을 먹을 수 있기 때문이지요."

같은 동물이라도 자신을 돌보아주던 인간을 대하는 태도가 이렇게 다르다. 마찬가지로 똑같은 인간이지만 사람마다 이렇도록 앞서의 사자처럼 배신하지 않고 끈끈한 정감으로 이어지는 경우도 있고, 내내 가까이 지내면서 간담상조 친교를 맺어오다가도 어느 순간 후자의 뱀처럼 통째로 잡아먹으려고 위장을 비우며 기회를 엿보는 자도 있다. 그러저러한 점에서 인간의 생태를 동물을 빗대어 표상화하는 점에 대해 나름 객관적 당위성은 물론 상징적 근접성을 무시할 수 없다는 결론을 정치계를 지켜보면서 확신화의 단계까지 이르게 되었다. 정치가들이여! 당신이 보살펴주었던 저 인간이 이제는 당신을 삼키기 위해 위장을 비워가는지 조심스럽게 살펴볼지어다.

# 참새의 삶을 살았네

애처로운 새소리가 들려 발걸음 소리를 죽이며 다가가 살펴봤다. 까치 새끼 한 마리가 둥지에서 떨어져 나무 위로 날아오르지 못하고 뒤뚱거리며 안타깝게 두려움을 호소하고 있었다. 비오는 날이었는데, 몸이 젖어 초라하기 그지없었다. 잡아서 높은 곳에 올려줄까 하고 쫓아가다가 진땅에 신발이 더럽혀질 것과 또한 물에 젖은 새끼를 잡다 보면 내 손이 더러워질 테고, 마땅히 닦을 곳이 없을 것 같아 그대로 두었다. 어떻게든 날아오르겠지.

집에 돌아오니 자꾸만 그 까치 새끼가 눈에 밟혔다. 그래서 다시 나가 그곳으로 갔더니 여전히 날아오르지 못하고 담 밑을 쫑쫑거리며 애처롭게 방황하고 있었다. 그런데 울음소리가 하나가 아니어서 자세히 봤더니, 세상에, 다른 새끼들까지 모두 내려와 세 마리나 되었다. 형제가 생겨서인지 이번에는 더욱 잰걸음이어서 도구가 없으면 잡을 엄두도 내지 못할 처지라 포기했다. 고양이 같은 천적에 걸리면 살아남지 못할 것이 뻔한 바 한동안 그 생각이 나면 마음이 찡하곤 했다.

그런 일이 있고 나서 얼마 지나지 않아 이번에는 참새 새끼를 보게 되었다. 녀석들은 까치 새끼와는 달리 몸피가 작은 새라서 날렵하기 그지없었다. 비록 어줍잖은 날갯짓일지언정 까치 새끼와는 다르게 포로록포로록 뽕뽕 풀숲과 나뭇가지 사이를 잘도 날아다녔다. 물론 어떤 녀석은 제 능력은 생각지 않고 담벼락 위로 날아오르려다 부딪혀 땅에 떨어져서는 한동안 버르적거리다 가까스로 날갯짓을 하기도 했다. 또 어떤 녀석은 친구 뒤를 좇다가 제풀에 풀섶으로 떨어지고선 앙증맞은 두 다리로 하늘을 할퀴며 파닥거리다가 일어나기도 했다. 그러나 어쨌든 까치 새끼와는 다르게 땅 위에서 헤매지 않고 촐싹촐싹 잘도 숲 사이를 날아다녔다. 덩치가 작아서 비록 높고도 멀리 날지는 못하더라도 작은 숲속에서는 날렵하게 날아다니기에는 까치 새끼 따위는 따르지 못하도록 기능적이었다.

   문득 어렸을 적 들었던 어른들 말씀이 생각났다. 독수리는 굶어죽어도 참새는 굶어죽지 않는다는 말씀이었다. 바로 그랬다. 비록 큰 새인 까치가 참새보다 먹이사슬에서 우위를 차지하고 있을지언정 살아남는 생명력에 있어서는 참새보다 한수 아래임이 분명했다. 그런 생각에 이르자 대저 우리의 삶에 빗대어 여러 생각을 하게 되었다.

   봉황이 하는 뜻을 어찌 참새가 알 수 있는가, 라는 말을 언젠가 문단 선배에게서 들었다. 그때 난 매슥거림을 느꼈다. 대개 별로 잘나지 못하고 시쳇말로 폼생폼사하는 사람들이 흔히 하는 말이다. 그러나 솔직히 봉황이라는 새는 있지도 않을뿐더러 있다손 치더라도 참새에 비해 별로 행복한 동물은 아닐 것이다. 한 번 날개를 쳐 3천리를 날고, 9만리 하늘을 뒤덮는다 해서 봉황새 자체가 비록 기왓장 밑 비좁은 구멍에서 새끼를 길러내고, 쩍쩍거리며 떼지어 숲에서 숨바꼭질을 즐기는 참새보다 그리 행복할 손가 따져볼 일이다.

9만 리를 날아서 뭘 어쩌자는 것인가? 무릇 생물은 생명을 보듬고 나온 이상 그것을 유지하려면 우선 먹어야 한다. 참새는 잡초 씨앗이나 나무 열매 몇 알, 버러지 서너 마리로 하루를 살 수 있다. 그러나 9만 리를 단숨에 나는 봉황은 엄청난 먹이를 먹어야 할 것이다. 먹지 않고도 살고 먹지 않고도 날 수 있다면 그것은 거짓된 생명으로 참새와 비교할 가치가 없는 '거짓새'일 뿐이다. 허상이기 때문에 거론할 가치조차 없다.

따라서 나에게 봉황과 참새, 아니 거짓새인 봉황 대신 독수리로 대체시키고 말하자. 독수리와 참새 중 어떤 삶을 원하느냐 선택하라면 나는 당연히 참새 쪽을 선택하련다. 작은 공간, 그 골목에서 태어나 그 골목 주위를 맴돌다 그 골목 어딘가에서 죽어 인간의 손가락 한 마디만큼도 안 될 흙이 될지언정 그 골목에 고인 생기만으로도 참새는 충분히 살아낼 수 있고, 하늘을 날아 천리를 떠돌 수 있는 독수리보다 더 아기자기하고 이쁘고 알찬 이야기를 만들어낼 수 있기 때문이다.

돈벌이도 시원치 않아 지닌 돈도 별로 없고 권력이나 명예 또한 가진 것 없어 초라하지만, 그런대로 나는 참새의 삶을 잘 살아냈고 지금도 잘 살아내고 있다. 애초 나는 독수리처럼 아예 높이 날지를 않았다. 아니, 날 재주가 없었다. 나는 참새에 지나지 않는다는 걸 예전에 알고 있었으므로 독수리처럼 공중 높이 날 생각 자체를 하지 않았다. 또한 어찌하다 내 의지와는 상관없이 추락을 하기도 했지만 그래봐야 땅바닥에 살짝 부딪쳐 쓰라릴 정도의 상채기가 날 형세일 뿐이었고, 곧바로 회복할 수 있었다. 애초 높이 날지도, 날 수도 없었기 때문이다. 산 날보다 살 날이 반움큼 남은 지금의 나는 이런 참새의 삶을 아직도 사랑하고 있고, 그렇게 살아왔음을 은근슬쩍 자랑하고 싶다.

# 주술시대로의 회귀

우리 인류가 동양이나 서양 모두를 망라하여 이만큼이라도 사람다운 사람의 삶을 영위하게 된 것은 실제로 얼마 되지 않았다. 단순화시켜 양켠의 사정을 들어 보면, 한쪽은 신의 속박으로부터 헤어나지 못했고, 다른 한쪽은 이데올로기의 종교화에서 헤어나지 못했다. 그래서 한쪽에서는 대표적인 탄압의 결과가 화형이었고, 다른 한쪽에서는 참수였다.

그런데 그 내면을 들여다보면 그 모든 것들이 주술과 무관하지 않았다. 집권자들은 주술적 공포로 대중을 복종시켰고, 대중은 주술적 무지에서 많은 것을 속박당하며 살아왔다. 한가지 예를 들자면, 우레와 벼락은 자연현상이지만 집권자들은 그 자연현상을 신과 결부시켜 신의 노함으로 몰아갔다. 따라서 신의 노함을 벗어나려면 종교적인 주술 속에 속박당하지 않으면 안 되었고, 그것을 이용해 집권자들은 착취의 도구로 활용했다. 그러나 근대에 들어와 그러한 주술적 망령이 얼마나 허망했는지를 피뢰침 발명으로 간단히 끝나고 말았다. 얼마나 많은 사람들이 이 허망한 주술로부터 속임을 당해 왔던가. 따라서 그것은 커다란 각성의 계기로 활용되어야 했다. 그러나 사람들은 그런 미망 속에서 헤어나자마자 다시 자신을 구속할 미망을 찾는 바보짓을 했다.

말 나온 김에 그것들을 생각나는 대로 몇 가지만 가까운 데서 찾아 나열해 본다. 그중 하나가 엉터리 건강상식이다. 오래 전 그날 새벽, 인라인을 지치고 있는데 한 여인이 길바닥에 누워 꼼짝을 못하고 있었다. 사람들이 몰려들었다. 처음에는 인라인을 타다가 넘어졌나 하고 걱정했다. 그러나 발에는 인라인스케이트 대신 운동화가 신겨 있었다. 한 사람이 끼어들었다.

"그놈의 텔레비전이 문제라니까. 어제 텔레비전에서 뒤로 걸으면 안 쓰던 근육을 써서 건강에 좋다고 했거든. 봐봐. 저기도 뒤로 걷고 저어기도 뒤로 걷고."하면서 그는 덧붙였다.

"사람의 눈이며 사지가 앞을 보고 걷게 됐으면 앞으로 걸으면 될 것이지 왜 쓸데없이 뒤로 걷는 걸 권하는지 알 수가 없단 말이야."

그 사람의 말에 나는 공감했다. 사람은 앞으로 걷게 돼 있다. 뒤로 걸어서 안 쓰던 근육을 쓴대서 건강에 무슨 도움이 되겠는가 생각해 볼 문제이다.

그뿐인가. 사람은 이미 서서 걷게 진화돼 버렸다. 그렇다면 장애인이 아닌 이상 두 발로 직립하게 되어 있다. 그런데 어떤 사람은 호족이라 해서 네 발로 기어다니는 것을 권장한다. 또 어떤 경우는 쓸데없이 사지를 비틀고 거꾸로 서는 것을 '기'니 '요가'니 따위의 수식어를 붙여 권장한다. 그런데 간단한 스트레칭은 도움이 될망정 억지로 사지를 비틀고 꼬고, 거꾸로 처박힌다면 오히려 안 하느니만 못한 경우가 많다. 우연인지는 몰라도 기체조를 한답시고 거꾸로 서는 운동을 하다 핏줄이 터져 뇌수술 받은 사람을 내 주위에서 두 명이나 보았다. 그중 한 분은 짝꿍의 오랜 친구다. 남편이 치과의사여서 돈이 많아 다섯 번이나 뇌수술을 받아 다행히 웬만해졌지만, 돈이 없었다면 벌써 이 세상 사람이 아닐 것이다. 가만히 서 있다가도 뇌졸중으로 쓰러지는데 거꾸로 처박혀 용을 쓰니 뇌혈관이 터지지 않고 배겨내겠는가 말이다.

또한 제일 웃기는 건 색깔이나 이름 따위와 연관시켜 꿰어맞추는 소위 '건강비법'이나 '비약'이라는 것들이다. 예를 들면 빨간 색의 곡식이나 과일은 간이 빨갛기 때문에 간에 좋으며 검은 색의 곡식은 쓸개가 검기 때문에 그에 좋으며 팥은 콩팥에 좋고, 어쩌고 하는 식을 말한다. 그밖에, 무슨 놈의 기가 있어 그 '기'가 만병통치 효력을 지녔으며, 어떻게 해서 뇌가 호흡을 할 수 있는지 이해할 수가 없다. 남의 새벽잠을 깨우며 딱딱 손뼉을 치는 사람들, 나무에 자신의 몸을 멍이 시퍼렇게 들도록 부딪치는 사람, 자연림에서 휴식을 취하는 새들에게 스트레스를 줘 죽일 양 새벽마다 산위에서 야호, 소리치는 사람, 추운 날 맨발로 걷는 사람, 억지로 사우

나장에서 땀을 빼는 사람, 이렇게 증명되지 않은 것들에 많은 사람들이 현혹되어 빠져들게 하는 데는 매스컴이 앞장서는 경우가 많다.

　바로 이런 것들이 현대판 주술이지 않겠는가. 이런 주술에 우리는 쉽게 걸려들도록 노출돼 있으며, 따라서 비로소 찾은 인간으로서의 인간다움을 잃고 중세시대로 되돌아가고 있다는 것을 자각해야 한다. 지금까지 예로 든 주술들은 건강을 볼모로 우리 주변에서 흔히 볼 수 있는 하찮고 극히 일부분인 것들이다. 이 글에 대한 후탈을 없애기 위해 작은 사안들을 예로 들었을 뿐이다. 정치, 경제, 사회, 문화는 물론 종교며 이데올로기까지 속속들이 엄청난 힘으로 블랙홀처럼 우리를 주술적 혼돈 속으로 끌어들이고 있는 것이 얼마나 많은가. 그런 것들로부터 자유로워지려면 우리 다같이 자신의 위와 같은 경험을 공론화하고 공유화하는 게 현명한 지름길이 아니겠는가 제안해 본다.

# 항문으로 눈병 치료하기

어느 안노인이 눈병으로 의사를 찾아왔다. 진료 중 안노인이 열 번 넘게 손가락 끝으로 눈을 비볐다. 진료를 끝낸 의사가 말했다.

"눈병보다는 항문병이 더 심각합니다. 항문병을 고치려면 앞으로 한 달 동안 손으로 항문을 누르고 다니세요."

의사의 처방대로 안노인은 한 달 동안 손으로 항문을 누르고 다녔다. 그러는 사이 눈병이 나았다. 손으로 자주 눈을 문지르는 바람에 세균에 노출되어 눈병이 도지곤 했던 것이다.

우스갯소리지만, 이 풍잣말에서 우리는 배우는 게 있다. 습관화된 못된 버릇은 결국 좋지 않은 결과를 가져오게 마련이다. 우선 실생활면에서 예를 들자면 화투놀이를 좋아한다고 치자. 지나치게 화투치기를 좋아하는 것을 가족들이 말리더라도 당사자는 자기논리를 펼쳐 화투놀이에 대해 반발을 한다.

"화투놀이가 얼마나 좋은데 그래. 우선 치매예방에 좋고 사람들 사귀기에도 아주 그만이야. 돈 갖고 얘기하는데 하루종일 내기화투 쳐 봤자 만원 안팎이라고."

그러나 틈만 나면 화투놀이를 함으로써 우선 시간을 낭비하고 같은 자세로 오랫동안 앉아있다 보면 건강에 해롭다. 더하여 가랑비에 옷 젖는 줄 모른다고, 그러저러한 부정적인 행동이 거듭되다 보면 나중에 아까운 삶을 낭비하고 마는 결과를 낳게 마련이다. 한마디로 노름쟁이가 될 수도 있다는 얘기다.

정신적인 면에서도 마찬가지다. 예를 들어 세상일을 비판적인 시각으로만 보는 게 습관화되면 갈수록 불만이 쌓여가기 마련이다. 그러다 보면 어느 순간 우울증이 찾아오기도 하고 삶을 대하는 태도가 소극적이기 마련이다. 더하여 그런 부정적인 태도를 사람들은 좋아하지 않으므로 사람들이 멀리하여 결국 외톨이가 되고 만다.

그런 결과는 사회단체나 국가까지도 해당이 된다. 예를 들어 '시인발전연합회(시발연)'라는 문인단체가 있다고 하자. 목적 그대로 시인들의 발전을 위해 뜻을 같이하는 사람들이 모인 단체이니 상호간의 유대감을 바탕으로 하여 개인 개인의 문학적 소양을 증진시킴은 물론 실속 있는 조직으로 발전시켜야 한다. 그러나 만날 때마다 술자리를 갖다 보면 뭉치면 죽고 헤치면 산다는 꼴이 되어 결국은 유명무실하게 되고 만다.

국가도 그렇다. 국민이 준 권력을 국민을 위해 사용하지 않고 사유화하거나 패거리지어 자기들끼리 나누어 행세하다 보면 그 부적절한 행동에서 파생되는 부정적 요소들이 쌓이고 쌓여 결국은 자신은 물론 국민들까지 피폐하게 만들고 만다. 우리는 남의 나라의 그런 류의 멸망을 지켜봐 왔다. 중남미의 몇몇 나라들이 그랬고 동남아의 몇몇 나라들이 그러고 있다. 우리나라라고 그러지 마란 법이 어디 있는가.(현정부는 어느 쪽에 속할까?)

여기서 등장하는 해법이 가지치기와 솎아내기다. 재목감이 되도록 올바르게 기르려면 가지치기가 필요하다. 더하여 좋은 결실을 원한다면 자라나는 열매 솎아내기도 중요하다. 이런 일련의 방법은 소설을 쓸 때 특히 염두에 두어야 하는 '편집'과 같은 의미를 갖는다. 내가 목표하는 삶을 살아내는데 도움이 되지 않는 행동이며 잡기는 수정해야 하고, 수정이 잘 되지 않으면 삭제해 버려야 한다.

앞에서 예를 들었던 화투놀이의 경우, 일주일에 한 번꼴로 두 시간 이상은 하지 않겠다 정하고 그대로 실천한다. 그러나 막상 닥쳐보면 계획대로 되지 않기 마련이다. 그때는 아예 화투놀이를 하지 않고 대신 좀 더 개선적인 다른 취미생활을 하도록 단호한 결단이 필요하다. 그런 점에서 항문으로 눈병치료하기를 풍자한 우스갯말은 그런대로 시사하는 바가 있다.

# 부끄럼 알기

중년이 지나 나이를 더하게 되면 자연 근력은 약해지기 마련이다. 그 대신 복잡한 인간사를 집합개념을 바탕으로 창출한 분류 및 대응 수완은 깊어지고, 때로는 세심하게 예측하는 혜안도 갖게 된다. 그러다 보니 삶을 너무 단순화시켜 무의미한 결과론에 빠지기도 하고, 때로는 그냥 넘어가도 될 삶의 조직을 색상과 섬유의 질을 보는 게 아니라 조직된 실 올 한 올 한 올 분석하여 무용지물화시키기도 한다. 그래서 나이가 들면 가까운 것은 되도록 보지 말고 먼 데 있는 것만 보라고 원시遠視로 바뀌는데, 다 근거가 있는 신의 섭리이리라. 그런 점에서 순간 떠오른 이 이야기를 쓰는 데 상당한 우려를 갖지 않을 수 없다.

하지만 어차피 수필 자체가 극히 주관적이며 단면성을 인정하는 장르이기에 그야말로 송나라의 홍매 말마따나 따를 수隨에 붓 필筆의 취지를 빌어 생각되어진 단상을 적어내려가 본다.

인간의 다양성에 대해 말하고 싶은 것이다. 돌이켜보면 참 알다가도 모를 게 인간의 속성이다. 무엇보다도 그 이중성에 고개가 가로저어질 때가 많다. 그런 인간의 본성을 어느 정도 정확히 들여다보려면 몇 가지 조건이 있다. 그것은 그 사람을 알기 위해서는 가능한 한 겉에 걸친 거죽이 제거된 상태에서 살펴야 한다는 것이다. 그리고 다음 필수적으로 갖춰야 할 요건은 일상생활을 상당 기간 같은 장소와 같은 시간대에서 같은 목표를 가지고 겪어 봐야 한다는 점이다.

위 두 가지를 최소한 갖출 수 있는 가장 적합한 곳은 나로선 군대였다. 거의 같은 조건으로 생활하면서 그들을 뜯어본 결과는, 우리 모두는 인간 본연의 공통분모를 가지고는 있지만, 역시 천차만별의 개성을 인정하지 않으면 안 된다는 것이다. 그 중에서 가장 두드러지는 것이 바로 이중성이다. 가장 구역질나게 만든 그들은 가장 정의롭고 군대정신이 살아있는 척하는 자인데, 실상 가장 폭력적이고 돈을 더 바라며 제 몸뚱이만 알고, 그러면서 내면으로 파고 들어가면 또한 가장 겁이 많고 비열한 면모를 엿볼 수 있었다. 그것은 마치 서구에서 몰아치고 있는 사회생물학적 측면에서, 양심이나 이성 따위도 이기적이고 충동적인 인간 본성의 바탕에서 살아남기 위한 자기 방어기재적 결과물일 뿐이라는 주장을 상당 부분 증명하고 있다고 봐도 큰 오류는 없지 싶다.

그런 일들은 사회에 나와서도 수시로 접하는 부분이었다. 깨끗한 척 큰소리 탕탕 치는 공무원 치고 돈에 약했다. 지금도 하찮은 돈 몇 푼에 괴롭힘을 주던, 그렇게도 청백하고 칼

같이 공정성을 앞세우던 그가 봉투를 받자마자 180도 획 바뀌어지던 그 얼굴, 그 눈매가 역겹게도 지금껏 머릿속에 선연히 그려진다. 그런 일은 개인적인 이러한 경험부터 공공연하게 누구나 텔레비전 뉴스 등에서 볼 수 있는 뻔뻔스런 얼굴들을 공인의 범주 안에서 얼마든지 찾을 수 있다. 격렬하게 정의를 부르짖고 사회개혁을 부르짖던 소위 운동권 출신이 결국 알고 보면 별수없이 권력이 있는 정치권에 진입하기 위한 통과의례용 티켓을 따기 위한 계획적 수순이었다는 것을 알게 한다. 그들은 자신들의 입지를 위해 희생된 옛 동지, 그것도 현장에서, 일선에서 목숨을 걸고 투쟁했던 순수파들의 희생을 훔쳐 챙기고, 그리하여 정치적 권력이 있는 상층부에 올라 잘도 누린다. 그러고는 어느 날 똥물을 뒤집어쓰고 물러날 때의 그 추함은 우리로 하여금 구역질이 나게 했다.

그런 일들은 소위 지식집단에서도 마찬가지다. 그리도 지적이고, 또는 광휘를 두른 예술혼에 감싸인 척하면서도 어느 순간 너트가 풀리면 그때의 행동은 조용히 자기 삶에 충실한 잡초에 비유될 서민보다 훨씬 추잡하고 욕지기나는 짓을 서슴지 않았다.

사실 나 자신도 마음껏 비판을 가할 입장은 아니다. 나도 별수없이 인면수심의 행동을 전혀 하지 않는 성자는 아니기 때문이다. 나도 결국은 이중성을 가진 평범한 잡초고, 얼굴 붉어질 일을 했었고, 지금도 크든 작든 그런 일들을 겪고 있다.

문제는 두 가지를 염두에 두어야 한다는 점이다. 하나는 그런 것과 무관한 척 많은 사람을 속이는 일과 다른 하나는 반성하는 기미를 전혀 보이지 않고 되레 나는 완벽하다고 외치는 짓이다. 그런 일에 연루되어 말썽이 났다면, 가능하면 공개석상에서 잘못을 시인하고 사과해야 한다. 그리고 자신의 이중적 행동에 의해 피해를 본 당사자가 있다면 성의를 다해 보상하려는 자세가 필요하다. 더구나 국민을 상대로 그런 짓을 벌였다면 더더욱 말해서 무엇하겠는가.

그도 저도 아니면, 다시 말해 그럴 용기가 없으면 침묵해야 한다. 자기 자식이 모찌를 훔쳐먹지 않았다는 것을 증명해 보이기 위해 아들의 배를 갈라 위장을 펼쳐보인 짓을 높이 사는 일본 사람들처럼 행동하라는 것은 아니다. 한 마리 미물에 지나지 않는 거위의 생명을 함부로 하지 않으려 밤새 묶여 있었던 선비를 존경하는 우리나라 사람의 심성으로 그렇게 잠자코 침묵하고 근신하는 태도를 보이면 그것으로 족하다. 한마디로 묶어 말해, 부끄러운 줄 알면 된다. 선거를 앞두고 화면에 면면히 드러내보이고 있는 잘난척하는 얼굴들을 보면서 생각나길래 적어보는 건데, 나만이 갖고 있는 잘못된 생각일까?

# 행복 꺼리 찾아내기


지인과 피로연에 참석하기로 약속이 돼 있었는데, 만나기로 한 사람 중 한 분이 아파트 13층에 살고 있었다. 내가 살았던 곳은 9층이었다. 처음으로 엘리베이터를 타고 13층까지 올랐다. 그러고 보니 그곳에 이사 간 지 3년 가까이 됐어도 한 번도 9층 이상을 올라가 본 적이 없던 것 같았다. 여기저기 기웃대는 걸 별로 달갑지 않게 여기는 내 성격 탓이라기보다는 요즘을 사는 도시인의 표본이라고 보는 게 나을 것 같다. 앞집에 사람이 죽어나가도 모르는 게 도시 아파트 생활의 일상이니까.

13층 엘리베이터를 나와 복도로 접어들던 나는 문득 발걸음을 세웠다. 그날따라 비온 끝이라 공기가 맑고 하늘이 청명하여 시계가 탁 터진데다 세상에! 도봉산과 수락산, 불암산이 한눈에 들어왔다. 내가 살고 있는 9층에서는 도봉산 꼭대기만 가까스로 보일 뿐이었다. 입에서 "아!" 하는 감탄사가 저절로 흘러나왔다.

잠시 생각해 보았다. 불과 3년 전까지만 해도 23동 14층에서 살았었다. 그때 복도에 나서면 대뜸 좌측으로부터 도봉산, 수락산, 불암산이 빙 둘려져 있어 그것들이 짐짓 내 이마 빡에 부딪혀 왔었다. 그런데 묘하게도 그때는 그날 같은 감동을 한 번도 느껴보지 못했었다. 내가 가지고 있으면서도 가지고 있다는 것을 자각하지 못하였던 것이다. 그러고 보니 명승고적이나 수려한 관광지 등에 들러 그곳 주민에게 "매일 이런 풍경 속에서 사시니 얼마나 좋을까요?"라는 말을 건네면 그들의 대답은 한결같이 이랬다.

"뭘요. 관람객들 때문에 시끄럽기만 하고, 솔직히 뭐 볼게 있다고 돈과 시간을 내버리며 예까지 오는지 모르겠어요."

여기서 갖고 있으면서 알아내지 못하는 '행복 꺼리'에 대해 생각하던 끝에 나를 돌아보게 되었다. 그건 마치 어느 상담사가 했던 말을 떠올리게 하는 순간이기도 했다. 어느 상담사에게 노인이 찾아왔다. 상담이 시작되었다. 노인은 자신의 불행한 처지에 대해 늘어놓았다. 벌어놓은 돈이 없음은 물론이고 자신의 몸이 자주 아프고 병치레를 하다 보니 빚까지 있다 했다. 유일하게 즐기는 건 술 한잔하는 것과 텔레비전을 보는 것인데 이제는 위장이 나빠 술도 제대로 마시지 못하며 녹내장에 시력이 약해져 단 10분도 텔레비전을 제대로 볼 수 없다고도 했다. 그러다 보니 우울증이 생기고 이제는 죽고 싶은 생각뿐이라고 했다.

노인의 투정을 묵묵히 듣고 나서 상담사가 입을 열었다. "지금 연세가 어떻게 되셨습니까?"하고 묻자 일흔셋이라 했다. 자식은 있느냐 물었더니 셋을 두었으며 가까스로 각기 제 밥벌이는 하고 있다는 대답이었다. 눈만 마주치면 으르렁거리는 사이지만 어쨌든 부인도 살아있다고 했다. 또 비록 전셋집이지만 불편하지 않게 사는 집도 있다 했다. 좋아하는 술을 못 마시는 대신 지금은 믹스커피를 마시고 있으며 텔레비전을 오래 못 봐 그 대용으로 라디오를 듣고 있다고 덧붙였다. 그러저러한 대답을 하던 노인이 갑자기 자리에서 불끈 일어섰다. 그러고는 말했다.

"그러고 보니 내가 우울증에 빠질 이유가 없네요. 마누라 있고, 자식 있고, 믹스커피에 라디오 들으면 되고, 삼시 세끼 밥은 안 굶고 사는데 이것만도 행복하군요. 이제 알았으니 갈랍니다."

그렇다. 우리는 자칫 행복꺼리를 쥐고도 불행꺼리를 찾아다니며 스스로 불행하길 바라는 삶을 살지는 않는지 돌아볼 일이다. 마치 닭이 쌀독에서는 볏낱을 찾아 헤집고 볏가리에서는 쌀낱을 찾아 헤집듯이 말이다. 돌아보면 도봉산과 수락산에 불암산까지 시야에 두고 살았으면서도 그 풍경을 즐기지 못하였듯이 우리는 눈여겨 돌아보면 얼마든지 행복꺼리를 쉽게 찾아내 내것으로 만들 수 있는데도 무지로, 게으름으로 그러지 못하고 있다.

남말할 게 아니라 내 말이다. 우선 옛날 같으면 이 세상 사람이 아닐 나이인데 지금껏 살아있다는 게 제일의 행복꺼리 아니겠는가. 그런데다 내 몸 씻고 똥오줌 내 발로 걸어가 해결하고 74kg의 내 몸뚱이 뉘일 내 집이 있으니 이 또한 행복거리 아니겠는가. 삼시 세끼 굶지 않고 이따금 외식도 하고 있으니 이 또한 만족스럽지 아니한가. 다리가 부실하여 높은 산 등산은 시도하지 못할지언정 언덕배기가 많은 아파트 주변을 어슬렁어슬렁 걷는 것만으로도 젊었을 적 낑낑대며 등산을 하던 때보다 만족도가 못하지 않으니 이 또한 얼마나 다행인가.

무엇보다도 이 나이에 불편 없이 운전을 할 수 있다는 것만도 나에게는 행복거리로 충분하다. 내 차가 있고 큰 부담없이 기름을 넣고 여기저기 싸돌아다니는 것만으로도 내 입으로 불평을 한다면 복에 겨워 요강을 깨는 격이 될 것이다. 그런데다 아직은 막걸리 한 병 정도는 마시고 기분좋게 헤롱댈 수 있는 건강을 가지고 있다는 것도 나에겐 행복의 충분조건 하나를 더하는 격이다. 그런데다 행복지수를 더욱 높여주는 것은 클래식기타 연주를 즐길 수 있다는 점도 굳이 덧붙이고 싶다. 어쩌다 한밤중에 잠이 깨어났는데 도망간 수면욕이 자취도 없이 사라져 난감할 때 클래식기타가 눈에 들어와 안긴다. 다행히 전자식이어서 리시버를 사용하면 한밤중이라도 이웃은 물론 가족에게까지도 수면에 방해를 주지 않고 황홀경에 빠질 수 있다. 손가락 열 개가 온전하지 못하고 젊었을 때 미리 연주법을 익히지 않았다면 그런 경우 무엇으로 값진 시간을 꾸며낼 수 있겠는가.

이것저것 행복거리를 찾다보면 엄청 많아 그 가짓수를 다 기술할 수 없을 정도다. 그런 중에도 가장 나에게 행복지수를 높여주는 것은 내가 글을 쓸 수 있는 노트북이 있고 글을 쓸 수 있는 건강을 아직은 유지하고 있으며 그게 수준이 낮든 어떻든 내 소신껏 단어를 조립하여 문장화시킬 수 있는 기술을 가지고 있다는 점이다. 그에 더하여 내가 쓴 글을 읽어주는 사람이 없다면 나 혼자 흥얼거리는 콧노래에 그칠 것이매 내 글을 밝혀 주는 문예지가 있고 더하여 내 글을 올릴 SNS가 있다는 것만으로도 더 이상 바랄 게 없는 행복이지 않겠는가. 그리고 한 가지 빠뜨려서는 절대 안 될 말, 내 짝꿍이 아직 내 곁에 건재하다는 것.

# 암 해피

군생활 3년을 카투사로 보냈다. GI들과 3년을 지내면서 그들이 자주 써먹는 말 중 두 마디가 내 귀에 거슬리곤 했었다. 그 하나가 That's my job이요, 다른 하나는 I'm happy다. 무슨 일을 하다가 간섭하거나 왜 그런 일을 하는가라고 물을라치면 그들은 거의 모두 '댓스 마이 잡', 또는 '댓스 마이 비즈니스'라고 딱 잘라 말한다. 그것은 내 일이니까 관여하지 말라는 뜻이다. 그때마다 나는 이런 생각을 했었다. 이녀석들은 자본주의에 찌들대로 찌들어 모든 일을 장사속(사업)으로 보고, 그 가치의 바탕 또한 돈에 두고 있구나. 실제로 녀석들 대부분은 돈에 대해 매우 인색했다. 좀 친해졌다싶어 시내 곳곳을 데리고 다니며 구경시키고, 이따금 소주며 불고기도 사주는 등 없는 돈 털어 성의를 다해도 막상 녀석들은 우리 카투사를 초청하여 술 한잔 푸짐하게 사는 경우가 없었다. (1970년대 당시 우리나라 GNI는 5백 달러도 되지 않았다.)

또 한 가지 나에게 의문을 주는 것은 아주 사소한 것에 '아앰 해피'라고 중얼거리며 만면에 미소를 짓는 모습이다.

그것도 우리가 학교에서 배운 고급스런 영국식 발음인 '아 앰 해피'가 아니라 제들 식의 '암 해피'다. 마치 '예수 그리스도'를 '지저스 크라이스트'라 발음하듯이 말이다. 인생을 멀리 보고 인생관은 물론 가치관을 분명히 정하고 나서 차근차근 꾸려나가 나중에 성공을 하고 나서야 비로소 '나는 행복하다'라는 말을 할 수 있거늘, 훈련 끝나고 침대에 벌렁 누우면서 암 해피요, 도로 옆 가드레일에 걸터앉아 캔맥주 한모금 들이키는 것 가지고도 암 해피다. 얼마나 쩨쩨하고 얼마나 조잡하며 얼마나 낮은 수준의 사고인가.

그러나 이 나이가 되자 당시 그들의 말을 이해할 수 있게 됐다. 우리의 삶 자체가 알고 보면 장사(사업)다. 하루하루의 삶에서부터 일생의 삶도 목표를 정한 다음 그때그때 기획하고 설계도를 꾸미고 나서 그에 맞추어 꾸려나간다. 때로는 점검도 하고 편집도 하고 결과에 대한 토론도 벌이는 과정이 필요하다. 한마디로 우리의 삶은 경영, 사업, 장사질에 다름 아닐 뿐이다.

다른 또 하나, 행복이라는 것도 그렇다. 과정은 필요없다. 똥밭에 굴렀더라도 크게 성공하여 금의환향하고, 대우를 받고, 잘 먹고 잘 살다 이름을 남기고 죽어야만 비로소 행복하다고 말해야 한다. 그렇다면 우리가 행복하다고 말할 수 있는 시기는 바로 목구멍에 걸려 있던 숨이 꼴까닥하고 넘어갈 즈음에야 답이 나온다는 말이 된다. 아니면, 진짜 영혼이 있어 제삿밥을 얻어먹으며 번창한 후손들을 바라볼 때서야 나는 행복하다고 말할 수 있을 것이다. 이 얼마나 부질없는 생각인가.

그렇다. 배고플 때 칼국수 한 그릇 게눈감추듯 뚝딱 해치우고 나서 게트림하며 포만감을 만끽할 때, 바로 이것도 행복이 아니겠는가. 외출을 하였는데 갑자기 속이 뒤틀리면서 참을 수 없는 변의에 시달린다. 잘못 실수를 하여 망신을 당할 수도 있다. 그때 관공서가 보인다. 후닥닥 뛰어들어가 해결하고 손까지 씻고 유유히 밖으로 나왔을 때 느끼는 안도감과 시원함, 그것도 행복의 범주에 들어가지 않겠는가. 음식점에서 소주를 시켜먹자니 혼자서 한 병을 다 마시는 것은 부담이 가고, 그렇다고 5천원 돈을 주고 삼분지 일만 마시는 것은 아깝다(쩨쩨한 나로서는). 편의점에서 팩소주 하나 사서 가방에 넣고 가 주인이 보지 않는 틈을 타 반주로 홀짝 마시고 나서 뒷골이 빼애앵 도는 느낌을 받을 때, 이 또한 행복이지 않는가. (기가막히게 주인 눈을 피했다는 성취감은 반주 맛을 배가시킨다) 감기로 콜록거리던 자식이 자고 일어나더니 멀쩡하게 나아 있는 모습을 보는 것도 행복이요, 부부가 걷다가 목마른 참에 커피 자판기에서 달달한 믹스커피 하나 빼어 가까운 벤치에 앉아 나누어 먹는 것 또한 어느 것에 비할 바 없는 행복인 것이다.

우리는 타인을 너무 의식하는 경향이 있다. 따라서 학문적 어휘는 물론 일상의 단어까지도 어렵게 정의를 내려 혼란을 가져오고, 그 혼란스러움에 전도되어 명징성과 현실성을 잃는 수가 많다. 산다는 게 뭔가. 자신을 경영하는 것이다. 행복은 무엇인가. 작든 크든 그때그때 느끼는 만족감, 즐거움 따위가 바로 행복인 것이다. 그렇게 단순하면서 확실한 정의를 어렵고 복잡하게 확대재생산하거나 덧칠을 하는 이유는 무엇인가. 그래야만 고상하고 그래야만 가치가 있어 보이며 그래야만 사람들로부터 인정을 받을 것 같기 때문에 그렇게 하고 있지 않는가. 결국 나는 보여주기 위한 삶을 살아왔는데, 이제야 내게 맞는 옷을 입고 내게 맞는 음조의 노래를 부르는 것이 가치 있는 행복의 지름길이라는 것을 확실하게 깨닫고 있는 요즈음이다.

# 어차피 가는 길은 하나

어렸을 때, 논길을 걷다 보면 메뚜기가 날아가 볏포기 사이 어딘가로 사라지는 경우를 자주 봤다. 다가가 살펴보면 메뚜기는 내가 서 있는 볏대궁 뒤에 숨어있는 것을 보게 된다. 어떡하나 보려고 메뚜기가 붙어 있는 방향으로 몸을 옮기면 메뚜기 또한 살금살금 뒤쪽으로 돌아간다. 그런 모습을 보면서 아, 강력한 두려움이 다가오면 가능한 안 보이도록 은폐 엄폐를 하는 게 우선 취해야 할 행동이구나, 라는 지혜를 습득했었다. 그 후 살아가면서 그 메뚜기가 배워준 대로 화살이 날아오는 방향을 정확히 모를 때는 자세를 낮추고 상황을 살피다 보니 이렇게 이 나이까지 안 죽고 안 다치고 잘 살아왔지 싶다.

또 쇠똥구리가 쇠똥을 뒷발로 옮기고 있는데, 그들 세계에서도 깡패가 있어 일은 하지 않고 남이 애써 뭉쳐 밀고 가는 쇠똥을 낚아채 도망가는 것을 보면서 우리보다 나이 서너 살 더 먹은 동급생이 우리가 가져온 누룽지를 빼앗아 먹는 것과 같은 이치라는 깨달음을 얻기도 했다. 그리고 그 깨달음은 인간도 동물의 한 족속이며 그리하여 같은 패턴으로 살아가고 있다는 것을 확대해석하여 정의를 내릴 수 있었다.

또한 개미귀신 집에 미끄러져 내려가 숨겨진 개미귀신의 이빨에 결국 끌려들어가고 마는 개미를 보면서 우리 인간도 어쩔 수 없는 불행에 빠져들면 별수없이 저렇게 끝날 수 있으리라는 운명론적 해석을 막연하게나마 눈치챌 수 있었다. 그리고 그때 유심히 살펴보고 나서 얻은 나름의 판단은 '뭔가 이상하면 일단 멈추고 살펴라'라는 교훈이었다.

그 후 오랫동안 자연의 속마음 읽어내기와 멀리하고 살았는데 얼마 전 자연은 고맙게도 그 너그러운 마음으로 서운타 하지 않고 또다른 지혜와 교훈을 나에게 안겨주었다. 어느 날 산에 오르다 나는 일순 화가 치밀었다. 떡갈나무 순이 파랗게 땅바닥에 떨어져 있고, 두 아낙네가 그것을 줍고 있었다. 아직 익기는커녕 이제야 껍질 밖으로 알맹이가 삐죽이 삐져나온 것들을 무자비하게 떨어 줍고 있는 것이 아닌가.

"아직 익지도 않았는데, 저거 갖다 뭐하려고 그러지?"

내 묻는 말에 짝꿍이 대답을 주었다.

"갈아서 부침이 부쳐먹고, 뭐 다른 용도로도 쓴다던데."

아무리 먹는 것도 좋고 귀물도 좋지만 아직 알맹이 속이 반도 차지 않은 것들을 따려고 이파리순까지 꺾어 떨어낸다는 것은 자연훼손을 지나 최악의 자연 파괴 수준이지 않을까. 그런 모습은 그곳에서만 있는 게 아니었다. 산속으로 들어가면서 보여지는 떡갈나무는 모두가 순이 잘려져 바닥이

파랗도록 깔려 있었다. 산속에 사는 짐승들은 뭘 먹고 살라고 저런 짓들을 하고 있단 말인가. 해도 너무 한다!

그런데 이상한 것은 그 이튿날 가도 떡갈나무마다 새롭게 순이 잘려져 여기저기 숱하게 떨어져 있는 것이고, 그 일은 그 다음날도 그대로 진행되었다. 설마 하루 이틀은 몰라도, 어느 할 일 없는 자들이 온산에 있는 떡갈나무를 모두 두들겨 패 풋열매를 떨군단 말인가? 그제야 짐승을 의심해 보았다. 그러잖아도 새벽이면 다람쥐들이 나무 꼭대기에 붙어 끽끽거리며 새처럼 우는 경우를 자주 봤고, 청솔모 또한 이리저리 날뛰는 것을 보아왔다. 그렇다면 그런 나무타기 짐승들이 난장을 쳐 풋열매가 달린 새순들이 그렇게 많이 떨어져 있는 것이 아닐까.

그런 일이 며칠간 지속되고 나서야 아둔하기 짝이 없는 나는 비로소 그 까닭을 눈치챌 수 있었다. 그건 떡갈나무 스스로가 떨어낸 것들이었다. 상수리가 너무 많이 열려 그것 모두를 실하게 길러내지 못할 것을 깨닫고는 일부를 희생시키고 있었다. 아하! 하며 나는 감탄했다. 열매를 줍던 아낙네들을 비난했던 것과 몽덕을 뒤집어씌운 산짐승들에게 맘속으로 사과했다. 자연은 나에게 수수께끼를 냈고, 늦게사 나는 그 수수께끼를 풀어냈다. 그로써 자연은 나에게 한가지를 깨우쳐줬고, 나는 그에 대해 감사했다.

그 몹쓸 성깔 때문에 좋아하지도 존경하지도 않지만, 그의 능력만은 인정하고 있는 어느 문단 선배가 그런 이야기를 한 적이 있었다. 앞뜰에 감나무 한 그루가 있는데 감이 너무 많이 열려 걱정이 되었다. 가지가 찢어질 수도 있고, 설사 그런 일이 없다손 치더라도 그 많은 열매를 키워내자면 영양가가 달려 해갈이를 할 수도 있고, 죽을 수도 있다는 우려였다. 그뿐만 아니라 수확물 또한 개수는 많을지언정 실하지 않아 볼품없으리라는 생각 또한 지울 수 없었단다. 그렇게 걱정하고 있는데, 어느 날 밤 폭풍이 몰아쳤고, 아침에 일어나 보니 적당히 알맞게 감을 솎아 떨어뜨려 놨더라는 말이었다.

그렇다. 자연은 과욕을 허락하지 않는다. 스스로 잔인하다 할 만큼 과욕에 대한 자정능력을 실천하고 있다. 과욕을 인정하지 않고 더 많은 것을 가지려고 별짓거리를 다하다 결국 스스로 패망의 길에 들어서는 것은 인간뿐이다. 개인적으로는 더 잘 먹고 더 많은 사람들에게 갑질하는 재미를 획득하기 위해 돈과 권력을 탐하다 거꾸러지는 사람들을 우리는 얼마나 많이 보아오고 있는가. 사회적으로는 더 많은 것을 상대편에게서 빼앗기 위해 편을 나누어 아귀다툼을 하다 보면 얼마나 많은 희생자를 만들어내는지도 우리는 보아왔다.

특히 세기적 코로나 팬데믹 사태의 후유증과 겹치고 있는 현 정치 상황을 지켜보면서 패악스런 인간욕망의 끝자락이 확연히 드러나고 있음을 어쩔 수 없이 지켜보게 된다. 그때마다 때로는 가증스럽고 때로는 지겹고 때로는 구역질이 날 정도로 혐오스런 감정을 이입당하고 만다. 그럴 경우 마지막 단계에서는 그런 것들에 초연하지 못한 내 자신을 꾸짖는 것으로 종지부를 찍어왔다. 그러면서 이러저러한 모순들을 최소화하는 데는 철학이 필요하며 그 철학은 내가 겪은 바대로 자연에서 배우는 게 선순환적 기능이 있어 가장 좋은 방법이라는 것을 거듭 깨닫는 계기를 갖는다. 어차피 너와 나, 우리의 가는 길은 하나, 한 발 한 발 죽음을 향해 걸어가고 있는 처지에 한번쯤 되돌아볼 만하지 않는가.

# 겐세이 속성

동네에 떡집이 있었다. 사무라이 집안의 가장은 그의 아들이 그 떡집에서 떡을 훔쳐먹다 들켜 나무람을 당했다는 말을 들었다. 사무라이 아버지는 떡을 훔쳐먹었다는 혐의를 받고 있는 아들을 그런 일 있었느냐 다그쳤다. 아들은 사무라이 집안의 명예를 걸고 말하지만 절대로 떡을 훔쳐먹지 않았다고 항변했다. 사무라이 가장은 그의 아들을 데리고 떡집에 가서 물었다. "내 아들이 당신네 떡 훔쳐먹는 걸 봤소?" 떡집 주인은 그렇다고 대답했다. 그러자 사무라이 아버지는 아들의 겉옷을 벗기고 떡집 주인 앞에서 아들의 배를 칼로 좌악 가른 뒤 위장을 갈라 펼쳐보였다. 위장 속에 떡 먹은 흔적이 없음을 확인시키고 곧바로 떡집 주인의 목을 쳤다. 동네 주민들은 그 '정의로운' 사무라이를 위해 사모비 思慕碑를 세웠다.

지나가던 과객인 선비가 하룻밤 잘 객줏집에 짐을 풀었다. 그러고는 밖으로 나와 지는 석양을 감상하고 있었다. 그때 거위가 석양빛에 반짝, 하는 무엇인가를 먹는 게 눈에 들어왔다. 곧이어 객줏집에서 난리가 났다. 주인이 금반지를 잃어버렸단다. 그 객줏집에 들어온 바깥사람은 선비밖에 없었다. 그 선비가 금반지를 훔쳐 바깥 어딘가에 숨겨놓았다는 혐의를 받게 되었다. 선비는 할 말이 없게 되었다. 곧바로 사람을 보내 포졸을 데려오겠다는 객줏집 주인의 말에 선비는 자기를 포박하여 하룻밤 재우고 이튿날 소송하라 사정했다. 그러면서 거위도 묶어 옆에 같이 있게 해달라 했다. 객줏집 주인은 밤이라서 신고를 해봤자 포졸이 올 것 같지도 않는데다 스스로 묶여 있겠다는 말을 받아들이기로 했다. 이튿날 새벽 거위의 똥에서 금반지가 나왔다. 주인이 어젯밤 그 말을 했으면 그렇게 밤새도록 고생하지 않았을 게 아닌가라고 물었다. 그 말에 선비는 대답을 주었다. "내가 그 말을 했으면 당장 저 거위의 배를 갈랐을 게 아니오. 미물이라도 다 같은 생명인데 그런 억울한 죽임을 당하는 건 옳지 않았기 때문이오." 우리 한국의 정서가 그대로 드러나는 이야기이다.

위의 두 경우를 두고 볼 때 만약 한국의 선빗집 자식이 떡을 훔쳐먹었다는 의심을 받는다면 어쨌을까? 선비는 우선 자식을 불러들였으리라. 그러고는 훔쳐먹었느냐 물었을 테고 그런 일 없다고 하면 그 떡집에서 떡을 훔쳐먹었다는 혐의를 받을 만한 행동을 했느냐 이어 물었을 터이다. 자식은 아이들과 그 떡집 주위에서 놀다가 갖고 놀던 놀잇감이 떡집 안으로 굴러 들어가는 바람에 들어갔다 나온 적은 있다 한다. 선비 아버지는 이 점을 꾸짖는다. 이르기를 외밭에서는 짚신끈을 조이지 말고 오얏나무 밑에서는 갓끈을 고쳐매지 말랬을거늘 어찌 의심받을 그런 행동을 했단 말인가. 그러고 나서 자식을 데리고 가 떡집 주인에게 사과를 했을 것이다. 괜시리 의심을 받게 해서 죄송하다고. 그랬는데도 정이나 떡집 주인이 떡을 훔쳐먹는 걸 봤다고 우기면 말없이 떡값을 물어주었을 것이다.

만약 일본 사무라이가 여관에 짐을 풀고 잠깐 나와 저녁놀을 바라보고 있는데 거위가 반짝이는 뭔가를 먹는 장면을 목격했고, 곧 주인이 사무라이를 의심한다면 어땠을까? 사무라이는 당장 거위를 잡아 배를 갈라 반지를 꺼내 보이고 나서 함부로 사무라이 명예를 더럽혔다 하여 그 자리에서 주인의 목을 쳤을 게다.

요즘 일본의 험한 분위기가 심상치 않다. 그럴 수밖에 없는 것이 세계 2위 경제대국이라 우쭐대다가 점점 국력이 쇠퇴해 가는데 옛날에 자신들의 식민지였고, 전쟁까지 겪어 세계 최빈국 거지나라였던 한국이 많은 부분에서 자신들보다 우위를 점하고 있으니 본디 밴댕이속 민족성이 오죽이나 분통이 터지겠는가. 그런데다 지진이며 태풍 따위 자연재해를 막아주고 있는 꼴이어서 속된말로 미치고 환장할 지경일 수밖에 없으리라.

우리는 그들을 왜소한 사람이라는 뜻으로 왜인矮人이라 부른다. 그들은 작지만, 좋은 말로는 다부지고 꼼꼼하다고 할 수 있으나 안 좋은 말로는 잔인하며 작은 체형에 소갈머리까지 좁다는 뜻을 포함하고 있다. 따라서 갈라파고스 스타일의 독특

한 정치 경제 사회 문화를 가지고 있어 관심을 끌게 하지만 인류공동체라는 톱니바퀴의 한 꼭지를 담당하여 순화롭게 맞물려 돌아가는 데는 한계가 있다. 따라서 2차대전 때 그 많은 나라를 침공하고 그 많은 사람들을 죽여놓고도 제대로 사과하지를 않는 것은 그런 맥락에서 우러나온 결과가 아닌가 싶다. 따라서 전후 독일의 행동을 배우라고 아무리 외쳐봤자 통하지 않는다. 그들은 머리카락을 놓고 후욱 불어 댕강 잘릴 정도로 항상 니뿐도를 갈고 있으며 훈도시를 차고 아무데서나 날뛰다 불리하면 자기 배를 갈라버리는 민족이기 때문이다.

답은 하나다. 그들을 터부시하지 않으면서 믿지는 말아야 한다. 그들은 섬 안에서 똘똘 뭉쳐야 살아남는 운명을 안고 산다. 언제 일본 섬 자체가 어떻게 될지 모르는 불안감에서 눈길은 늘 대륙을 향하고 있고, 그 교두보 역할이 될 수 있는 한국을 끊임없이 괴롭힐 것이다. 남북한 휴전선이 깨지고 길이 뻥 뚫리게 되면 그들로서는 최악이다. 남북미와 호주 지역만 빼고 나머지 육상으로 그 광활하게 펼쳐지는 미래의 한국을 어찌 두고 볼 것인가. 그들은 우리에게 빚을 진 전과자이면서도 큰소리치고 살아왔는데, 그때쯤 억하심에서 우리로부터 보복이 가해져도 토끼이빨을 드러내 웃어보이며 허리를 굽실대야 하는 상황을 절대 상상마저도 허락할 수 없으렷다. 그래서 그들은 잘된 호박에 말뚝 박는 심사로 끊임없이 '겐세이[牽制(けんせい), 딴지걸다 훼방놓다]'를 놓는 게 유일한 대책일 뿐이니, 어쩌란 말인가.

## 이러면 되지 않는가

살아나가는 데는 무엇보다도 선택이 중요하다. 건강 하나만 놓고 봐도 그렇다. 소식小食을 하고 채식위주로 나가면 잘 먹고 열심히 운동하는 것보다 평균적으로 조금 더 산다고 한다. 문제는 소식에 채식위주로 나가다 보면 삶의 질이 아무거나 잘 먹고 운동 열심히 하는 것보다 떨어진다는 데 고민이 있다.

물론 선택은 개개인의 성향에 달려 있다. 어떤 이는 소식하며 채식 위주로 편안하게 오래오래 살아가는 것을 선택할 것이다. 그러나 어떤 이는 삼겹살에 소주를 즐기며 마음 껏 나돌아다니다가 어느 날 저쪽에서 오라 하면 훌쩍 따라나서는 것을 선호하는 사람도 있다.

우리의 삶의 자세도 마찬가지다. 어떤 이는 적게 벌더라도 마음 편하게 그럭저럭 살아가는 것을 선호한다. 반면 어떤 이는 열심히 많이 벌어서 풍성풍성 신나게 쓰다가 죽는 길을 선호하는 사람도 있다. 짧고 굵게! 까짓 잘못되면 깜방 살면 되지 뭘!

그런 두 가지 형태의 사람들을 보면서 나는 늘 독수리와 참새를 연상한다. 참새의 활동 범위는 제한돼 있다. 자리 잡은 곳에서 그저 몇 백 미터 범위 안에서 동료들과 짹짹거리며 적은 먹이를 먹으며 평화롭게 살아가고 있다. 그러나 독수리를 보라. 그들은 하늘 높이 날아올라 여기저기 이동을 하면서 산다. 따라서 그 행동 범위는 광활하고 드높다. 그러나 그들의 생활상은 결코 평화롭지 않다. 먹이를 놓고 찍고 차고 할퀴면서 더 먹으려 악을 쓴다. 또한 그들은 많이 먹는 대신 걸핏하면 먹이가 부족하여 굶어죽기도 한다. 하루 버러지 두어 마리에 아이들이 먹다 흘린 빵부스러기 너덧 개면 하루를 너끈히 살아가는 참새는 결코 굶어 죽는 일이 없는데 말이다.

나는 애초 참새의 성향을 선호했고 지금도 그렇다. 그저 욕심 없이 평화롭게, 맘에 맞는 사람들과 어울려 짹짹거리는 삶이 좋다. 비록 보기에 따라 다람쥐 쳇바퀴 돌 듯 권태로운 삶일 수도 있겠다. 그러나 나에겐 편안히 쉴 집이 있고 굶지 않고 먹을 음식이 있다. 입을 옷이 있고 편히 잠잘 침대와 이부자리가 있는데, 무엇이 부러우랴.

무엇보다도 나는 가고 싶은 곳을 향해 걸어갈 수 있는, 약간은 부실하지만 아직은 최소한의 제 기능을 담당하고 있는 두 다리가 있다. 또한 비록 소형차지만 차도 있고 2028년까지 허가받은 운전면허증도 있다. 비록 다 읽지는 않았지만, 어쨌든 네 개의 책장에는 책들이 빼곡히 꽂혀 있어 제대로 읽지는 못할지언정 둘러보며 폼잡는 것만으로도 기분 끝내준다. 마치 다 먹지 못할 거지만 노적가리에 볏단이 쌓여 있는 것만으로도 흡족하듯이.

　　문득 홀로 있을 때는 그 무료함을 달래주는 반려놀이감까지도 있어 결코 무의미하지 않다. 이렇게 글을 쓸 수 있는 종이와 연필, 노트북과 휴대폰 있음이 그 하나요, 되든 안 되든 그림을 끌적거리는 물감과 크레용이 있는 게 그 중 또 하나다. 때로는 문득 잠에서 깨어나 한가할 때는 클래식기타를 붙안고 내 맘 내키는 대로 부담없이 딩동대는 것도 살 만한 가치를 고양시키는 재밋거리다. 이러면 되지 않는가. 이렇게 참새처럼 작은 나뭇가지 사이를 포로롱포로롱 날며 살다 보면 어느 날 밥수저 들기도 싫고 숨쉬는 것도 귀찮아질 때가 오고야 말 것이다. 그러면 내 의지를 모아 춥거나 덥지도 않고 배고픔도 힘듦도 무료함도 없는 그곳으로 살그머니 떠나면 그만이지 않겠는가.

# 공감능력

내가 살던 고향 읍내에 의사 한분이 살았다. 당시만 해도 의보가 없던 시절이라서 병원에서는 진료부터 수술까지 부르는 게 값이었다. 맘만 먹으면 속된말로 돈을 트럭으로 쓸어담을 수 있는 그런 시절이었다. 그러니 자연 근동에서는 떵떵거리며 위세를 떨치고 갑질을 일삼는 부자가 되지 않을 수 없었다.

그런 시절인데도 그분은 생각하는 바가 남달랐던 같다. 그분은 쉬는 날이면 자라나는 외아들을 차에 태운 뒤 시골로 들어가 아무 집이나 가서 밥값은 충분히 드릴 테니 먹던 그대로 식사를 차려달라는 부탁을 한단다. 그러고는 아들과 겸상을 하면서 가난한 시골사람들의 생활상을 직접 보고 겪게 하였다고 한다. 그 뒤 '병원집아들'인 그는 후에 아버지의 뒤를 이어 의사가 되었다. 그의 삶 또한 근동에서 알려질 정도로 검소했고, 더불어 가지지 못한 자를 헤아릴 줄 알고 나누어줄 줄도 아는 사람으로 칭송이 자자했다는 뒷소문을 들었다.

여기서 오늘 하고자 하는 말은 의사들의 집단이기주의라든가 권위의식, 그런 걸 말하고자 하는 게 아니다. 공감능력에 대해 말하고 싶어 자판 앞에 앉았다. 공감능력이란 단어는 가진 자에게나 해당되는 말이라고 단정지어도 무리는 없지 싶다. 가진 게 없는 자는 애초 그 자체가 공감과는 거리가 있다. 어쩔 수 없이 어울려 버티는 삶이기 때문이다. 공감능력이란 가진자가 갖지 못한 자를 이해해주고 그들 입장에서서 대변해주는 정도의 행동만으로도 충분하다. 그런데다 아껴쓰고 남은 것을 나누어줌은 영웅적이고 초인적?이기 때문에 굳이 그 경지까지 바라지는 않는다. (물론 그런 분들이 있지만 다 그런 분들처럼 행동했으면 좋겠다고 청유함은 염치에 속하는 부분이다.)

　　비가 쏟아진다. 갑작스런 소나기라서 사람들이 이리 뛰고 저리 뛴다. 다행히 그는 우산을 가지고 있다. 저 혼자 우산을 쓰고 간다고 해서 그를 나무랄 수는 없다. 그러나 좀 더 품과 격이 있는 자라면 주위를 둘러봐 노쇠한 이나 장애인, 어린이 등 비를 맞으면 고통스러울 이에게 다가가 우산을 받쳐주는 정도의 품격은 갖춰야 하지 않겠는가. 물론 다들 우산을 쓰지 않고 비를 맞을 때는 그도 우산을 접고 같이 비를 맞거나 비를 맞으면 가장 힘들 사람에게 우산을 건네고 그 자신은 온전히 비를 맞는다면 더욱 고결한 품격이 드러나겠지만, 굳이 그렇게까지 바라지는 않겠다. 나부터도 그러지는 못할 테니까.

　　그런 점에서 알량한 권력을 휘둘러 가정과 개인을 파멸시키거나 알량한 재력으로 먹이사슬 고착화에 잔인성을 보이는 실태를 보면서 문득 앞서의 어느 '의사아들' 일화를 떠올리게 됐고, 그들 이른바 사회 지도층에 있는 '거머쥔 자들'이 지금이라도 공감능력 부재에 대한 자신의 성찰이 있었으면 하는 바람에서 몇 자 적어봤다. 성장기에서 앞서의 '의사아들'처럼 그럴 기회가 없었다고 변명하지 말라. 지금이라도 가지지 못한 사람들에게 다가가 그들이 노는 곳에서 그들이 먹는 음식을 나누어먹으며 그들의 말을 들어보라. 그러면 늦은대로 공감능력의 빈 그릇이 채워질 것이다.

# 인꽃에 이름 붙여주기

그곳에 과일과 채소를 파는 세 사내가 있었다. 하나는 30대로 보이고, 다른 하나는 40대, 그리고 50대 초의 사내가 오늘의 얘깃거리를 마련하기 위해 빌려온 대상자들이다. 그들은 좌판을 벌여놓고 똑같이 과일과 채소류를 팔고 있었는데, 그 장사하는 행태가 각기 개성이 있었다. 우선 상품 진열 모습부터 보면, 30대 사내는 작은 바구니를 여러 종류로 구비해 놓고 무더기무더기 깔끔하게 담아놓은 뒤 1000원, 2000원, 따위 가격을 쓴 표지를 세워놓아 선택하기 좋게 늘어놓았다. 그리고 나서 마지막 바구니가 덜 찼다 싶으면 다른 과일이라든가 채소류를 몇 개 더 얹어 놓았다.

다음으로 40대 사내는 잘생기지 못한 얼굴에 늘 미소를 가득 담고 숱이 적은 머리를 꺼벙하게 흩으러뜨린 채 장사를 했다. 그의 앞에는 항상 중년 부인 서너 명, 또는 대여섯이 서서 그의 장사를 도왔다. 극성스러운 아줌마 부대원들의 인정사정없는 에누리질이나 제멋대로 덤을 집어가는 것을 그는 빙긋이 지켜보며 "안 되는데… 안 되는데…" 혼잣말로 중얼거리기만 했는데, 그런 그가 보기 안됐든지 얼마 전부터 정의로운 아줌마들이 나서서 사나운 아줌마들을 맞상대해주고, 자신이 주인인 것처럼 물건을 흥정하여 팔기도 했다.

　다음으로는 50대 사내다. 그는 30대 사내의 봉고차나 40대 사내의 2.5톤 화물차와는 다르게 5톤 트럭을 몰고 왔다. 겉모습도 30대 사내의 약간 무뚝뚝한 표정이나 40대 사내의 웃는 얼굴과 다르게 50대 사내는 덩치도 큰 데다 이목구비 또한 큼직큼직하고 수염까지 시컴시컴하여 이른바 소도둑놈, 또는 산적 형상이었다.

　그들은 손님 맞는 방법도 각기 달랐다. 30대 사내는 다가와서 자기가 늘어놓은 물건을 가리키며 "이거 얼마요?"하고 묻기 전에는 눈길마저 주지 않았다. 물건을 가리키며 살 의사를 밝히면 그제야 반응을 보였다. 물건을 지적하며 달라 하면 정성스럽게 비닐봉지에 담아 예의 바르게 건네주었다. 그렇게 평소에는 소가 지붕 위의 닭 보듯 인사마저 없어 짝꿍과 나는 그를 두고 말할 때는 '말않는사람'이라고 지칭했다.

　반면 40대 사내는 항상 얼굴 가득 미소를 머금고 있었는데 지나가다 눈이라도 마주칠라 치면 일단 고개를 까딱하여 인사말을 건네지 않으면 빚진 것 같아 하는 수 없이 같이 웃어주며 인사말을 건네야 했다. "안녕하세요. 잘 되시지요?" 그러고는 살 물건을 가리키며 달라고 하면 비닐봉지가 터지도록 덤을 얹어주었다. 어떤 때는 가격 말하지 말고 알아서

　　　　　　　　　　느릿느릿

먹을 만큼 일단 비닐봉지에 담으라 했다. 그러고 나서 가격을 말하는데, 너무 값이 싸 미안해하면 그 가격에 맞게 도로 덜어놓기도 했다. 우리는 그를 "잘웃는아저씨"라 명명했다.

그와는 달리 50대 사내는 허풍이 심했다. "핫핫핫! 이보다 싸게 주는 놈 있으면 나와보라고 해요. 나는 차떼기로 왕창 몰아오기 때문에 다른 사람보다 반액이 쌉니다" 성질 또한 외모에 걸맞게 괴팍하여 제 성에 조금만 차지 않으면 그대로 패악질이었다. "나보다 싼 놈 있으면 거기 가서 사라고! 여기서 진상부리지 말고!" 우리는 그를 '산적아저씨'라는 별명을 붙여 주었다. "산적아저씨 네는 뭐 있나 가볼까?"

이렇게 저렇게 어울려 그들은 우리를 풍성하게 해 주고, 거리에 활력을 불어넣어주었다. 나는 그들 모두를 좋아했다. 50대 사내가 허풍을 치고 거친 말을 하면 조금은 고까울 때도 있지만, 대체로 웃게 만들어줘 고마웠다. 40대 사내는 저렇게 하여 어찌 밥을 먹고 사나 싶어 그의 반편 같은 아둔한 행동이 염려스럽지만, 언젠가 그를 특별히 만나 맥주 한잔하며 이야기책 대여섯 권 분량의 숨겨진 그의 이야기를 듣고 싶을 정도의 매력에 빠졌었다. 그리고 30대 젊은이는 인사성이 없고 사무적인 듯싶지만 제사에 쓸 거라면 특별히 차 안에서 새 박스를 풀어 주는 배려와 그 세심함을 높이 사며 존중심을 가졌었다.

그렇게 우리는 한 태양 아래 김춘수의 시 내용에 나온 '이름을 붙여주는 꽃'으로 관계를 갖다가 어느 날 헤어지는 사람들이 되었다. 40대 '잘웃는아저씨'는 간암으로 죽어 저 세상으로 떠났고, 50대 '산적아저씨'는 어쩌다 나타나다 얼마 가지 않아 볼 수가 없었다. 그리고 30대 사내는 내가 춘천으로 이사를 오면서 가끔씩 생각나면 우리가 붙여준 이름, '말않는사람'으로 송환해 어떻게 살고 있을까 짝꿍과 궁금해하곤 했다. 그러면서 한편으로는 나 자신은 주위 사람들에게 어떤 이름이 붙여질까 궁금해지기도 했다. 소년기부터 청년기 때는 곰새끼로 불리었었다. 그 별명은 요상하게도 어딘가에 따라붙어 제자들한테는 곰선생으로 불리었다. 아마 말과 행동이 모질지 못하고 둥실둥실거려서 그런 별명이 따라다닌 듯싶다. 그리고 지금은 그냥 '늙은이'로 불리고 있는 것을 눈치로 알고 있다.

# 뚜벅뚜벅 걸으리라

무릇 배를 타고 강을 건넜으면 그 배를 짊어지고 갈 수 없지 않느냐는 게 오랫동안 내가 갖고 있던 일관된 생각이었다. 쟁기질하는 농부는 뒤를 돌아보지 않으며, 흘러간 물로는 물레방아를 돌릴 수 없다는 격언이 내가 추구하는 금과옥조였다고 말할 수 있겠다. 그래서, 나는 지금 여기 와 있고, 관성에 의해 모습이 그대로 유지된 채 시간에 끌려간다면 그것 자체는 존재의 의미를 갖지 못한다고 생각해 왔다. 그래서 끊임없는 변신을 추구는 해왔다. 그렇다고 일대 혁신을 가져오는 혁명적인 변신은 생각도 하지 않았다. 내 자신 그에 따른 책임과 후유증을 견뎌낼 능력과 배짱이 없고, 그런 결정을 함으로써 갖게 될 내 가족의 고통을 절대로 용납할 수 없었다.

어쨌든 상당 부분 내 나름의 성과를 갖게 되었다. 그것만으로도 난 감사했고, 행복했다. 내 스스로 내가 타고난 그릇의 크기를 알고 있기에 더욱 그러했다. 더불어 바로 위에서 지적했던 바, 강을 건넌 배를 뒤돌아보지 않고 버렸기 때문이라고 생각된다. 물론 어떤 사람들은 나의 행동을 두고 의리없다고 했다. 같이 어울려 놀아주지 않는다고, 제 알속만 차린다고 손가락질하기도 했다. 난 그들의 말을 순순히 받아들였다. 그리고 그 말들을 녹여 설탕을 발라 삼켜버렸다. 그것은 피로회복이 될 때도 있고, 활력소를 가져오는 비타민이 될 수도 있었고, 그들의 혀에 대한 복수의 쾌감을 가져다주기도 했다.

나의 행동을 다른 시각에서 돌아보면 정글 속의 갖가지 동물들이 나름의 생존 전략을 가지고 있어 살아남는 경우와 비견될 수 있다. 이 굴 속에는 너희들이 더 이상 먹을 게 없으니 이거나 먹고 가라며 자신의 새끼 하나를 죽여 내놓아 다른 새끼들을 살려내는 여우를 누가 잔인하다고 비난할 것인가. 풀숲에 또아리를 틀고 있다가 갑자기 뒤꿈치를 물어 독을 꽂아넣는 독사의 생존방식을 누가 비난할 수 있겠는가. 1킬로미터 밖의 바늘을 찾아낼 정도의 시력으로 동물들의 시체를 파먹고 산다고 누가 독수리를 추한 동물로 비난할 수 있겠는가. 마찬가지로 나는 침묵 속에 주위를 뚤레거리며 한발짝 한발짝 조심스레 걸어왔다. 그러다 어딘가에서 화살이 날아오면 (겁쟁이로)납작 엎드려 화살이 날아오는 방향을 살피며 죽은 체했다. 또 적이 나타나면 일단 피해보고 나서 그래도 어쩔 수 없으면 타협하거나 몸을 돌려 마구 (비겁하게)도망치기도 했다. 그게 정글 속에서 살아남을 수 있는 내 생존방식이었다.

그런데, 요사이 들어 갑자기 강을 건넌 배들을 힘겹게

끌어올리고 싶은 충동을 받고 있다. 그 배에는 갈색으로 탈색된 사진들도 많지만 내게 눈길이 가는 것은 마주했던 사람들의 얼굴들이다. 그중에서도 가장 먼저, 그리고 선명하게 다가오는 사람들은 내게 감동을 주었는데도 제대로 인사 차리지 못한 이들이다. 직장을 그만뒀는데도 결혼식에 와 준 사람, 갑자기 다른 도시로 이사를 가게 되면서 집 잔금을 못 받아 당황해하고 있을 때 아무런 증서 없이 선뜻 꽤 많은 돈을 빌려준 선배 등등. 또 한편으로는 고통스럽게 견뎌냈던 아픔의 장소에 직접 찾아가서 오늘의 나를 확인해 보고 싶기도 하다. 죽은 자들도 많은데, 그들의 묘비를 하나 하나 찾아보고도 싶다. 참 못되게 굴던 자와 친절하게 대해줬던 사람들의 현위치를 대조해 통계를 잡은 후 삶의 일반적 공식으로 증명해 보이고 싶기도 하다.

그러다 문득 내가 지금 무슨 짓을 하고 있는 거야, 정신을 차리면서 노와 닻도 없고 낡을 대로 낡은, 과거의 강을 건널 때 타고 온 배에 얼찐거리는 나를 발견한다. 이내 나는 내 뒷덜미를 잡아 '지금'으로 끌어낸다. 그러고는 그 원인을 (만만한) 계절에서 찾는다. 그렇다. 새벽에 서리가 내리는 초겨울 나이라서 그렇다. 봄, 여름, 가을을 지나오면서 얼마나 극심하게 영혼의 몸살을 앓았던가. 지나 보면 참 우스운 단상들이 그 당시에는 죽음과도 같은 무게로 나를 괴롭혔었다. 죽지 않고 생동하는 이 초겨울을 맞이하면서 이 새벽 나는 다시 영혼의 몸살을 앓기 시작했다는 신호를 접수중이다. 그러고 보니 나는 아직 죽지 않았다. 살아있는 중이다. 곧 감당 못할 겨울이 오겠다. 오라면 오라지. 내 키보다 더 높이 눈이 쌓일지라도 나는 굴을 뚫어서라도 뚜벅뚜벅 걸을 것이다. 그러다 정 힘들면 조용히 그 자리에 누워 눈을 감고 동토의 땅으로 끌려가리라.

# 말없는 그 사람이

중학교 때 밤마실갔다 들어오는데 라디오에서 한명숙의 '노란 샤쓰 입은 사나이' 노래가 흘러나왔다. 그때 머리에 탁 들어오는 느낌이, "어, 이 노래 좋은데. 뒤겠어."였다. 우선 곡이 좋았고 한명숙 가수의 약간 허스키한 목소리가 좋았고, 리듬이 경쾌해서 좋았다. 그리고 가사 중에 '말없는 그 사람이 어쩐지 맘에 들어'가 그야말로 맘에 쏙 들었다. 그 시절만 해도 어릴 때부터 '남아일언중천금[男兒一言重千金]'이니, '취중불언은진군자[醉中不言 眞君子]요 재산분명은대장부[財上分明 大丈夫]'니, '사내는 입이 무거워야 한다. 여자처럼 재잘거리면 가치가 없다'라는 말을 늘 듣고 자랐으므로 남자는 당연히 말이 없어야 하고, 그래야 진짜 남자며, 그래야 멋있다고 여겼기 때문에 은연중 세뇌된 그 대목과 사이클이 맞아떨어져 그랬지 싶다.

따라서 이 나이껏 살아오면서 많은 스트레스를 받지 않을 수 없었다. 내 자신이 말이 많은 편이어서다. 그렇게 하지 말아야 한다고 늘 다짐하면서도 요놈의 '주둥아리'에 채웠던 지퍼가 일단 열렸다 하면 입구린내와 함께 질펀하게 퍼질러

버리게 되고, 그러다 보면 안 해야 할 말도 하고, 안 해도 될 말을 하게 마련이었다. 그럴 때마다 한 귀퉁이에서 내 말을 묵묵히, 그리고 따박따박 따담고만 있는 자한테 뭔가 중요한 것을 빼앗기고, 끝내 발가벗겨지고, '바보야 지껄여라. 나는 듣는다'라는 무시까지 당한 느낌이라니! 그런 느낌은 유도에서 왜소한 상대에게 순간 한판 업어치기로 나가떨어진 듯한 허탈감과 수치감을 동시에 받는 거와 흡사했다. 또한 쓸데없는 말을 했다고 (같이하는)짝꿍한테는 얼마나 많은 지청구를 먹었던고! 결국 입 다물고 가만있으면 중간은 간다라는 공식을 나는 번번이 실천하지 못하였다.

그러는 중에 어느 날 갑자기 깨닫는 게 있어 나는 문득 혼란에 빠졌다. 우울증으로 자살이며 불특정다수인에게 흉기를 휘두르는 자들의 평소 성정을 보면 말이 없다는 게 특징되어지는 경우가 많다는 통계를 보면서였다. 그것은 말을 하지 않는, 즉 '침묵은 금이다'라는 어줍잖은 격언을 금과옥조처럼 모시고 사는 사람들에게는 우리가 주시해야 할 위험인자를 안고 있을 가능성이 있다는 말이 되겠다. 말이 없다는 것, 말이 없다 보니 자신을 내보이지 못하게 되고, 자신을 내보이지 못하자 소통에 문제가 생기고, 그러다 보니 자신의 사고를 검증받거나 타인과 융화하면서 사회성을 키워가는 과정을 잃어 결국 부패되거나 화석화되어 버리고, 그게 화약으로 쟁여져 있다가 뇌관구실을 하는 용린성 충동을 겪는 순간 폭발하는 결과를 가져왔지 싶다.

실제로 지금까지 살면서 경험한 바로 (다 그렇다는 것은 아니지만) 말이 없는 사람들 가운데 상당한 사람들이 '침묵'하는 만큼 그에 걸맞는 '訥'다운 인격을 갖춘 경우는 매우 드물었다. 어떤 이는 아예 머릿속이 비어 있어 말할 '꺼리'가 없음을 간파해 낼 수 있었다. 또 어떤 이는 상대방의 말을 귀기울여 들어 챙길 것만 챙기고 남에게는 나누어주지 않는 이기주의자였다. 또 어떤 이는 남이 말할 때 아예 귀를 닫고 저 혼자만의 생각의 늪에 오리배를 띄어놓고 철푸덕철푸덕 뱃놀이를 즐기는 경우도 있었다. 아니면 게을러서 남이 하는 말 자체를 듣지 않고 마냥 뇌세포를 졸게 만들거나 외부와 차단시키는 자도 있었다. 따라서 그런 인사에게 나중에 내가 한 말 중에 그가 알고 있어야 할 점을 물어보면 "그런 말 했었어? 나 금시초문인데?"하고 동공에 흰자위를 덮어씌우며 놀라는 척하곤 했다.

결론적으로 침묵을 인격에 금물을 입히는 도구로 사용하는 그런 사람들은 애초 혀를 작동(말)할 에너지(앎)가 없든가 제것만 챙길 줄 아는 야비꾼이거나 고집쟁이거나 제 잘난 맛에 사는 사람들이라는 것을 알게 되었다. 또는 말더듬이도 있고, 말을 꺼냈다가 실수할까 봐 아예 입을 다무는 편을 택한, 심성이 허약한 사람도 있었다. 또는 불특정다수인에게 총기를 난사하는 자들처럼 세상을 악의적으로 도금해 적의에 충만해 있는 자일 수도 있었다.

이제 세월은 변해 진군자眞君子를 최고의 선으로 여기던

농경시대가 아니다. 그 시대만 해도 텔레비전이며 라디오, 오디오, 인터넷 따위가 없어 관심을 둘 수밖에 없는 것은 가족이나 주위 사람들의 표정이었다. 그래서 한 집에서도 시부모는 아들 내외를, 아들 내외는 부모와 자식을, 등등 표정만 봐도 그 사람의 속내를 읽어낼 수 있었고, 굳이 대화를 나누지 않고도 상대방의 내심을 고려하며 그에 맞춰 살 수 있었다. 그러나 지금은 오관을 빼앗는 것들이 우리 주위에 수두룩빽빽하므로 내 자신이 표현을 하지 않으면 누군가 내 표정만으로 내 속내를 읽어주고 이해해줄 사람은 아무도 없다는 것을 알아야 한다.

따라서 이제는 속내를 열어젖혀 말을 하고, 그렇게 하여 어울려 사는 방법을 터득하고, 인간다운 보편적 삶을 살고 있는가 검증도 받아야 한다. 무릇 그것은 병풍을 펼치는 행위와 같다. 길거리에 병풍이 늘어서 있으면 옛날에는 호기심으로 그 병풍을 펼쳐봤다. 그리하여 그림이며 글씨를 보고 평가해 주었다. 그리고 맘에 들면 팬도 되고 사주기도 했다. 그러나 지금은 누구도 접어놓은 병풍을 굳이 펴보려 하지 않는다. 그러기에는 길거리에 진열된 병풍이 워낙 많음은 물론이고, 그것 말고도 구경거리가 무진장하기 때문이다. 더구나 병풍을 열어보는 것 자체가 관람료 대상이거나 저작권 침범이 될 수 있고, 때로는 병풍 속에 흉악한 폭발물이 감춰져 있을 수도 있기 때문에 굳이 닫혀있는 병풍을 펼칠 위험을 무릅쓰지 않는다.

다만, 다만 여기서 우리가 고려할 점은 쓸데없이 과장하여, 또는 주책없이 병풍을 활짝, 있는 그대로 모두 펼쳐놓는 일은 자제하는 게 미덕임은 확실하다는 것이다. 활짝 펴놓다 보면 자신의 약점까지 모두 드러내 호기심이나 매력을 잃을 수 있고 웃음거리가 되기 쉽다. 때로는 별볼일없는 그림이나 글씨, 내용들이어서 타인으로 하여금 공해가 될 수도 있다. 또한 햇빛에 바래 가치가 떨어지거나 먼지가 묻고 흙탕물이 튀겨 못쓰게 될 수도 있다. 심한 경우 당사자가 한눈파는 사이 싫어하는 자가 침을 뱉거나 발길질로 찢어놓거나 오줌을 내깔길 우려도 있다. 이 점을 고려하여 펼치되 두서너 폭만은 접어놓은 채 시계처럼 필요할 때만 펼쳐 보이는 게 또한 삶의 미덕이며 지혜라는 것만은 간과해서는 안 될 일이지 싶다.

# 21세기 벌건 대낮에

서워드 홀Sherwood Hall, 그의 부모는 한말 평양에서 봉사한 선교의사였다. 그 인연으로 서워드 홀 내외는 일제 때 해주에서 선교의사로 봉사한 바 있다. 그가 쓴 '한국에서 청진기를 목에 걸고'라는 제목의 회고록은 이렇게 시작된다.

'보배'라는 이름의 가엾은 해주소녀가 죽었다. 결혼 날짜를 잡아놓은 보배는 폐결핵에 걸려 눕고 만다. 어느 화창한 봄날, 보배는 곱게 옷을 차려입고 황해가 보이는 언덕으로 오른다. 폐를 뜯어먹히는 고통, 쑤셔대는 침의 공포로부터 자유로워진 보배는 흐드러지게 핀 진달래를 한아름 꺾어 안고 꽃 사이를 누비다 지쳐 그대로 누운 채 세상에 안녕을 고한다.

세상에! 결핵환자에게 제대로 검증되지 않은 한약은 그렇다 치고, 무슨 효험이 있다고 침으로 무지막지하게 쑤셔댔단 말인가. 내가 입원실 침대에 눕자마자 서워드 홀의 글을 떠올린 것은 그만한 경험을 했기 때문이었다.

추석 휴일을 보내고 이튿날 새벽, 갑자기 전해오는 바른쪽 어깨의 통증으로 잠을 깼다. 얼마나 통증이 심한지 톱으로 근육을 썰어내는 듯했다. 전날 손주를 안고 커피숍에서 조심조심 계단을 내려올 때 뭔가 감이 왔던 듯싶었다. 어쨌든 날이 밝자 대목 때도 기공치료를 한다는 말을 듣고 짝꿍과 그곳에 들렀다. 그 기공소는 아내가 자주 가서 꺾고 누르고 발로 밟아대는 치료를 받는 곳이었다. 1시간가량 그 치료를, 아니 맛사지를 받고 나면 몸이 좀 풀린다 하여 별로 탐탁지 않는 그 모습을 지켜보곤 했었다. 어쨌든 다급하여 혹시나 하는 생각으로 치료실 매트에 누웠다. 치료사?는 짝꿍에게 했던 것처럼 발끝에서 머리끝까지 꺾고 누르고 당기고 발로 밟아대는 치료를 시행했다. 일단 끝내고 나니 좀 덜하다 싶었는데, 웬걸, 집에 오자마자 통증은 여전했다. 아니, 더하지 싶었다.

가까스로 참아낸 뒤 오후에는 동네 정형외과로 내달았다. 그쯤엔 바른쪽 팔을 머리 위에 얹고 다녀야 했다. 팔을 내릴 때 전해오는 그 통증은 무딘 부엌칼로 근육을 한 첨 한 첨 잘라내는 바와 진배없었다. 한시간 가량 지나 겨우 의사의 진단을 받고 엑스레이를 찍었다. 결과는 목 뒤에 두 방의 주사를 놓고 약 한보따리를 안겨주며 정 차도가 없으면 사흘 후 토요일에 오라고 했다.

그 이튿날도 통증은 여전하여 이번에는 통증 치료를 잘한다고 알려졌다는 한방병원에 갔다. 나를 뉘어놓고 부황을 떠 피를 빼고 내가 엄청 싫어하는 침을 여기저기 박아댔다. 아주 오래전에 침을 맞다 너무 뻐근하고 이상하여 침을 빼라

하고는 황급히 집으로 도망온 바 있는데 그 기억 때문에도 더 그러했으리라. 어쨌든 그렇게 치료를 받고 집에 왔는데도 통증은 여전하였다.

이튿날 새벽, 더 이상 견딜 수 없어 119를 부를까 했는데, 어쨌든 팔을 머리 위에 얹을지언정 걸을 수 있는 몸이니 나보다 더 급한 환자가 있을 수 있으리라 생각되어 택시를 불러 탔다. 아들의 부축을 받으며 K대 병원 응급실에서 기다렸다가 엑스레이를 찍었다. 목 디스크 같은데 지금 담당 의사선생이 없으므로 이틀 후에 오라는 것이다. 그 말을 듣자마자 아들이 부르르 화를 내며 H대 병원으로 내달렸다. 그곳에 이르자 며느리가 인터넷으로 조회하여 알아낸, 명성이 있는 분을 소개해주어 그분 앞에 앉았다. 이어 엑스레이와 PTA, 그리고 MRI를 거친 후 마침내 원인이 밝혀졌다. 목뼈 디스크 중 두 군데가 터졌다는 결론이었다.

담당의사는 일단 자연치료를 해보자고 하였다. 수술부터 하자는 다른 병원 의사선생과는 달랐다. 이어 곧바로 입원, 그리고 70평생에 어린아이 적 그랬던 일 빼고 처음으로 남의 손을 빌어 밥을 누워서 받아먹어봤다. 절대로 굶지 못하던 습관도 상관없이 끼니를 거르기도 했다. 그리도 맛있던 밥이 쳐다보기도 싫었다. 그리하여 5kg을 감량하는 효과를 보았지만.

덕분에 내가 좋아하던 일, 몇 군데 문예창작 강의를 모두 그만두었다는 아쉬움이 참 크지만, 그래도 이만하니 얼마나 다행인가. 남기고 싶은 말은, 왜 임진왜란 직후쯤, 세균 개념도 없던 시대에 쓰인 약전과, 확실한 데이터도 없이 폐결핵환자에게 침을 놓던 그런 유에서 맴도는 치료법, 러시아 작가의 단편소설에서나 보았던 피뻐기치료를 받았던가 하는 나의 어리석음에 대한 후회였다. 더구나 병명도 제대로 모르면서 비비고 누르고 꺾어대는 이른바 기공치료 또한 얼마나 바보 같은 선택이었던가. 나의 선택은 내가 어렸을 적, 1950년대 동네 여기저기서 거리제와 용왕제를 지내고, 밤늦도록 꽹과리와 북소리에 맞춰 굿을 하고, 안택을 하던 그 시절의 재현이었다.

3 /

가끔가끔 되돌아보기

# 삭제의 묘

써 놓은 글 다듬어서 얻는 효과 가운데 '삭제의 묘'라는 게 있다. 이렇게 고쳐도 뭔가 어색하고 저렇게 고쳐도 어딘가 걸치적거리는 문장이나 단어가 있다고 하자. 이때 마지막으로 그 문장이나 단어, 또는 문단을 삭제해 버리면 의외로 글 전체가 깔끔하고 매끄러워지는 수가 많다. 고쳐도 고쳐도 어딘가 어색하고 걸치적거리는 것은 전체적 흐름에서 어딘가 삐걱삐걱 걸맞지 않는 부분이 있다는 것을 뜻한다.

일상생활에서도 버리는 게 나은 것들이 생각보다 많다. 예를 들어 현관에 들어설 때 신발장이나 가구, 또는 장식이 하나로 보면 괜찮은데 전체적으로 보면 어딘가 어울리지 않거나 툭툭 걸려 행동을 방해하는 것들이 있다. 또는 중고차를 몰고 다니는데 연식이 오래돼 시도 때도 없이 수리비용이 들어가고 연료비 상승은 물론 승차감도 떨어지지만 그 차와 사연이 있거나 정이 들어 버리지 못하는 경우가 있다. 이때 현관에 걸치적거리는 물건을 없애거나 중고차를 폐차시켜 버리면 생각보다 삶의 질이 갑자기 높아진다.

오래 전 일본에서 아버지로부터 물려받은 별장을 100

엔, 우리 돈 1000원에 내놓았다는 뉴스를 보면서 위의 경우를 떠올렸다. 그것은 마치 법정스님이 무소유에서 선물 받은 란 때문에 행동의 제약을 받던 중 그것을 누구에게 줘버리자 자유로워졌다는 내용과 다름 아니다.

그런 경우는 물건뿐만 아니라 사람과의 교류 관계에서도 마찬가지다. 예를 들어 만날 때마다 긴장해야 하고 말 한 마디라도 조심하지 않으면 순간 공격을 당해 오랫동안 기분이 언짢아지는 사람이 있다고 치자. 그런 사람과의 관계설정은 아주 간단하다. 멀리서 내 눈 안에 그의 모습이 들어오자마자 코브라 대가리를 피하는 몽구스처럼 재빨리 숨거나 어쩔 수 없이 마주치면 그저 눈인사쯤 나누면서 재바르게 그로부터 멀어지는 게 상책이다. 그런데 우리 보통사람들은 "저 사람이 오늘은 나를 어떻게 대할까? 좀 달라졌겠지?" 궁금하여 자기도 모르게 다가간다. 그러나 코란에 나와 있듯이 산은 움직여도 사람의 성격은 못 움직인다. "내 그럴 줄 알았어. 제 버릇 개 줄까" 그에게서 마음의 상처만 얻어갖고 "내가 미쳤지 미쳤어!" 자신의 경솔함을 탓하는 결과만 떠안기 마련이다.

결국 나그네로 죽음을 향해 한발 한발 내디디며 사는 우리의 삶은 최소한 생존과 관계되는 짐만도 버겁다. 그것만도 힘들다. 그런데 왜 굳이 이것저것 쓸데없는 것들까지 짊어지고 헐떡이며 걸어가야 한단 말인가. 앞에서 말한, 100엔에 내놓은 일본인 별장의 경우, 그의 아버지는 많은 돈을 투자하여 그 별장을 짓고 많은 부대비용을 지불하며 간수하다가 자식에게 유산으로 남겨주었다. 그러나 자식은 그 별장을 유지하는 것 자체가 삶의 질을 떨어뜨림으로써 과감하게 '삭제'해 버리려고 했다. 실제는 1엔에 팔아치우고 싶은데 부동산거래 시스템상 100엔 이상이라야 되기 때문에 100엔에 내놓았단다. 이참에 나도 내 삶에서 삭제해야 할 것들이 무엇 무엇이 있는지 곰곰 돌아보아 목록을 작성해 보기로 한다.

# 낮은 데로 임하기

말마따나 나이롱 가톨릭신자인 나는 미사는 참여하지 않아도 성모상 앞에는 자주 선다. 여기에는 나름의 의미가 있다. 젖먹이 아들 녀석이 많이 아파 대전성모병원에 입원했었는데, 너무 다급하여 정원에 서 있는 성모상 앞에서 약속을 했었다. 낫게 해주면 평생 잊지 않겠다고. 다행히 아들은 병이 나아 잘 커줘 지금은 제 맡은 바 일을 잘 해 나가고 있다. 그래서 약속을 지키고 있다.

곁들인 잔재미가 또한 성모상을 자주 찾게 한다. 내가 소속된 성당은 우선 마당이 넓다. 서울 성당에서는 상상도 하지 못하도록 넓다. 땅값이 싸기 때문이라면 할 말은 없지만, 아무튼 무지 넓다. 그런데다 항상 음악이 스피커를 통해 은은하게 흐르는 게 또한 좋다. 그레고리안 성가가 대부분이지만, 대체로 일반 클래식 음악도 섞인다. 어린이라도 동요만 들려주면 식상하다는 기본 논리를 잘 아는 분이 음향기기를 다루고 있지 싶다. (아쉽게도 요즘은 음악이 그쳤다. 음악이 코로나를 확산시킬 수 있다는 우려 때문일까? 코로나 때문에 성당을 찾는 신자가 줄어들어 전기

료를 아끼기 위한 대책의 일환으로?) 더불어 너른 마당에
는 햇빛이 늘 찬란하여 더욱 좋고, 여기저기 놓인 편안한
벤치 또한 좋다.

그런데다 300원 짜리 길커피 한잔, 음악을 들으며 벤치
에 앉아 병아리 물 마시듯 홀짝이는 그 맛이란! 때로는 일부
러 뒷사람을 배려해선지 아니면 거스름돈을 챙기지 못한 실
수인지는 모르지만, 잔돈을 꺼내가지 않아 공짜로 커피를 마
실 때는 그 맛은 배가된다. 물론 나도 커피 한 잔 값인 3백원
을 그대로 놓고 오기도 하지만, 일단 마시고 있는 커피는 꽁
짜가 아닌가.

성모상 모습 또한 우선 서양여인이 아닌 동양 여인, 우
리 엄니 모습과 비슷해서 좋다. 납작코에 쭉 째진 눈, 쪽머
리. 그 앞에는 촛불을 켜 놓는 유리상자가 있다. 촛불은 내
엄지손톱 네 개 반 크기의 유리그릇에 파라핀유를 담고 심지
를 박아놓은 것인데, 색깔이 대여섯 종류이다. 색상을 고르
는 재미, 나름 맛있다. 그것에 불을 붙여 여섯 층계로 된 선
반에 올린다. 그것에도 2천원짜리와 천원짜리로 구분이 있
었는데, 언제부턴가 꽃방울 모양으로 멋을 낸 좀 더 큰 유리
그릇의 2천원짜리는 사라지고 단순한 육각형 유리그릇의 천
원짜리만 구비해 놓고 있다. 그 까닭은, 모르지만, 알 것 같
다. (어쩌면 성당 헌금은 천원짜리 한 장이 대부분이어서 부
담이 갈까봐 그렇거나 2천원짜리는 늘 남아돌아 그럴 게다.
설마 천원 내고 2천원짜리 켤까봐 그러지는 않았을 게야.)

하고 싶은 이야기는 이 촛불을 올리는 과정에서 얻어가진 지혜가 있어 글을 쓰고 있다. 습관적으로 촛불을 바치는 사람들은 가장 윗선반에 놓는다. 꼬부랑깽깽 노파도 유리상자 안으로 몸을 디민 후 짧고 가는 팔을 후둘후둘 가까스로 뻗쳐 맨 윗칸에 촛불을 놓는다. 애쓰다 애쓰다 힘에 부치면 둘째칸, 아니면 셋째 아랫칸에 놓을 수밖에 없지만, 일단은 맨 위칸에 얹어 놓으려고 시도는 해본다.

나 또한 마찬가지였다. 다행히 내 허리는 아직 쓸 만하여 맨 아랫바닥에 놓인 라이터로 불을 붙인 후 유리상자에 몸을 밀어넣는다. 그런 후 힘껏 팔을 뻗어 마침내 맨 위칸에 촛불을 놓는다. 촛불이 꽉차게 놓여 있으면 기꺼이 이미 올려진 촛불을 옆으로 다닥다닥 붙여 옮기고 나서 내 촛불을 올려놓는다. 그래야 직성이 풀렸다. 아니, 그래야만 했다. 마치 그만한 정성쯤 투자해야 성모님으로부터 복을 한줌 더 얹어 받을 수 있다는 듯이.

그러다 보면 촛불 열기와 유쾌할 리 없는 촛내음은 물론, 때로는 유리상자 가장자리에 이마나 머리를 부딪치기 일쑤다. 더구나 한여름에는 후욱 끼치는 열기가 괴롭고 겨울에는 두꺼운 옷이 부담스럽고, 자못 다른 촛불에 옷이 누를 위험도 있다. 그런데도 남들이 그러하듯 나도 팔을 뻗어 맨위칸에 끝내 올려놓곤 했다.

그러다 어느 날 문득, "굳이 이렇게 수고하며 맨 윗칸에 촛불을 올려놓을 이유가 있는가?" 그러고 보니 아래 선반은

텅텅 비어 있었다. 있어 봤자 한두 개였다. 그 촛불은 아마도 간신히의 힘을 빌어 촛불을 켠 어느 노파나 장애인, 또는 어린이일 것이다, 라고 여겨졌다. 깨닫기 전에는. 어쨌든 텅 빈 선반을 의식하면서 힘 들이지 않고 가장 아랫선반, 가장 낮은 데에 촛불을 올려놓아 보았다. 내 촛불은 한 개뿐이었다. 얼마나 편한지! 몸은 물론 마음까지도 한갓졌다. 그러면서 비로소 긴장하며 활처럼 허리를 숙이고 유리상자 천정에 머리를 부딪히면서 조심조심, 팔을 있는 한껏 뻗어 맨 위칸에 촛불을 얹던 내가 얼마나 어리석었는가를 깨달았다. 그래야 정성을 갸륵하게 여겨 조금이라도 더 은혜를 줄 것 같아서일 것이다. 욕심이었다. 마치 할렐루야 아멘을 더욱 크게 울부짖어야 기돗발이 더 많이 먹힐 것 같은 그런 류의 욕심이었다.

비로소 "낮은 데로 임하소서"라는 문장의 의미가 고스란히 입안에 녹아들었다. 그 뒤로 내 의식속에서 내 행동을 그림자시각으로 살피는 기계가 생겼다. 운전을 할 때 안전거리를 충분히 두고 달리다 보면 차들이 계속 끼어들기 마련이다. 전에는 그 틈을 주지 않으려고 남들처럼 앞차에 바짝 붙어 달렸다. 그러나 생각을 바꾸자 맨 아랫칸에 촛불을 놓는 지혜의 확장성이 만져졌다. 도로 주행규칙대로 50km 시내주행에 맞춰 운전을 하다 보면 대부분 규정보다 빨리 달리기 마련이어서 점점 내 차는 뒤떨어지고, 다른 차들이 연이어 끼어들기 마련이다. 그러다 보면 난 맨 뒤에 처지는 경우가 많다. 룸미러로 보면 내 뒤에 따라오는 차가 거의 없다. 그리하여 나는 차선을 바꿀 때 굳이 옆차 눈치를 보지 않아서 좋다. 또한 앞차와의 안전거리가 충분하여 굳이 신경을 곤두세울 필요 없이 느긋하고 편안한 마음으로 룰루랄라 흐름을 타면 된다. 마침내 신호정지에 맞춰 차를 세우고 보면 엉덩이에 불붙은 황소처럼 옆 차선과 내 앞을 칼치기 하여 내닫던 그 인간 차가 저 앞에서 꼼짝 못하고 서 있곤 하여 결국 나와 같이 출발할 수밖에 없는 꼬라지를 즐기는 재미 또한 별맛이다.

그런 일들은 비일비재하다. 백화점이나 음식점 드나들 때 문 손잡이를 잡고 애기엄마나 휠체어 등 뒤따라오는 사람이 먼저 들어가게 하거나 들어가 서서 뒷사람이 지나가도록 배려한다. 머리 허연 내가 그러하고 있으매 반 이상은 고맙다는 말을 하거나 고개를 까딱여 예를 표한다. 물론 고개 뻣뻣이 세우고 당당하게 지나가는 사람일지라도 속으로는 고맙게 생각할지어다. 이 또한 내 몸을 낮춰 갖게 되는 마음꾸미기 아니겠는가.

나이를 배터지게 먹으면 남는 게 시간이므로 길을 걸을 때도 가능하면 갓길로 걸어 내닫는 젊은이들이 좀 더 편하고 활기차게 빨리 걷도록 배려하는 행동. 공노석 애용 주제에 삭신 멀쩡한 내가 자리를 차지하려고 찌그러진 눈동자로 여기저기 흘깃거리는 짓 삼가기. 가족끼리 모인 자리에서는 되도록 입을 닫았다가 슬그머니 먼저 일어나 밖으로 나와 하늘에 별이 몇 개 보이는가 세어 보기. 그리고 아이들이 모두 일어서면 재빨리 고무장갑 끼고 설거지통으로 다가가 허리 펴고 팔다리 운동하기… 이렇게 저렇게 '낮은 데에 촛불 놓기' 행동지침은 되레 내 몸 돌보기가 됐고, 내 마음 덜 다치기의 기본이 되고 있다. 이 아니 의미 있지 아니한가.

# 그 학생 녀석을 떠올리면서

짝꿍과 공원 벤치에 앉아 있는데 까불어제끼며 중2 정도의 녀석들이 장난을 치고 있었다. 이리 뛰고 저리 뛰고, 보기 좋았다. 교복 입은 거며 스카이콩콩처럼 팔짝팔짝 콩콩 뛰는 모습, 나로선 흉내내기조차 불가능하다.

그러던 중 한 녀석이 후닥닥 내가 앉은 벤치와 나란히 놓인 옆 벤치 바닥을 밟고 뛰어 넘는다. 순간, 내 입에서 한 마디 튀어나간다.

"야! 사람들이 앉는 자리를 밟으면 어떡해?"

그러자 의자를 밟고 뛰어넘었던 녀석이 문득 하던 짓을 멈췄다. 그러더니 제가 밟고 뛰어넘었던 그 벤치 바닥에 앉고는 엉덩이로 비비적비비적 닦고 나서 나를 향해 감당하지 못할 명언을 던졌다.

"이제 됐죠?"

공항출입구를 통과하면서 신분증을 지갑에서 빼내어 보여달라는 담당 직원을 다그치고 겁을 준 이른바 '선량'의 행동을 떠올리면서 문득 앞에서 말한 '그 녀석'의 그때 그 모습이 그려졌다. 그 녀석이 자라 정치인이 되면 이런 경우 어떻게 했을까? 물론 그 정도의 심성을 갖고 자란다면 애초 지갑에서 신분증을 꺼내 제시했을 것이다. 뿐만 아니라 옛날 호랑이 김칫국 들이키던 시절에 있었던, 일국의 최고지도자가 공항 직원들을 향해 허리 굽혀 인사했듯이, 깎듯이, 이렇게 말했을 것이다.

"수고들 하십니다. 좋은 하루 되십시오."

상대편 정치가의 잘못을 들춰내 정쟁화시키더라도 품격 있는 문장의 대꾸가 필요하다. 그 품격에는 딱딱한 대륙형 연설 투의 문장보다는 황희 황정승(상당 부분 꾸며진 일화도 많지만) 정도의 양념 멋이 있어야 한다. 그러려면 자성을 바탕에 둔 품성 다듬기가 필요하다. 품성이 다듬어진 뒤에야 국민들에게 자신을 대표로 선출해 달라고 애걸하는 게 정답이다. 또한 국민들은 국민들대로 자기 나름의 한결 고급진 품격을 갖추려고 노력하는 사회적 분위기가 중요하다. 그래야만 품격을 갖춘 지도자를 알아볼 수 있고, 마침내 그에게 국민의 미래를 맡길 수 있게 된다.

시대가 흐를수록 국민 지식의 총량은 늘어난다. 그런데다 일인미디어가 판치는 시대라서 사회적 지식이 폭넓게 공유되고 있다. 따라서 '제 집구석'이나 '제가 놀던 골목'에서나 통하는 '구린내 나는' 언동은 절대로 통하지 않는다. 강아지 사진의 눈동자를 확대하여 사진 찍히던 순간 그 방안에 누가 있었는지를 밝혀내는 세상이다. 똥싼바지의 사진을 놓고 주름선을 분석하여 앞뒤를 분별해내는 세상이다. 이튿날 출근하는 자의 얼굴사진을 분석하여 전날 음주추정까지 밝혀내는 세상이다.

　나부터 나이에 맞게 품격을 갖추려고 노력해 보자. 예를 들어 길거리를 가는데 휴대폰에 몰입하면서 걸어오던 젊은이와 부딪쳤다면 부딪친 젊은이를 나무랄 게 아니라 내가 늙어서 순발력이 부족해 미안하다고 하자. 엘리베이터에 타려는데 젊은이들이 꽉 차 있다면 시간에 구애를 덜 받는 내가 앞서 기다렸더라도 줄에서 이탈하여 자리를 양보하는 미덕쯤 있어야겠다. 등등, 국민 모두가 이런 식으로 제격에 맞는 품격을 갖추려고 노력하다 보면 동격의 품격 있는 지도자를 발탁해 낼 것이다. 우리의 주권을 대리행사해주는 현재의 지도자 모습이, 그 품격이 바로 우리 국민의 모습이며 품격이기 때문이다. 그런 면에서 나를 감동시켰던 그 학생의 재치와 그 폭넓은 마음 씀씀이를 소환하여 음미해 보는 기회를 가져본다.

# 정글에서 살아남기

투자신탁 사무실을 나오는데 문득 내 수호신이 보낸 메모지가 따라와 내 머릿속으로 들어왔다. 주식과 관계있는 기관에 매달려 고액의 봉급을 받아먹고 사는 사람들이 얼마나 많은가. 그 사람들의 가족까지 먹이고도 회사가 저렇게 확장된다는 것은 뻔하지 않은가. 그 돈은 바로 나 같은 멍청한 사람들의 호주머니에서 허영을 주고 앗아간 돈이다. 여기서 '앗아갔다'는 표현은 예의상 점잖게 포장한 말이고 사실은 '도둑질해갔다'로 말하고 싶은 것을 어쩌랴. 물론 주식을 해서 떼돈을 벌었다는 사람을 보긴 보았다. 그러나 그 사람들은 신문이나 텔레비전 같은 매스컴에서나 보았지 주변에서 직접 보지는 못했다. 벌었다고 했는데, 어느 날 보면 거덜이 나서 헐떡거리고 있는 게 대부분이었다.

그렇게 사행성을 조장하여 우리네 호주머니를 털어가는 장치는 우리 주위에 부지기수이다. 카지노가 그렇고 노름이 그렇고, 부동산이 그렇고, 재테크 어쩌고 하는 게 거의 다 그런 부류에 속한다. 그런 일에 관여했다가 쪽박찬 사람들을 많이 보아온 것으로 봐 그 또한 그런 허영심을 자극하여 농락해 먹고 사는 사람들이 수두룩하다는 계산이 나온다.

가끔씩 이런 유의 전화가 온다. 어디 어디에 부동산이 있는데 전망이 아주 좋다, 절대 보장한다는 전화가 그 하나요, 대출을 담보 없이 은행 이자로 확실하게 해준다는 유의 전화가 그 두 번째이다. 생각해 보면 그렇게 보장할 만큼 확실한 부동산 투자지가 있으면 전화로 정보를 주는 당사자이거나 그 가족, 친척들이 사지 왜 생판 모르는 나한테 전화를 하는가 쓴 웃음만 나온다. 대출도 은행 이자로 담보 없이 즉시 그 자리에서 해결해준다니 그렇다면 그 돈을 은행에 넣고 안심하고 편하게 불리지 왜 위험하게 낯도 절도 모르는 나에게 전화하여 돈을 꾸어가라 하겠는가. 이들 또한 도둑 아니면 강도가 틀림없으렷다.

투자권유란 자본주의 사회는 정글의 법칙이 적용된다는 것을 깨닫지 못한 사람들을 노린 먹이 사냥 수법에 불과하다. 정글의 법칙은 말 그대로 약육강식만 통한다. 약육강식이라고 해서 꼭 사자나 호랑이처럼 포악스럽고 힘만 있어 강한 것은 아니다. 정글 속에는 독사도 있고 하이에도 있듯이 자본주의 정글에도 뒤꿈치를 물어 독으로 해결하는 독사유의 사람도 있고 하이에처럼 끝까지 물고 늘어지는 사람도 있고, 썩은 고기만 쫓아다니는 독수리형도 있다. 더불어 덫을 놓거나 함정을 파는 지능적인 영장류도 있다. 그들이 놓은 덫이나 함정 앞에는 아주 먹음직스러운 먹이 같은, 욕망을 불러일으키는 미끼가 걸려 있는데, 이게 웬 떡이냐 싶어

달겨들었다 하면 자신의 몸뚱이째 먹잇감이 되고 마는 꼴이
된다. 이런 사행성 유발 전문가들은 자본주의 숲 동물 가운
데 가장 지능적이고 비열하기도 하다.

　이러한 정글에서 살아남는 방법은 딱 한 가지밖에 없다.
각기 타고날 때 가지고 나온 강점을 살리고 살려 그것을 무
기로 대처해 나가는 것이다. 뱀처럼 또아리를 틀고 있다가
기회가 있으면 재빨리 행운의 여신 뒤꿈치에 이빨을 박아 내
것으로 만들어도 좋다. 하이네처럼 강한 턱과 튼튼한 이빨로
내 위장이 채워질 때까지 물고 늘어지는 강인함도 좋다. 편
안한 일상으로 그럭저럭 순탄하게 살아가는 사슴일 수도 있
다. 물론 사슴과로 살아남으려면 항상 주위를 둘러보고, 뿔
은 나뭇가지에 걸리지 않도록 짧게 유지하고, 다리힘을 길러
놓아 여차하면 적보다 빠르게 도망치는 능력을 닦아놓아야
한다. 그렇게 자기 능력껏 먹고 살 생각만 해야 한다. 팬시리
힘 안 들이고 공짜 좋아하다 보면 지능적으로 미끼를 걸어
앗아먹고 사는 전문가의 술수에 걸려 평생 후회할 일을 만들
게 된다. 이 세상에는 공짜란 없는 법이다.

　그래서 하는 말인데, 이런 삶은 어떠한가. 하루에 볏낱
대여섯 개, 버러지 두세 마리로 충분히 살아갈 수 있는 참새
의 삶 말이다. 그러고는 나와 이른바 '코드'가 맞는 이웃들과
아파트숲속에 앉아 낄낄거리기도 하고 토론도 벌이고 말다
툼도 하고 중간에 들어서서 말리기도 하며, 그렇게 아기자기
오순도순 편안하게 살아가는 것 말이다. 다른 사람은 모르되

나 자신 그런 방향으로 선회하려고 노력했더니 노력하는 것만으로도 참 행복했고, 행복하다.

그런 점에서 문학은 정신적으로 내 삶의 풍요로움을 가져오는 데 결정적인 요소가 됐다고 본다. 우선 빈부나 사회적 지위 등 계급적 위화감에서 멀어 좋다. 또한 삭신이 노화되어도 크게 힘들지 않게 향유할 수 있다. 더불어 더욱 좋은 것은 큰돈 들이지 않고 삶을 풍요롭게 꾸밀 수 있는 부가가치가 높은 것, 그리고 뜻을 같이 하는 참새형 문우가 많다는 점이다. 아주 극소수의 요상한 문우 빼고는 다들 얼마나 인간적이고 심성이 아름다운지, 그에 제대로 맞추지 못하도록 때 묻은 내가 늘 부끄러울 따름이다.

# 네가 순수를 말할 때

비빔밥의 바탕은 당연히 순쌀밥보다 잡곡밥이어야 한다. 그곳에 그냥 고추장을 넣으면 맛이 떨어진다. 초고추장을 넣어야 더 이채로운 맛이 난다. 일단 그 바탕 위에 구운 김도 부서넣고 생채도 넣고 들기름도 몇 방울 첨가한다. 물론 찌개도 넣고 국이 있으면 어떤 국이든 국물을 조금 넣으면 뻑뻑하지 않아 좋다. 더하여 나물 가짓수가 많으면 많을수록 다다익선이다. 다만 너무 짜지 않으면 된다.

그리고 그 비빔밥을 먹을 때는 약간 탄내가 나는 숭늉이나 컬컬하고 탑탑한 막걸리 한 잔 덧붙이는 것도 좋다. 맹물이나 소주도 그렇고, 포도주나 양주 따위는 더욱 별로다. 왜냐하면 목구멍으로 넘어갈 때 무게감 있게 걸리는 게 없어 밋밋하기 때문이다. 어쨌든 비빔밥에 막걸리가 깔끔하지 못하다 하여 풍악을 울리는 곳에서 정좌하고 앉아 수라상을 받거나 선비식, 또는 스님밥상을 받아 보시라. 초라하고 밥맛이 모랫맛이던데, 나만의 취향인가?

비빔밥의 매력은 혼합이다. 융합이라 해도 좋다. 혼합은 곧 융합을 가져오는 지름길이니까. 혼합을 좋아하는 나는 개도 순수혈통보다 혼종을 좋아한다. 주택에 살 때 겉모습은 스피츠와 비슷하지만 여러 피가 섞여 있는 개를 길렀었다. 삐삐라는 이름을 가진 그 개는 내 생애 잊을 수 없는 매력을 듬뿍 갖고 있었다. 우선 아무리 오줌이 마려워도 집에서는 절대 누지 않았다. 배가 장구통처럼 빵빵해도 그냥 참으며 낑낑댔다. 목줄을 풀고 대문을 열어주면 비행기처럼 날아가 밖에서 해결하고 오곤 했다. 어찌나 영민한지 우리 가족은 물론 아래윗집 가족들의 발자국 소리까지 모두 구별해내 그쪽 가족이 아니면 짖어주는 봉사정신까지 갖추고 있었다. 물난리가 나서 집을 비웠다가 사흘 후에 왔을 때 삐삐는 그제껏 옥상에서 집을 지켜주었었다.

비하해서 짬뽕, 좋게 말해서 융합을 좋아하는 나는 종교까지도 그런 경향이 있다. 비록 천주교 영세를 받아 안토니오라는 본명을 가지고는 있지만, 인간영역적 사고는 매우 불교적이다. 실생활면에서는 유교적이고 우울컨셉으로 일관된 가톨릭 미사보다 할렐루야 신바람나는 개신교 예배방식을 간식으로 선호한다. 그런 종교 취향은 때로는 더 확대재생산되어 무신론하고 연결되면서 그쪽 세상을 기웃거리기도 한다. 그런 종교적 일탈은 천국과 부활이 부정되면서 매우 유교적이거나 도교적인 영역을 여행하는 재미를 별미로 맛보곤 한다.

나는 그렇게 비빔밥 스타일이다. 내 삶 모습을 놓고 되돌아볼 때마다 나는 휴대폰을 떠올린다. 휴대폰의 원래 기능은 편리하게 전화를 주고받도록 만들어진 기기일 뿐이다. 그러나 지금의 휴대폰은 전화기 기능은 저만큼 달아나고 이제는 그때 그때 음악을 듣고 사진을 찍고 동영상을 촬영한다. 건강체크를 하며 멀리서 집에 있는 가전제품을 운용하는 등 그 기능이 너무 많아 여기에 다 열거할 수 없도록 다양해졌다. 그렇다면 이건 전화기 기능의 순수성을 잃어버렸으므로 가치가 없다고 할 수 있는가?

그런 점에서 정반합의 변증법적 논리 자체가 성립되지 않고 이제는 돌연변이의 혼합이 가져다주는 융합의 생성원리에 집중해야 할 시대가 온다고 믿고 싶다. 그런 점에서 좁게는 비빔밥을, 넓게는 세상사를 비빔밥 수준으로 환치시키는 나를 그대로 놔둘 작정이다. 순수, 네가 순수를 말할 때 이미 순수는 돼지우리에 처박혀 있도다.

# 그 부부가 지금껏 살아있다면

나는 비둘기에 대해 좋은 감정을 가지고 있지 않다. 옛날에는 물론 그렇지 않았으나, 언젠가부터 그랬다. 돌아보건대, 대통령을 그만두자 가진 재산이 29만원밖에 없다던 그 전직 대통령 시절부터이지 싶다. 그때는 온 나라가 스포츠 행사로 시끌벅적했다. 방송국에서는 매일이다시피 스포츠 중계를 했다. 그때는 먹고살만하니까 스포츠가 대세구나 했다. 그러나 지나고 나서 생각하니 국민들의 정치적 관심을 달리고 던지고 두들겨패는 흥미위주의 스포츠로 돌리려 했음을 알아챌 수 있었다.

스포츠뿐만 아니라 한때는 대통령도 체육관에서 뽑았다. 그래서 혹자는 체육관대통령으로 일컬었다. 체육관에서 스포츠행사도 하고 대통령까지 뽑자니 행사를 화려하게 치장하려면 그에 걸맞는 도구가 필요했다. 그중에 하나가 이른바 '평화의 상징'인 비둘기였다. 행사의 피날레를 장식하는 데는 평화의 상징인 비둘기를 하늘 가득 빽빽하게 날리는 게 관계인들의 시각으로는 최고로 보였을 것이다. 그러나 국내에서 급하게 그 많은 비둘기를 만들어낼 수는 없었다. 그래서 외국에서 비둘기를 엄청나게 사들이는 방법을 선택했다. 그리고 일단 하늘로 날려진 비둘기들은 전국 방방곡곡에 퍼져 다리 밑 같은 데서 짝을 지어 새끼를 낳고 또 낳고, 과장하여 기하급수적으로 번식했다.

그렇게 마구잡이로 들여와 잡종 교배가 이루어지다 보니 순수하게 희든가 화려한 오로라목도리를 자랑하는 비둘기 따위는 찾아보기 힘들고 순대껍데기 색깔로 거무틱틱하거나 오래 빨지 않은 걸래 색깔들이 대부분이다. 그것들의 행동거지 또한 가관이다. 스스로 노력하여 먹이를 찾지는 않고 인간들이 먹다 버린 음식쓰레기만 주워먹기에 바빴고, 그러다 보니 하나같이 비만이다. 그런데다 싸가지까지 없어 사람이 걸어가면 비킬 줄을 모르고 뒤뚱뒤뚱 앞서 걸으며 "이래봬도 나는 너희 대통령을 화려하게 장식했던 평화의 상징 후손이라고. 아쉬우면 네가 비켜가 짜샤!"하는 식으로 흘끔흘끔 눈치를 준다.

가장 추하게 느껴지는 것은 술꾼들이 전날 밤 게워놓은 토사물을 떼로 덤벼들어 제네들끼리 쪼고 뛰며 경쟁적으로 처먹고 있는 장면이다. 그리고는 비만으로 뒤뚱거리는 폼새로 사람이 앞에 있거나 없거나 날개를 늘여뜨리고 구구거리며 교미 자세를 취하는 행태를 볼라 치면 마침내 구역질이 발동하고 만다.

그러나 내가 지금 얘기하려는 그 멧비둘기는 체육관 비둘기와는 사뭇 다르다. 그들 한 쌍은 당시 나와 알고 지낸 지

2,3년이 되지 싶었는데, 행동거지 하나하나가 기품이 있었다. 애초 그 멧비둘기에게 관심을 갖기 시작한 것은 새벽에 아파트단지에 있는 숲길을 걸으면서이다. 그들 한 쌍은 그 때쯤 날아와 새벽참 이슬로 몸을 씻으며 아침식사를 하곤 했다. 두 멧비둘기는 웬만하면 가까이 붙어 있지 않았다. 옛 선비들처럼 저만큼 떨어져 각기 식사를 즐겼다. 그러나 시선만은 늘 상대에게 향하고 있다는 것을 나는 엿볼 수 있었다. 도둑고양이가 나타나거나 사람이 가까이 가면 순간 날렵하게 하늘로 비상하는데, 거의 동시에 날아올라 길게 비선을 그으며 같은 방향으로 옮겨가는 것으로 봐 그들 부부는 항상 서로가 서로를 살피고 있음을 알 수 있었다.

그들 부부 멧비둘기는 족보 자체가 의심스러운 수입품 체육관비둘기 종과는 거리가 있다. 잡종인 수입품 비둘기들보다 덩치는 작다. 그러나 수입비둘기처럼 비만은 없다. 또렷한 곡선을 갖춘 늘씬한 몸매다. 그런데다 그 입은 옷 색깔은 어떤가. 파스텔풍 윤기나는 갈색 무늬 옷을 입었는데, 단조로우면서도 우아하고, 평범하면서도 화려한 기품을 갖추고 있다. 그들은 한 번도 술꾼들이 토악질해 놓은 토사물 근처에 가 있는 것을 본 적이 없다. 또한 그들은 집단으로 몰려다니며 시끄럽게 구구거리고 서로 쪼아대고 난삽하게 아무 때나 튀어오르고, 그러다가 갑자기 색정이 발동하면 아무데서나 교미를 하는 등의 경망한 짓을 본 적이 없다. 항상 한적한 풀밭에서 우아한 걸음걸이로 풀씨 등을 쪼아먹다가 이따금 나뭇가지에 올라 멀리 시선을 두고 사색에 잠기곤 한다. 그러다 흥에 겨우면 조율이 잘된 정확한 음정으로 품위있게 노래를 한다. 이점에서도 수입잡종것들과는 격이 다르다. 수입잡종은 색이 동하면 주취를 부리는 인간 술주정꾼처럼 게걸거릴 줄만 알지 노래 한곡도 제대로 부를 줄 모른다.

그 한 쌍의 멧비둘기 부부를 다시 만나고 싶다. 그들을 보면서 나를 다듬는 좋은 계제를 맞곤 했었다. 내가 춘천으로 이사오기 전 그들 부부도 처음 봤을 때와 달리 날갯죽지가 좀 내려앉았고, 색깔도 그때만 못하게 퇴색기가 감돌았었다. 그들도 우리 부부처럼 늙어가고 있었던 것이다. 그러나 그들 부부는 기품만은 전혀 잃지 않고 있었고, 우리 부부 또한 안간힘으로 우리 색깔을 잃지 않으려고 지금껏 나름 노력 중이니 우리는 같은 길을 걷는 동지로 얘기할 수 있을 것이다. 그 부부가 지금까지 살아있다면.

# 누구를 위한 교향곡인가

부부는 영국 왕실에서나 봄직한 고풍스런 의자와 다탁을 사이에 두고 마주앉아서 최고급 음향시스템에서 흘러나오는 클래식음악을 듣는 게 꿈이었다. 당연히 최고급 커피가 있어야겠고, 그들이 앉아 있는 널찍한 발코니에는 햇빛이 찬란해야 했다. 그 정도의 호사를 누리려면 80평 아파트는 돼야 하고, 무엇보다도 강남에 위치해 있어야 했다. 그게 그 부부의 꿈이었다. 그 목표를 달성하기 위해 부부는 열심히, 아주 열심히 일을 하고 버는 돈을 꼬박꼬박 저축해 갔다. 아이는 그런 모든 여건이 갖추어진 후에 딱 하나만 갖기로 했고.

마침내 그날이 왔다. 아파트 평수가 칠십평 대여서 좀 아쉽지만 그 정도면 자신들이 원했던 것-고급 음향기기, 고풍스런 가구, 그리고 햇빛 찬란한 발코니를 갖추고 있었다. 이사온 날 부부는 발코니 고급다탁을 가운데하고 마주앉아 우아하게 커피를 마시며 준비했던 말을 나누었다.

"당신이 협조해줘서 오늘이 있게 됐어. 고마워 자기."

"무슨 소리야. 당신의 능력과 노력이 있어 오늘이 있는 거지. 난 그저 옆지기로 맞장구만 쳐줬을 뿐이야."

"이제 아이만 가지면 되겠군."

그 말에 아내는 얼굴이 화끈 달아올랐다. 목표를 향해 달려오느라 아이 가질 생각은 꿈도 꾸지 못했다. 그러다 사십 나이가 되고 보니 좀 불안했다. 하지만 건강한 편이어서 이제 시작하면 된다는 자신감을 갖기로 했다. 하긴 돈 있겠다, 세계 최고 수준의 의료기술과 의료시설을 갖추고 있는 게 대한민국 현실 아닌가! 돈만 있으면 만사오케인 나라니까.

며칠 후 지하주차장까지 내려온 부부는 사랑한다는 말은 그렇다 치고, 오늘 하루 건강하게 잘 보내자는 덕담을 건넬 여유도 없이 각자 서둘러 자기 승용차를 몰고 직장으로 향했다. 아이 만드는 작업에 공을 들이다 보니 늦잠이 들어버렸다. 출근한 도우미 아줌마가 깨우지 않았다면 그날 점심때나 돼서야 일어날 수 있었으리라.

직장을 향해 운전을 하고 가던 남편은 그제야 그날 꼭 필요한 서류를 가지고 오지 않은 것을 깨달았다.

"내 이럴 줄 알았어. 아, 인생 고달파!"

중얼대며 유턴을 하여 아파트로 돌아오면서 내내 그 말을 다섯 번은 반복했을 거였다.

"제기럴! 내 인생이 왜 이리 고달프냐!"

지하주차장에 차를 세우고 엘리베이터로 올라가는 시간이 왜 그리 긴지, 자꾸만 짜증이 치밀어 머리까지 지끈거렸다. 25층, 싫어!

마침내 아파트에 닿자마자 남편은 재빨리 버튼을 두드

려 열고 현관 안으로 들어섰다. 비발디의 '사계'가 아파트 자체가 흔들리도록 울려퍼지고 있었다. 위즐커피향과 로즈마리향, 샴프냄새가 후욱 맡아졌다. 너무 바쁜 나머지 신발을 신은 채 거실로 올라서자 테라스 안락의자에 푸근히 묻혀 앉아 한 번밖에 사용하지 못한 순금커피잔을 들고 있는 도우미 아줌마의 모습이 그의 눈에 들어왔다.

막 샤워를 끝냈는지 젖은 머리를 질끈 묶은 채였다. 지금 저 도우미 아줌마의 모습처럼 교향곡을 감상하며 위즐커피를 마신 적은 이사오고 그 이튿날 딱 한 번밖에 없었다. 그 뒤 석 달 동안 그럴 시간적 여유가 없었다. 그리고 보니 그들 부부는 그 석 달 동안 샤워를 마치고 저기 안락의자에 편안히 앉아 순금커피잔을 들고 비발디의 사계를 감상하고 있는 저 도우미 아줌마를 위해 전력투구, 쉴새없이 뛰어다녔다는 계산이 나왔다.

# 오리교육

피아노를 몇 년씩 쳤다는 말에 제대로 치는 노래가 무엇 무엇 있느냐 아이들에게 물으면 그만둬서 한 곡도 제대로 치지 못한단다. 그만둔 지 얼마나 됐느냐 물으면 몇 년 됐다는 아이도 있지만, 대부분 몇 개월밖에 되지 않았다는 말이다. 그 몇 개월 동안 몇 년에 걸쳐 배운 피아노 중에 한두 곡도 제대로 연주하지 못한다는 말이 되겠다. 그뿐인가. 작문 수업을 하다 보면 수업안에 따라 만화를 그릴 때가 있는데, 대부분 졸라맨식 그림 외에는 젬병인 수가 많다. 되레 고학년보다 초등학교 1, 2학년이 훨씬 그림을 잘 그리는 편이다. 그런데, 물어보면 미술학원을 몇 년씩 다닌 경우가 많다.

이렇도록 우리나라 교육은 날되 제대로 된 새가 되지 못하고 걷되 뒤뚱뒤뚱 제대로 뛰지 못하며 헤엄을 치되 둥둥 떠다닐 뿐 속력을 내지 못하는 요상한 오리를 생산해 내고 있는 꼴이다. 수년씩 엄청난 사교육비를 쳐들여 영어 교육을 시켰는데, 막상 외국인을 만나면 자기표현 하나 제대로 하지 못하는 교육, 밤낮 없이 두들겨 패 몰아붙여 수학을 공부시켰는데, 간단한 방정식 응용문제 하나 풀어내지 못하는 경우가 얼마나 흔한가. 글쓰기 학원에 몇 년간 보냈어도 2백 자원고지 서너 장도 똑바로 써내지 못하는 경우가 있고, 혼자서는 잘도 지껄이는데 토론석상에서는 말 한 마디 제대로 못하는 꿀벙어리가 수두룩하다.

원인은 간단하다. 주입식 교육 때문이다. 창의성이 있는 존재적 교육이 아니라 사지선다형식이거나 외워버리는 식의 소유적 개념의 교육 시스템이 우리 아이들을 오리로 만들어 놓은 것이다. 원인 중 또 하나는 교육자들의 가치관도 문제가 많다. 어떻게 해서라도 내가 알고 있는 모든 지식을 좀더 진지한 자세로, 인성교육을 바탕에 깔고 사명감을 가지고 가르치려는 생각을 가지고 있는 게 아니라 월급쟁이로서 보수를 받는 만큼 지식 전달만 해 주면 그만이라는 식의 사고와 행동을 쉽게 목격할 수 있다. 따라서 사교육비는 갈수록 불어났으면서도 아이들의 교육 결과는 오리 수준에서 머물게 된 까닭이 여기에 있다고 봐야 한다.

다행인 것은 BTS가 빌보드차트 상위권에 진입하여 놀라게 하더니, 우리나라 영화 '기생충'이 얼마 전만 해도 꿈마저 꾸지 못했던 아카데미상을 휩쓸어 버렸다. 그러더니 이번에는 '오징어게임'이 세계 영상시장을 휩쓸었다. 유럽에서는 박지성에 이어 손흥민이 축구로 명성을 날리고 세계의 여성 골프계는 우리 한국의 골퍼가 상위권을 휩쓸어버리고 있다. 그런데 세계적으로 대한민국을 빛내는 그들의 성장과정을 보면 새벽별 보고 학원에 갔다가 새벽별 보고 집에 들어온

전력은 들은 바 없다. 대부분 자기가 좋아하는 것을 하다 보니 가방끈하고는 상관없이 세계적인 스타가 된 것이다. 반면 인문계열에서는 아직도 맥을 못 추고 있는 게 현실이다. 평화상 하나 겨우 수상했을 뿐 다른 노벨상은 전무다. 새벽별 보고 공부하러 갔다가 새벽별 보고 집에 들어온 과정을 거친 데다 이 변화무쌍한 역사를 만들어낸 우리나라에서 적어도 노벨상 네댓 개쯤은 받았어야 국격에 맞지 않았겠는가.

※ 이 책이 출간될 즈음 한강이 노벨문학상을 수상했다.

# 귀신은 가라

시대는 변한다. 변해도 많이 변한다. 많이 변할 뿐만 아니라 전광석화처럼 빠르게 변한다. 전에 존재했던 시대가 지금보다 뛰어나다고 말하는 것은 환상일 뿐이다. 따라서 이런 논리가 성립된다~ 옛날이 좋았다: 모든 시대는 오래되면 각색된다. 각색된 오류는 우리를 혼돈의 늪으로 끌어들인다.

인류의 역사가 그래도 살만하게 발전된 것은 얼마 되지 않았다. 예를 들어 예수 시대만 해도 우주의 중심은 지구고, 지구는 평평하며, 천체는 하느님의 독생자 예수가 사람의 몸으로 태어난 이 지구를 중심으로 빙글빙글 주기적으로 돈다는 천동설을 믿었다. 하느님의 독생자 예수는 과연 천동설이 거짓이라는 것을 알았을까? 하느님의 아들이니까 당연히 알 테지만, 혼자만 알고 있었을까? 하느님의 아들이니까 그런 것 정도는 알아야 하지 않는가?

이제는 우리가 육안으로 식별하지 못하는 천체를 또렷하게 보는 것부터 작게는 또한 눈으로는 구별할 수 없는 우리의 DNA까지 밝혀내는 시대에 와 있다. 그에 따라 우리 또한 사고방식에서부터 행동방식까지 바뀌지 않으면 삶이 불편하고 자못 헛된 삶을 살 수도 있다. 예를 들어 글을 쓰는데 원고지를 내놓고 고집스럽게 육필로 글을 쓴다고 치자. 우선 원고지 칸을 한 자 한 자 채우는 자신이 힘들다. 그리고 육필 원고는 출판사에서 받아주길 꺼린다. 타이핑하고 수정하고 하는 과정 자체가 비용증가이기 때문이다.

옛날 옛날 선조들은 화장실이 따로 없이 여기저기에 배설을 했다. 그러다 보면 배설물을 질컹 밟기도 하고 냄새 때문에 불편했다. 그리하여 후손은 따로 배설을 할 수 있는 똥숫간을 만들었다. 하지만 바로바로 처분하지 않으면 배설할 때마다 튀어박이고 파리가 꾀었다. 그리하여 오줌통과 똥통을 구별하여 만들고 좀 더 편하게 배설하기 위해 변기도 개조했다. 그렇게 저렇게 발전시키다 보니 지금은 밥 먹다 말고 맨발인 채 바로 몇 미터 거리에 있는 화장실에서 일을 보고 와서 식사를 계속할 수 있게 됐다. 그것도 뜨뜻한 비데 위에서 음악을 들으면서 볼일을 본다. 그런 위생적이고 편리함을 내치고 굳이 옛날 똥숫간을 고집하는 멍청이 짓거리를 선택할 것인가?

그렇다. 시대에 뒤떨어지지 말고 선조들이 물려준 문명과 문화를 충분히 즐기자. 즐기다 보면 더 좋은 아이디어가 더하여질 것이고, 더 발전되어 우리 뒤를 잇는 후세들은 더 편하고 더 흥미로운 삶을 영위할 것이다.

문제는 인류가 좀 더 편하고 좀 더 나은 삶을 살도록 선조들로부터 유산을 받은 우리인데 자꾸만 옛날로 돌아가자고 꼬득이는 자들이 우리를 혼란스럽게 하고 더하여 해악을 끼치는 경우가 자주 일어나고 있다는 데 있다. 크게는 천동설을 믿던 시절에 쓰인 글 내용을 바탕으로 곧 심판의 날이 온다느니 부활을 하려면 당장 재물을 하늘에 쌓고 어떻게 살아야 한다는 등의 거짓 예언이 난무하는 경우다. 작게는 팥은 붉어서 간에 좋고 검정콩은 검어서 쓸개에 좋다는 식의 세균 개념이 없던 시대에 쓰인 문헌을 앞세운 사이비 상식 따위가 아직까지도 버젓이 활개를 치고 있다는 것이다.

이 모든 사태는 허상을 먹고 설치는 허상의 귀신들 때문이다. 낡은 것의 상징인 허상의 귀신들을 물리쳐야 한다. 허상의 귀신들을 뿌리치고 새로운 질서를 창조하여 손톱만큼이라도 발전시켜 후세에게 물려주도록 노력해야 한다. 220만광년 전에 떠나온 안드로메다은하를 동영상으로 보고 DNA로 그 사람의 부모를 식별할 수 있는 시대에 웬 귀신들이 그토록 설치는지 돌아봐야 한다. 지하에 묻힌 귀신을 꺼내 인간의 운명을 좌지우지하려는 사이비종교는 물론 괴상한 이데올로기를 귀신화시켜 집단지성을 파괴하려는 이른바 사이비정치를 타도해야 한다. 그러려면 이런 것들로부터 현혹되지 않으려는 집단 의지와 자세의 단합이 필요한 시기가 바로 지금 여기라는 걸 인식하는 게 필요하다.

# 인연치료법

다 그런 것은 아니지만, 참으로 요상한 것이 인연의 함수관계다. 차가운 시멘트 바닥에서 하루종일 생선을 토막치고 비늘을 다듬는 아줌마의 남편은 당연히 그러하게 고생을 시키므로 성의를 다해 친절하게 대하고 감싸안고 위로해 주어야 하지 않겠는가. 그러나 그렇지 않은 경우가 있다. 아니, 많다. 걸핏하면 상스런 소리로 아내를 구박하고, 폭행까지도 일삼는 경우를 보았다. 내 눈으로 직접.

반면, 자기는 하루종일 사람의 똥구멍을 헤집으며 먹고 사는 항외과 의사가 있는데, 그 항외과 의사의 부인은 하루종일 스포츠센터에서 몸매나 가꾸고 이른바 부티나는 부인들과 어울려 호화호식하고 해외여행을 내 집 드나들듯 한다. 그런데도 그런 부인들은 대우받으며 말 그대로 꿀단지 위하듯 받들어 모셔진다.

그게 삶인 걸 어찌 하랴. 대저 별볼일없는 가장일수록 아내며 자식들을 함부로 대한다. 어찌하여 잘 사는 집 마나님들은 호화호식하면서도 대우 받으며 잘 사는데, 가난과 동무하며 힘들게 하루하루를 비더내는 아낙들은 남편으로부터도 대우를 받지 못하는가? 도대체 그 남편들은 어떤 정신 자세로 아내를 대하는가? 열등감? 자포자기? 자기 연민? 다른 건 모르되 한 가지만은 분명하다. 자기반성에 대한 소홀함이다.

해답이 떠오르지 않았다. 그래서 시간을 두고 곰곰 생각해본 끝에 한가지 방법을 찾아냈다. 불교적 해석을 차용하는 게 가장 효과적이지 싶다(내 좋지 않은 머리로는). 일종의 '인연치료법'인데, 이런 설화를 인용하여 대입해 버리면 정답 아닌 정답이 나온다. 어느 대감의 부인이 하인과 눈이 맞아 가출해 버렸다. 문제는 하인이 잘나고 인품이 좋았다면 그럴 수 있겠다 싶어 넓은 아량으로 참을 수도 있겠다. 그러나 하인은 곰보인데다 안짱다리에 얼굴은 잔칫집 꾹 짜놓은 행주꼴이다. 하지만 대감 자신은 어떠한가. 지위를 봐도 그렇고 학식을 봐도 그렇고, 또한 인품이나 외양을 봐도 하인과는 천양지차, 상대가 되지 못했다. 그런데 어찌하여 이런 변고가 일어났단 말인가.

인생에 대해 회의를 느낀 대감은 삭발하고 중이 되었다. 그리고 3년 면벽 수도 끝에 비로소 자신과 부인과 머슴의 전생 비밀을 보게 되었다. 대감은 중이었고, 머슴은 멧돼지였으며, 부인은 이蝨였다. 어느 날 중은 자신이 입고 있던 속옷을 벗어 바위 위에서 이를 털었다. 살생을 피하기 위해 이를 죽이지 않고 털었던 것이다. 그때 중의 몸에 기생하던 이 한 마리가 중이 서 있는 바위 밑 풀숲에 숨어 있는 멧돼지 새끼의 몸뚱이에 떨어졌다. 그 이는 그 멧돼지의 피를 빨아먹으며 일생을 살았고, 그 인연이 이승에서 재현되었다는 것을 알게 되었다.

사람과의 관계에서 일어나는 모든 역학관계는 답이 없다는 게 답이다. 그걸 이분법적으로 단순화시켜 인연에는 호연이 있는 반면 악연이 있다고 연역적으로 우선 전제하고 따져본 것이다. 살다 보면 호연 때문에 살맛이 나다가도 산길 오솔길 옆 풀숲에서 갑자기 멧돼지가 튀어나오듯 생각지도 못했던 곳에서 맞닥뜨리게 되는 악연 때문에 마음 상할 때가 많다.

예를 들어, 잘 알지도 못하면서 배운 게 도둑질이라고 글로 먹고 살다 보면 글을 써 보겠다는 후학도와 인연에 따라 마주하는 수가 있다. 그러면 또한 할 수 있는 게 그것뿐이고 나를 인정해 주는 게 좋아서 열심히 아는 대로 지식을 나눠주고 마음까지 얹어주었는데, 어느 날 그 후배가 나를 입으로 행동으로 상처내고 다닐 때, 이게 참 악연이구나 서운할 때가 있다. 그럴 때 앞에서 꺼낸 전생의 공식을 차용, 활용하여 풀어내면 아주 효과적이다. 그 이야기를 메타포로 적용하다 보면 씁쓸한 속상함이 고소하거나 달착지근하게 가라앉는 치료 효과도 얻을 수 있다.

그렇게 살 일이다. 호연은 호연대로 더욱 좋게 여미고 악연은 악연대로 그렇게 풀어냄으로써 삶의 바퀴가 훨씬 수월하게 굴러갈 수 있기 때문이다. 따라서 누구는 평생 호화호식하면서도 남편에게 대우 받고 누구는 사타구니 무르도록 길거리서 장사시키는 꼴에 반찬투정 잠자리 투정에 손찌검까지 받는대도 그것이 웬수끼리 만난 전생의 악연이려니 하면 그 또한 견딜 만하지 않겠는가. 어차피 그나 나나 너나 우리의 종착점은 죽음이니까. 나아가, 썩음이거나 한줌의 뼛가루니까.

# 상처 입은 어린 나무

오래 전 지방 행정계와 교육계의 수장과 술자리를 같이 할 기회를 가졌었다. 동석한 사람들은 문우들이었다. 특별한 자리인데다 분위기 또한 특별했다. 좀 색다른 분위기가 고조되더니, 어느 순간 반주나 모니터 없이 그야말로 '쌩음악'을 할 수밖에 없는 지경으로 치달았다. 오랫동안 그럴 기회가 한 번도 없었던 관계로 당황했다. 노래방 기기에 익숙해져 처음부터 끝까지 제대로 가사를 뗄 수 있는 노래가 생각나지 않았던 것이다. 결국 내 차례가 되어 어쩔 수 없이 일어섰다. 그러고는 왠지 모르게 갑자기 옛날 어렸을 적 동네 형에게서 배운 '낙화유수'가 떠올라 그 노래를 불러제겼다. 초등학교 어렸을 때 불렀던 노래라 회색뇌세포에 단단히 각인되어선지 가사도 틀리지 않게 부르는 나 자신이 노래를 하면서도 그랬고, 하고 나서도 신기했다.

그렇게 남성은 여성을 지적하고, 여성은 남성을 지적하다 보니 그 자리에 있는 사람은 모두 노래를 할 수밖에 없는 상황으로 이어졌다. 마침내 80세가 넘은 평론가 분이 지적당하게 되었다. 평론가 분은 당황한 빛을 역력히 드러내며 일단 일어섰다. 그러고는 말했다.

"나는 일정시대 때 그 사람들 교육을 받았기 때문에 일본 노래만 생각나고 할 수 있는 한국 노래는 별로 없습니다. 하여 해방되고 나서 국민학교 교사 3년 동안 부른 '금강산 찾아가자'밖에 부를 노래가 없어 그걸 부르겠습니다."

그러고는 그 노래를 불렀다. 내심 나는 충격을 받았다. 그건 내 주위에서 일어나고 있는 일과 연관이 깊었기 때문이었다. 직업상 오랫동안 학생들과 인연을 맺다 보니 어느덧 열 손가락 꼽고도 더 넘게 되는 녀석들이 내내 학교 잘 다니다가 급작스레 외국으로 유학 가는 것을 지켜봐야 했다. 중고등 학생이야 그렇다 치지만, 한글도 제대로 깨우치지 못하고 초등학교 저학년에 간 아이도 몇 명 있었다. 그 중 두 명은 미국으로 떠났었다. 녀석들의 까만 눈동자가 눈에 선한데, 체격으로나 피부 색깔로나 동양인이 분명함에, 백인 아니면 흑인의 쏼라쏼라거리는 영어권 속에서 어떻게 버텨 나갈지 걱정스러웠다. 그런 말이 있지 않는가. 러시아인은 6개월만 있으면 미국인이 되지만 한국인은 일생을 살아도 미국인이 되지 못한다는. 어쨌든 그 걱정이 바로 정체성 확립 과정을 훼손당한 그 노 평론가에게서 증명 받았다.

그리고 보니 외국에서 초등학교, 아니면 중고등학교를 다니다 온 녀석도 가르친 적이 있었다. 그런데 문제는 그 녀석들 대부분 한국어와 영어 둘 다 부실하다는 것이 공통점이었다. 영어는 영어대로 완벽하지 못하고 한국어는 또한 그대로 부실하기 짝이 없었다. 우선 쓰인 글을 이해하지 못하는 게 대부분이었다. 예를 들어 '방향'이라는 단어와 '방한'이라는 단어를 놓고 물어보면 둘 다 방향으로 이해해 버리는 것이다. 그런데다 '반향'이라는 단어를 놓고 물어보면 방향으로 이해했다가 '바'의 ㄴ받침을 지적하면 검은 장막이 덮여 깜깜해지는 모양새 같았다. 따라서 어떤 녀석은 한국어가 되지 않아 대안학교에 다니고, 몇 년째 재수하면서 반거충이 미아가 되어 떠돌고 있는 경우도 있었다.

나는 그들을 '장애인'으로 볼 수밖에 없었다. 그것도 회생할 수 없이 평생을 그렇게 살아야 할 정신적 불구자로서의 장애인이다. 그러고 보니 이미 고인이 되신 장인님도 내게 그러한 사례를 입증해 주셨었다. 장인님은 당신의 아버지 따라 여덟 살 때 일본으로 건너가셨다가 고등학교 졸업 후 한국에 돌아오셨다. 어렸을 때 일본어에 익숙해져 버린 장인님은 평소 계산을 할 때 유심히 귀를 기울이면 속으로 "니산가 로꾸 니 고 주…" 일본어로 계산을 하시곤 했다. 또한 일부 발음, 예를 들어 '가스'를 '카스'라고 발음하는 등 정확하지 않은 부분이 많았다. 무엇보다도 장인님은 평소 말씀이 없으셨는데, 성격상 과묵한 분이어서 그런 것이 아니라 한국어가 잘 이해되지 않았고, 또한 구사력도 뒤떨어져 말을 않다 보니 말이 적어지신 것으로 보였고, 장모님도 그렇게 증명해 주셨다. 신혼 때 말이 안 통해 한동안 힘드셨다는.

조기유학, 그런 점에서 나는 매우 부정적이다. '언어구사장애인'으로 만들고 싶으면 보내라고 '악담'을 서슴지 않고 싶다. 물론 이 글을 쓰고 있는 나의 자식도 미국유학을 마치고 대학 강단에 서 있다. 그러나 석사까지 하고 대학 강사로 경험을 쌓은 후 미국유학의 길을 선택했다. 여느 애들처럼 학원에 가서 영어공부를 한 적도 없다. 또한 국문학 쪽에 더 관심이 있고 능력도 인정되었지만 제 아비가 경험한 문학인으로서의 험난한 길을 걷지 못하게 하려고 국문과를 가겠다는 걸 영문과 가도록 설득하여 진로를 바꾸게 했었다. 보다 폭 넓게 서구의 지식을 습득하고 시야를 넓히는 게 장래를 위해 좋겠다는 판단 때문이기도 했는데, 그건 내가 카투사로 있을 때 경험한 바가 있어서였다.

　나무도 성숙기를 지나 제자리를 잡았을 때 나무에 못을 박든가 상처를 내면 그 후유증이 크진 않다. 그러나 막 자라기 시작한, 여린 성숙기에 못을 박는다든가 껍질을 벗기고 이름을 써 놓으면 그 나무가 자랐을 때는 어렸을 때의 못 자국은 틈새가 벌어져 주먹이 드나들 정도가 될 수 있고, 이름을 새긴 부위는 그 상처가 걷잡을 수 없이 커져 땔감 외에는 아무짝에도 쓸모없는 나무가 되기 쉽다. 사람도 마찬가지로, 어렸을 때 입은 정신적 상처는 기형으로 자라는 후유증이 될 수 있으며 회복될 수 없는 정신적 장애로 이어질 수 있다는 점을 유념해야 한다. 그런 점에서 일제강점기에 정체성 훼손을 입으신 예의 노 평론가로부터 조기유학의 후유증을 앓고 있는 사람들까지 눈여겨봐오면서 안타까운 마음이 들어 이런 글을 써 공유하고자 한다.

# 랍비류의 존재이유

신부와 목사, 그리고 랍비 세 사람이 하늘나라에 바칠 헌금문제로 다투었다. 결론이 나지 않자 각자 알아서 실천하기로 합의를 보았다. 먼저 신부가 땅바닥에 동그라미를 그리고 쥐고 있는 동전을 던져 동그라미 안에 들어간 것은 하늘에 바치고 금 밖으로 나간 것은 자기가 갖겠다고 했다. 그러고 나서 동전을 던졌다. 대부분 동그라미 안에 들어가고 몇 개만 떼그르르 굴러 금 밖으로 나갔다. 신부는 밖으로 굴러나간 동전을 챙겼다.

그러고 나자 이번엔 목사가 나섰다. 자기는 동전을 던져 엎어진 건 자기가 갖고 잦혀진 건 하늘에 바친다 하고는 휘익 던졌다. 반 정도는 엎어지고 반 정도는 잦혀졌다. 2분지 1 확률이었다.

마지막으로 랍비가 나섰다. 그는 동전을 들고 신부와 목사를 돌아보며 선언하듯 정중한 자세로 말했다.

"나는 이 동전을 던져 하늘로 올라간 것은 하늘에 바치고 땅에 떨어진 것은 내가 갖겠소."

위 이야기를 떠올리며 요사이 말품팔이들의 세 가지 유

형에 대입시켜 보았다. 여기서 '말품팔이'의 대표적 부류로는 정치가와 종교지도자를 겨룰 수 있을 것이다. 세 치의 혀로 살아가는 부류이니 말이다.

가장 앞서 거론한 '신부류'는 우선 체면을 중시하고 도덕성이 어느 수준 갖추어진 부류이다. 그들은 스스로 현세성과 도덕성(이상)의 충돌지점 중 도덕성의 영역을 조금 크게 확대한 유형이다. '목사류', 그들은 공정과 정의를 앞세우는 부류이다. 그들은 현세성과 타협하면서 동시에 도덕성도 같은 가치로 양립시킨다. 그들은 혹시 동전을 던져 확률위배 현상이 일어나 잦혀진 게 훨씬 더 많아도 기꺼이 헌금으로 바친다. 그렇게 함으로써 비로소 자기 신념에 대해 자부심을 갖는다.

마지막 '랍비류', 그들에게는 두 가지 특이점이 있다. 하나는 공감능력 부재와 유체이탈을 자유자재로 넘나들 수 있다는 점이다. 그는 자신의 행동을 종교적 신념과 맞먹는 자기 확신으로 환치시키는 데 말마따나 도사의 경지까지 오른 자들이다. 그들은 타인과의 공감능력부재뿐만 아니라 없는 걸 있는 것으로, 또는 있는 걸 없는 것으로 만들어내는 데도 천재성을 가지고 있다. 그들은 주어를 생략하고 말해도 잘도 통하는 교착어의 특성을 한껏 활용하여 어떤 일을 저질러 놓고 주어가 빠져 자기가 한 일이 아니라고 '당당하게' 말한다. 또는 이미 받은 헌금은 하늘의 뜻대로 집행되었다고 '떳떳하게' 말한다. 하늘나라의 재물은 하늘로 들림을 받았기 때문이란다.

그렇다고 랍비류의 인간족을 욕하지는 말자. 랍비류의 인간들이 전혀 백해무익한 부류는 아니기 때문이다. 그들의 존재는 나름의 순기능을 가지고 있다. 그들은 우선 후세들이 역사를 공부하는 데 도움을 준다. 그들의 만행이 없이 모두들 신부류나 목사류 같은 인간들만 살았다면 역사 공부가 얼마나 지겹겠는가. 그들은 그러한 부류의 인간에게 속지 말고 또한 그런 인간이 되지 않도록 자신을 돌아보라는 교훈도 안겨준다. 더불어 그들의 행적은 앞으로 우려먹고 또 우려먹어도 상상력을 조금만 덧대면 오랫동안 두고두고 우리를 즐겁게 만들 연속극과 영화의 씨나리오 소재를 안겨주기도 한다. 그러니 그들의 몫을 잊지 말고 이참에 백서 따위로 꼼꼼하게 챙겨두는 것도 너그럽고 슬기로운 우리들의 태도가 아니겠는가.

# 말년복

　서울 지옥철 안에서 저승사자처럼 사람을 짜증나게 하고, 꼴불견으로 보이게 하는 사람들을 자주 만날 수 있었다. 그들의 대부분은 교도소의 대부분을 차지하고 있는, 인간족 가운데 남자로 분류되는 수컷들이다.

　그날도 그러한 저승사자를 만났다. 꽉 들어차서 몸을 돌리기는커녕 발 디딜 틈도 없는 콩나물시루에 몸을 쑤셔 넣고 숨을 돌리고 있는데 누군가가 뒤쪽에서 내 갈비뼈 윗부분을 쿡쿡 쥐어박았다. 아주 기분 나쁘게, 꽤나 폭력적이었다. 마치 "안 비키면 죽어. 죽을래 살래!" 그런 느낌으로 전해 왔다. 머리를 돌려 뒤를 돌아보는데 1미터 72센티의 내 키로는 그자의 머리통을 정면으로 마주볼 수 없을 정도로 상대는 엄청 키가 컸다. 그런데다 누룩돼지처럼 살이 쪄 있어 보통 사람 곱의 평수를 차지하고 있는 자였다. 딴은 내 등이 그자의 등, 아니 허리께에 닿는 게 싫으니 물러나라는 신호리라.

　나는 그자와 옆에 있는 것 자체가 불쾌해 힘을 다해 비켜났다. 그러자 그 틈새로 50대 아낙이 비집고 들어섰다. "상대가 여잔데, 어떻게 나올까?" 하는 생각에 아예 몸을 돌려 지켜보았다. 아니나다를까, 여자의 어깨가 닿자 역시 팔꿈치로 쿡쿡 찔러 거리를 두게 하고 있었다. 여성 또한 황당한지 뒤로 물러서며 얼굴을 찌푸렸다. 그러자 이번에는 키가 '저승사자'보다 훨씬 더 크고 커다란 가방을 둘러멘 학생이 그 틈새로 끼어들었다. 저승사자의 팔꿈치가 여전히 쿡쿡 쥐어박는데, 그제는 학생이 메고 있는 가방이었다. 학생은 학생대로 어지간히 무던한 성품인 듯 저승사자가 팔꿈치로 치든 밀든 상관없이 휴대폰 삼매경에 빠져 있었다.

저승사자는 30대 말이나 40대 초반쯤으로, 차림새를 보니 검청색 신사복에 옆모습 또한 살결이 꽤나 흰 게 한마디로 귀골이었다. 허우대는 그야말로 최고 수준인데 그 인성이며 행동은 최하 수준이었다.

이윽고 몇 정거장 지나서 저승사자는 내렸다. 정면에서 바로 보니 그자는 몸관리를 제대로 하지 못해 임신 7, 8개월은 되지 싶은 배통에다 얼굴은 진땀으로 번질거렸다. 그가 나가자 비로소 공간이 생겨 예의 여자와 나란히 서게 되었다.

"지금 나간 사람 때문에 불쾌했지요?"하고 내가 말을 걸었다.

그녀가 피식 웃고는 대꾸했다.

"그런 자일수록 집에 가서는 제 마누라 들들 볶기 마련이죠. 하는 꼴 보니까 그 집안 식구들 많이 힘들겠어요."

죽음을 가깝게 두고 이곳 춘천에 자리잡으면서 가장 좋은 것은 위와 같은 대인 혐오증에서 자유로워졌다는 점이다. 지옥철도 없고 거리는 널널하다. 시장에 가거나 모임에 참석하더라도 서울에서처럼 사람끼리 부대끼는 스트레스도 없다. 그런데다 인심은 왜 그리도 좋은지, 마치 춘천 시민 모두가 친인척 관계 같다는 인상을 받을 때가 한두 번이 아니다. 사람들만 좋은 게 아니다. 주거환경 또한 시쳇말로 따봉을 지나 쌍따봉이다. 몇 발짝만 걸으면 등산하기에 딱 좋은 안마산이 있다. 따분하거나 답답할 때 차를 몰고 박사마을을 지나 삼악산을 끼고 의암호숫길을 돌고 나면 영혼에 묻어 있던 땟국물이 말끔히 닦여 있는 나를 느끼게 된다. 말년복이 있다는 어렸을 때 들은 어느 점쟁이의 말이 허사는 아닌 듯싶다.

# 낙상매落傷鷹의 기상으로

국어사를 공부하다 보면 몽골족에게 지배당했을 때 그들이 좋아했던 매사냥이 우리나라에까지 유입되어 근세까지 연연히 유행했음을 알 수 있다. 그러는 바람에 매에 대한 몽골어가 그대로 차용되어 사용되었고, 15세기 훈민정음이 있기 전 언어학 연구에 도움을 주고 있단다. 수치스런 역사의 한 단면이지만, 매에 대한 얘기를 꺼내다 보니 생각난 말이다.

같은 매라도 나이와 기능에 따라 일컬어지는 종류가 다양하다. 그 중 낙상매는 가장 값나가고 귀하다고 한다. 매사냥을 좋아하는 사람들의 평생 소원은 바로 이 낙상매를 가져보는 것이며 구경하는 것만으로도 그들은 행복에 겨워한단다.

낙상매가 일단 하늘에 뜨면 십리 안의 모든 새는 감히 공중으로 날아오르지를 못한다. 낙상매의 표적이 됐다 하면 100% 죽음으로 이어지기 때문이다. 그토록 낙상매는 사냥의 명수이며 또한 잔인할 정도로 강하다.

낙상매의 겉모습은 여느 매와 똑같다. 단지 딱 한 군데, 딱 한군데 다른 부분이 있다. 그것은 한쪽 다리가 약간 짧으며 뭉툭한 부분이 있다는 점이다. 그 뭉툭한 부분이 바로 여느 매와 전혀 다르게 구별짓는 단초가 된다.

매의 어미는 새끼들이 든 둥지를 마구 흔든다. 새끼들은 둥지에서 안 떨어지려고 안간힘을 쓴다. 그러나 어미의 의도적인 행동은 집요하다. 마침내 새끼 중 하나가 둥지에서 떨어진다. 짧고 깃털이 채 솟지 않은 날개로 힘을 다해 날갯짓을 하지만 힘겹다. 마침내 새끼는 땅바닥에 비참하게 내동댕이쳐지고, 땅을 디디려던 다리는 부러지고 만다. 그때부터 새끼는 살기 위해 둥지로 들어가야 하고, 부러진 다리의 결점을 보완하려면 다른 새끼들보다 강하다 못해 잔인해야 한다. 그렇지 않으면 다른 형제들에게 치어 죽음으로 이어지기 때문이다.

마침내 다리 불구가 된 새끼는 극기정신으로 무장된 모질고 강함으로 다른 형제들을 제압해 나간다. 그리고 그 성격은 둥지를 떠나 정글의 법칙에 적응하는데 그대로 반영되고, 끝내 새들의 잔혹한 제왕으로 군림하게 된다.

바로 그 공식이 인간에게도 적용된다. 무릇 결점은 약점을 보완한다. 환경적으로든 신체적으로든 한 가지 이상의 결점을 가진 사람들은, 그리고 그 결점을 극복한 이들은 그렇지 못한 사람보다 우위에 서게 되어 있다.

살아오면서 내 주위에서 내가 두려워하고 동시에 존경하며 따르고 싶은 몇몇의 낙상매를 보아왔다. 그들은 강하다. 안 될 일을 해낸다. 여느 사람보다 우뚝 서 있다. 그들은 키가 유달리 작다든가 외양이 뒤처진다든가 가난한 집안에서 태어났다든가, 또는 가방끈이 짧거나 결손가정 출신들이 대다수를 차지한다. 단구인 나폴레옹이 유럽을 뒤흔들었고, 귀가 안 들리는 베토벤이 운명을 지어냈으며, 헬렌켈러가 인간 승리의 역정을 만들어낸 일들이 바로 대표적인 사례들이지 않는가.

말나온 김에 대한민국을 인격화시켜 확대컨대 우리나라는 낙상매처럼 숙명적인 상처가 깊다. 숱한 외세의 침탈로부터 가까이는 일본놈들의 강점기와 6.25 동족상잔까지 우리는 견뎌냈다. 만만치 않은 그 상처가 오늘에 이르고 있고, 그 상처의 깊은 아픔을 화려한 기억으로 환원시켜버린 지금의 강한 대한민국으로 이어졌고, 따라서 미래가 밝을 수밖에 없다. 더 나아가 현실적으로는 적폐들의 패착이 극심하면 극심할수록 새로운 시대는 더욱 밝고 우람한 내일을 보장받는 주춧돌이 될 게 확실하다. 비록 절룩거리는 낙상매의 대한민국이지만 우리의 기상은 결코 죽지 않는다. 대한민국아, 영원하여라! 낙상매로 지구마을을 제패하여라!

# 나는 벼룩간 소유자

아주 오래 전 일이다. 아침마다 사용하고 있는 중랑천 강가 인라인스케이트장인데, 그날은 비 때문에 물기가 그대로 있었다. 그런 곳에서 커브를 돌다 미끄러졌다 하면 찰과상은 물론 어딘가 부러질 수도 있었다. 강가에 이어진 자전거 도로는 대부분 보송보송한데, 습기와 유난히 관련이 깊은 인라인스케이트장인데도 그제껏 군데군데 물기가 있어 엣지를 걸면 미역국 건더기가 목구멍으로 넘어가듯 미끌미끌 중심을 앗아간다. 누가 공사를 했는지 모르지만 아마도 외과병원과 인연이 있지 않았는가 의심이 간다. 많이 자빠져 많이 다쳐 돈을 벌도록 배려를 한 것일 게다. 그런 점에서 보면 물기가 마르지 않게 만드는 기술도 기술은 기술이겠다.

그래도 시민 건강을 위해 그만한 장소를 마련해 준 것만도 감사하게 생각하며 되도록 커브를 돌지 않고 직선으로만 인라인을 지쳤다. 그러고 있는데 그곳에서 자주 만나는 인라쟁이가 강 너머 쪽 인라인스케이트장은 아무리 비가 왔어도 이튿날이면 바짝 말라 있다며 장소를 옮긴다고 했다. 잠시 망설이던 나는 그날 마침 쉬는 날이라서 큰맘 먹고 인라질 가방을 걸머지고 졸랑졸랑 그를 좇았다.

훨씬 넓은 공간인데다 말마따나 풀먹인 홑이불처럼 뽀송뽀송 말라 있었다. 어려서 먹감을 둠벙 앞에 도착했을 때처럼 약간 긴장되면서 가슴이 콩콩 뛰었다. 순전히 남을 의식하는 데서 나온 버릇이었다. 그만큼 인라쟁이들이 많았고, 그만큼 그늘 끝에 쉬는 사람들이 많았고, 그만큼 구경꾼이 많았다. 나는 물론 모든 인라쟁이들은 낯선 사람이 나타나면 저 사람은 우리에게 어떤 재밋거리를 구경시켜줄까, 나보다 한수 위일까 아래일까, 차림새 하나는 봐줄 만한데 과연 외양값 할까 등등 은근히 살펴보기 마련이다.

원래 내 스타일대로 레이 찰스의 블루스곡을 헤드폰으로 들으며 서둘지 않고 경쟁하지 않고 천천히 인라질을 했다. 그러고 나서 차양 그늘 밑으로 왔는데 눈에 띄는 한 사내가 앉아 있었다. 짙은 녹색 고글을 쓴 그는 키는 작달막했지만 완벽한 근육질에 잘 훈제된 통닭처럼 햇볕에 그을린 갈색 피부를 가지고 있었다. 그런데다 옆머리는 파랗게 밀어버리고, 골뚜껑에는 크낙새처럼 머리를 부르르 세운, 범상치 않은 헤어스타일이었다. 그의 앞에는 그이보다 덩치가 곱은 됨직한 삭발의 젊은이와 도끼눈에 매섭게 생긴 깡마른 삼십대 초반의 사내가 사뭇 조신스런 몸짓으로 그 의문의 사내 앞에서 아붓기가 뚝뚝 떨어지는 미소를 흘리며 얼찐거렸다. 뭔가 걸쭉거리고 움츠러들게 하는 인상이었다.

아니나다를까, 그런 인상이어서 주눅든 채 경계발령을 내려놓고 있는데, 내 옆에 앉아 있던 60대 중반쯤의 늙은이가 그 의문의 젊은이에게 다가가 굽신 인사를 했다. 의문의 젊은이는 묵묵히 고개만 까딱했다. 세상에! 늙은이는 제 아들뻘 되는 젊은 녀석에게 다가가 깍듯이 인사를 하고, 녀석은 고개만 까딱 인사를 받고 있지 않는가!

그제부터 그 젊은이에 대한 상상력이 가동되기 시작했다. 녀석은 틀림없이 어디에나 있기 마련인 그 동네 조폭 왕초이겠다. 조직의 위력과 주먹을 앞세워 기생하는 부류로 자못 내 행동이 눈 밖에 나면 그땐 쥐도 새도 모르게 해코지를 당할 것이다. 그러니까 저 늙은이도 새파랗게 젊은 저 녀석에게 다가가 굽신대지 않는가.

그렇다면? 그렇다면 나이 들어 무슨 창피를 당할지 모른다. 그렇다. 난체하지 말자. 시비 걸지 모르니까 가까이 가지도 말자. 그간 이 나이 되도록 살아오면서 그런 경우를 어디 한두 번 당했던가. 그러저러한 계산을 하며 나는 인라질을 하고 쉴 때면 그 젊은이가 앉은 자리에서 반대쪽인, 멀리 떨어진 의자에 엉덩이를 내려놓으면서 가능하면 눈길이 마주치지 않도록 고개를 외로 꼬곤 했다.

그런데 그 젊은이는 그제껏 인라인 장비만 옆에 놓고 있을 뿐 도대체 인라질할 생각을 하지 않고 있었다. 내 상상력은 또다시 가동되었다. 그래, 근육질이지만 똥배가 꽤 나왔군. 그 똥배를 없애려고 인라질을 해보겠다 이거겠지? 그런데 초보자라서 자존심이 허락지 않으니 저렇게 노닥거리고만 있겠지. 그래, 혹시 그가 인라질을 하더라도 비웃음을 머금거나 눈길을 줘서는 안 되겠군. 괜히 긁어 부스럼 만들지 말자.

그렇게 한 시간 이상이 지나고 나서 의자에 앉아 좀 더 오래 쉴 요량을 대고 있는데, 마침내 그 의문의 사나이가 천천히 몸을 세웠다. 그러자 그이보다 덩치가 큰, 연신 아부성 미소를 보내던 젊은이들 둘이 갑자기 바짝 긴장한 얼굴로 그 젊은이 앞에 섰다. 의문의 크낙새머리가 말했다.

"어제 배운 기초동작 다시 해 보세요."

그러자 덩치 큰 빡빡머리와 도끼눈 사내가 허리를 굽히고 인라질 자세를 취했다. 젊은이는 열심히 그들의 자세를 잡아주었다. 덩달아 근방에 있던 초보자들이 모두 일어나 그들이 하는 동작을 여기저기서 따라했다.

"하나, 둘, 뻗고, 셋 넷!"

그 젊은이, 크낙새머리는 인라인스케이트 강사였다.

# 마음 편하게 살 수 있는 황금수칙

얼마 전 아내로부터 들은 세 가지 부부의 경우를 떠올려 본다. 하나는, 부인과 상의도 없이 자기 멋대로 재산을 정리하면서까지 사업을 하고 있는 어떤 이의 이야기이다. 다른 하나는 남자가 바람둥이라서 이혼하였는데 이혼한 조강지처는 그 남편의 시어머니와 살고 있단다. 그 일만 해도 소설감인데, 그 바람둥이 남자는 곧 결혼을 했고, 처녀로 시집온 여자는 전실 자식 둘을 기르며 자신은 아이를 낳지 않았단다. 거기까지는 좋았는데, 60살이 넘은 그 바람둥이는 그 사이 어떤 처녀와 동거하여 아이까지 낳았단다. 그게 두 번째 이야기이다. 소설을 그런 내용으로 썼다면 아무리 픽션이라지만 리얼리티가 전혀 없는 구성적 결함을 가졌다고 비판을 받았을 터이다.

남은 한 이야기는 엘리베이터에서 자주 만나곤 하던 사람으로 만날 적마다 미소 띤 얼굴로 서로 인사를 주고받는 사이였다. 그는 훤칠한 키에 균형잡힌 몸매를 갖고 있는데, 직업군인 출신으로 알고 있다. 그런데 그 사람이 어느 여자와 눈이 맞는 바람에 본처와는 모든 재산은 물론 자식까지

넘겨주는 조건으로 이혼을 했단다. 그 사실만으로도 놀라운데, 더욱 소설적인 것은 새로 만난 여자와 그가 같은 아파트 단지 내에 살고 있다는 것이다.

그러저러한 사안을 듣고 보면서 부부 사이는 물론 가족들, 더 나아가 사회와 국가는 절대로 숨김이 있어서는 안 된다는 것을 절실히 곱씹게 했다. 모든 사단은 숨기고 속이려는 데서 시작되는 게 대부분이다. 모든 독재정권이 비참하게 종말을 고하는 것도 숨기고 속이려는 속성 때문이며 가정도 마찬가지고, 또한 부부 사이도 마찬가지다. 하나의 비밀은 또 하나의 비밀을 만들어내고 비밀이 하나씩 늘어갈수록 곪고 썩는 상처가 깊어져 결국 죽음이나 패망으로 이어지기 마련이다.

숨김이 없으면 우선 상대방으로부터 신뢰를 얻게 되고, 신뢰가 있음으로써 어려운 일이 닥쳤을 때 협조를 받고 더 나아가 공동체 의식이 굳어진다. 부부간에 신뢰가 없다고 생각해 보자. 그래서 원한이 쌓이고 쌓여 마침내 살의를 갖게 되었다고 하자. 역사 이래로 최고의 진화 단계에 있고 충분한 정보를 갖고 있고, 또한 배울 만큼 배워 지능이 높아진 배우자는 감쪽같이 상대방을 죽일 수가 있다. 남편을 죽이고 말겠다, 라는 결단만 서면 가령 남편이 고혈압 잠재성이 있다면 혈압수치를 올리도록 조금씩 조금씩 음식에 염분을 높여 마침내 쓰러지게 만들면 된다. 시간이 없다면 술에 취해 네 활개 펼치고 곤히 잠들어 있을 때 입안에 청산가리 서너 방울만 흘려 넣어도 된다.

그런 면에서 나는 나름대로, 자랑 같지만, 미덕 한 가지를 갖고 있어 그것이 근간이 되어 편안하고 안락한 노년을 즐기고 있다고 볼 수 있다. 내가 자랑하고 싶은 그것은 외출에서 돌아오면 주머니에 있는 남은 돈은 물론 내가 했던 행동까지 말로 전환시켜 모두 반납 및 상납하는 것이다. 우선 금전 문제에 있어서, 지폐는 물론 동전까지 식탁 위에 다 꺼내놓고 편안한 실내복으로 갈아입음으로써 골치 아픈 숫자와 금전으로부터의 스트레스를 떨쳐버린다. 그리고 다음에 돈이 필요할 때는 용도를 말하면 그만이다. "나까지 네 명인데, 어쩌면 내가 밥을 사야 할 것 같거든. 한 사람당 만원이면 되지 않을까?"라고 어말어미를 의문문으로 바꿔 놓으면 짝꿍은 눈에 잘 띄지 않던 지갑을 열고 파란 지폐 다섯 장을 쥐어주면서 말한다.

"혹시 모르니까 한 장 더 가져가 봐."

물론 근래에 들어와서는 카드로 모든 금전문제를 처리하게 돼 있어 방법을 수정했다. 카드로 결재할 때마다 짝꿍의 휴대폰에 사용한 돈의 액수와 내용이 문자로 찍히기 때문에 더욱 확실하고 편리해졌다.

남은 한 가지, 모임이나 여행 등에서 겪은 일을 미주왈고주왈 다 들려준다. 애초 그런 일은 결혼하고 난 뒤 외처로 많이 돌아다녀야 할 때 생각했던 일로, 혹시 내가 객사하여 저세상으로 가더라도 내가 벌인 일이나 알고 있어야 할 일들을 모두 공유케 함으로써 사후 대비가 되겠거니 해서 그랬는데, 이제는 하나의 습관이 되어 버렸다. 그러다 보니 생각도 정리되고 판단에 도움이 되는 부대효과도 있다. 어쨌든 그래서 짝꿍은 나와 관련이 있거나 만나는 사람들은 물론 내 사적이고 비밀스런 일까지 거의 다 알고 있다고 봐야 한다.

또 다른 하나는 되도록 행동을 같이한다는 것이다. 옛날에도 그랬고 지금도 그렇고, 가능하면 많은 시간을 붙어 있으려고 노력한다. 또 가능하면 우리는 어느 좌석이든 큰 지장이 없는 한 같이 참석한다. 그러다 보니 옛날에는 나와 관련이 있는 사람들이 눈에 익어 선배들로부터 인정을 받았고, 어느 분은 행사가 있던 날 미리 같이 올 줄 알고 우리를 위해 다른 방을 예약해 놓기까지 할 정도다.

그러다 보니 약간은 불편한 점이 있을 때도 있지만, 재미있는 일도 종종 벌어진다. 젊었을 때는 우리가 주점이나 음식점에 나타나면 부럽다며 안주를 보내오거나 밥값을 대신 내주는 경우도 있었다. 한번은 이런 일이 있었다. 사람들 사이로 걸어가면서 짝꿍이 뽕뽕 소리를 내며 방귀를 꿰었다. "아니, 사람들이 이렇게 앞뒤로 오고 있는데 꼭 이 자리에서 소리내어 방귀를 꿰어야 해?"하고 내가 책망 비슷이 말하자 아내의 대답이 걸작이었다.

"당신이 꿰었다고 생각하지 내가 꿰었다고 생각하겠어?"

결론은 그거다: 바보는 자신의 속내를 쉽게 드러낸다느니 남자일언중천금 따위의 말에 전도되면 되레 인생이 불행해진다는 점이다. 나라는 물론 사회도, 조직도, 가정도, 더구

나 부부 사이에는 절대로 숨김이 없어야 한다. 숨긴다는 것은 떳떳지 못하다는 것이고, 떳떳지 못한 행동을 숨겨 정당화시키다 보면 더욱 많이 숨기고 거짓을 꾸며내야 하고, 그러다 보면 곪고 썩기 마련이다. 제 백성 먹거리 하나 제대로 해결하지 못하는 북한은 숨김이 많아서 그렇게 된 것이고, 대부분의 깨진 사회나 조직, 가정을 보면 또한 숨김이 많아 결국 곪아 터져서 그렇게 된 것이다. 더하여 부부 사이 또한 숨김이 많다 보면 불신이 쌓이기 마련이고, 그것이 곪아 문드러져 결국 이혼으로 결말을 맺어 불행의 단초가 되는 것을 많이도 보아왔고, 지금도 지켜보는 대상이 몇 있다.

# 호비작호비작 찬양

내가 자라난 집은 충청도 뻐꾹새 우는 마을의 전형적인 농가였다. 당시 고등학생이었던 나는 학교 쉬는 날이라서 집에 왔더니 담과 이어진 둔덕을 없애는 일이 기다리고 있었다. 대나무와 아카시아 뿌리가 실하게 뻗은 땅을 파내는 작업은 그리 쉽지 않았다. 하지만 내가 해내겠다고 장담하고 나선 터라서 불평도 못 하고 곡괭이와 삽을 번갈아 사용하여 둔덕을 파잦혔다. 그러다 굵은 아카시아나무 둥치와 맞서게 되었다. 나는 말 그대로 젖먹던 힘까지 짜내어 뿌리 주위를 삽으로 파고 곡괭이로 찍어냈지만 내 의지대로 되지 않았다.

마침 무슨 일로 오신 고모부가 내 일하는 모습을 옆에서 지켜보고 계셨다. 대충 인사를 하는 둥 마는 둥하고는 일을 계속했다. 이제는 자존심 문제가 끼어들었다. 고모부는 키가 작고 깡말랐지만 근동에서는 당차기로 소문난 분이었다. 그에 걸맞게 입바른 소리를 잘하시는 그분은 보나마나 덩치는 커다만 게 일하는 건 어린애만도 못하는구먼, 하고 속으로 생각하고 계실 게 뻔했다. 아니나다를까, 한참 동안 지켜보시던 고모부가 그에 한마디 하셨다.

"으이그, 그렇게 힘쓴다고 되는 게 아녀. 나 하는 거 보라구."

하시면서 곡괭이를 채뜨리듯 가져가더니 말 그대로 '호비작호비작'거리기 시작했다. 나처럼 곡괭잇날을 높이 들었다가 힘껏 내리찍는 게 아니었다. 곡괭잇날 가까이 짧게 잡고는 마치 작은 호미로 땅을 긁어내듯 호비작호비작 아카시아 뿌리 사이의 흙을 긁어내는 거였다. 마침내 아카시아 나무가 뿌리를 앙상하게 드러내자 고모부는 발로 쭉 밀어 간단히 자빠뜨렸다. 그러고는 이런 명언을 내 귀에 꽂아 넣어 주셨다.

"힘든 일일수록 힘을 빼고 한쪽 귀퉁이부터 야금야금 해결해야 하는 겨."

그때 겪은 경험은 지금껏 살아오면서 삶의 형식과 내면에 적잖은 긍정적 도움을 안겨줬다. 직장생활을 했을 때도 그랬고, 자식들을 길러내며 먹고 살 때도 그랬고, 노후를 준비할 때도 그랬고, 이렇게 글을 쓸 때도 마찬가지다. 무리없이 호비작호비작하다 보면 마침내 어느 순간 일이 마무리되곤 했다. 그러다 보니 큰일을 해놓은 것은 없지만 큰일을 저지른 적도 없고 그날이 그날이듯이, 그러면서도 달팽이처럼 어딘가로 가긴 가는 그런 삶을 살아냈고, 마침내 큰 상처 없이, 힘든 헐떡거림 없이 저어기 보이는 종착역과 마주서게 되었다.

그건 내가 애초 여러 면에서 갖고 나온 달란트가 허접하기 때문이기도 하다. 남보다 빠른 순발력도 없고 남보다 앞선 재치도 없고 남보다 뛰어난 재주도 없기 때문이다. 무엇보다도 남 앞에서 뻔뻔하지 못하는 그런 흠이 있는 나로서는 호비작호비작 일상이 이른바 코드가 맞았던 것이다. 마치 먹이사슬에서 대항할 능력이 딸리는 개미가 체표를 줄여 땅속 생활로 진화했듯이.

그런데 이런 삶이 얼마나 평화롭고 나름 미학적 가치가 있는가를 이해하려 하지 않는 사람들이 많은 것 같다. 그에 대적할 능력도 없으면서 혹시나 하고 달려들었다가 패가망신하는 사람들을 살아오면서 무수히 보아왔다. 빚을 내어 사업을 하거나 주식시장에 뛰어들었다가 거리로 나앉은 사람, 그만한 재능이나 경력을 갖추지 못했으면서 정치계에 뛰어들었다가 친가와 처가 살림까지 망쳐먹은 얼치기 정치 지망생 등등, 둘러보면 쌔고 쌨다. 그들은 겉으로 드러난 대상의 화려함만 보았지 그 방면에 성공한 사람들이 남모르게 얼마나 꾸준하고 끈질기게 '호비작호비작' 노력하는 과정을 거쳤는지에 대해서는 관심을 두지 않는 누를 범한 것이다. 세상에는 공짜가 없다. 그런 점에서 호비작호비작 일생을 살아온 나에게 오늘만큼은 칭찬해주고 싶다. 참 잘해냈다. 그치?

# 아마추어답게

살다 보면 아마추어가 프로 흉내를 내다 망신을 당하거나 몸을 상하는 경우를 종종 겪기도 하고 보기도 한다. 공자 앞에서 문자 쓴다는 식으로 전문가 앞에서 전문가인 체 이 말 저 말 늘어놨다가 얼굴 붉히는 부끄럼을 타는 경우가 그 하나다. 내과의사 앞에서 내장에 대해 장황하게 늘어놓는다든가 예술가 앞에서 그 장르에 대한 말을 꺼내 아는 체하는 것들이 그 예가 되겠다.

그와 같은 경우로 스포츠에서도 종종 그런 걸 볼 때가 많다. 가끔씩 마라톤을 하다 주자가 죽었다는 뉴스를 접할 때가 있다. 그때마다 나는 어느 단체와 등산을 했던 그날을 떠올리곤 한다. 그날 나는 별반 등산준비도 없이 따라나섰는데, 팀원 가운데 등산장비 가게를 운영하며 등산동우회도 이끄는 사람이 앞서 주도하고 있었다. 또 몇몇은 등산마니아들이었다. 이들을 따라 우리는 도봉산 정상을 지나 삼각산 정상까지 정복해 나가는, 하루 코스로는 버거운, 나로서는 수난이며 고통이며 대장정이나 마찬가지인 그런 과정을 가까스로 치러냈다.

가장 두려웠던 것은 운동화 차림으로 따라나선 내가 루프를 잡고 바위산을 오를 때였다. 잘못하다 미끄러졌다 하면 죽기 아니면 장애인이 될 각오를 해야 했다. 내가 지금 무슨 짓을 하고 있나라는 생각을 하자 포기하고 그냥 내려가고 싶었다. 그러나 한 사람도 낙오자가 없이 모두 뒤따라가는 것이다. 그래서 나도 어쩔 수 없이 그들의 꽁무니에 따라붙을 수밖에 없었다.

그럭저럭 다 저녁때가 돼서야 산행을 마치고 내려왔다. 땀이 식어 으슬으슬 감기 기운까지 느껴졌다. 밥맛까지 없어 술로 때웠다. 그리고 그 이튿날 보니까 약간 기능이 떨어지는 바른쪽 다리에 소속된 엄지발가락이 까맣게 죽어 있었다.

지금 생각해도 아찔하다. 바로 그런 바보짓을 내가 했었다.

나는 등산의 전문가가 아니라는 것을 내세워야 했다. 내가 그날 산행을 한 이유와 목적은 무엇이었던가? 이유는 친목이고 목표는 건강이었다. 그렇다면 만나서 즐겁게 식사를 하고 동동주를 마시고 많은 대화를 나누었으면 되었고, 건강을 위해서는 적당히 땀이 날 정도의 산행만 했으면 그만이었다. 그러나 나는 그날 목숨을 걸고 산행을 했다. 알량한 자존심 때문에.

그렇다. 프로는 그걸로 밥을 먹고 사는 사람들이 하는 짓이다. 예를 들어 등산을 하여 먹고 사는 사람들은 가이드라든가 유명세로 몸값을 올려 광고 모델이 되든가 이른바 스폰서인 회사를 위해 광고하는 역할을 해서 밥을 먹고 사는 사람들이다. 따라서 그들은 밥만 먹으면 어떻게 하면 남이 못 올라간 곳을 오르며 어떻게 하면 남보다 보다 기능적이고 경제적인 요령으로 등산을 하며 어떻게 하면 대중의 시선을 끌 수 있을까를 생각하는 사람들이다. 그래서 인기를 위해, 몸값을 올리기 위해, 더 많은 돈을 벌어 풍족하게 살려면 목숨도 바칠 수 있다. 그것은 복싱 선수가 링 위에서 뇌진탕으로 죽을 수 있지만 사력을 다해 싸우는 것과 마찬가지요, 날을 꼬박꼬박 새우며 소설을 쓰는 소설가도 그런 경우다.

그러나 아마추어는 굳이 그렇게 생명까지 걸며 악을 쓸 이유가 없다. 건강에 도움이 될 만큼만 적당히 해내면 된다. 돈벌이도 안 되는 일에 목숨을 거는 것은 바보짓에 불과하다. 아마추어가 목숨을 거는 곳은 그가 지금 밥을 벌어먹고 사는 직종이어야 한다. 회사원이라면 회사에서 승급되고 특별수당도 받고, 또한 연봉과 함께 몸값을 더 올려 스카우트 제의를 받으려면 그곳에 목숨을 걸어야 한다. 또 그가 공직에서 월급을 받아 먹으며 살고 있으면 어떻게 하면 승급을 하여 높은 자리에 앉을 수 있을까, 공인으로서 자못 몸조심을 하지 않으면 순간 내쫓길 수 있다는 우려감에 늘 조신하는 태도, 이러한 것들이 그가 할 일이다.

그렇다. 마라톤 41.195킬로를 뛰는 사람들은 그곳에 목숨을 건 마라토너에게 맡기고 나는 취미로 건강에 도움이 되는 속도로 뛰다가 5킬로미터쯤 갔는데 너무 숨이 차서 그대로는 오히려 건강에 해가 될 것 같으면 그 자리에서 돌아오면 된다. 아니면 완주 패를 받고 싶으면 걸어서 완주하면 된다. 그런데 자기가 마라톤으로 밥을 벌어먹는 주제도 아니면서, 그게 건강에 도움이 되지도 않으면서 단순히 고집으로, 단순히 잘난 척하느라고, 단순히 해냈다는 박수를 받기 위해, 또는 자족감에 취해보려고 목숨을 걸고 달려봤자 잘못하면 죽음이요, 잘 견뎌봤자 몸살로 며칠 동안 앓아누워 생업에 지장만 받을 뿐이다.

# 인생 디자인

    디자인 하면 무엇을 만들어낼 때 필요한 외형의 꾸밈 정도로 우리는 인식하기 쉽다. 그러나 따지고 보면 실은 물건 뿐만이 아니라 우리 삶에 관여되는 모든 사물은 총체적으로 디자인이 필요하다. 그것은 내 자신은 물론, 내 가족, 조직, 사회 전반, 국민에서 세계인까지 고루고루 디자인이 필요하다. 하긴, 우리가 신을 믿는 것도 알고 보면 이 오묘한 디자인에 대한 이해 불능에서 시작된다고 볼 때, 그 영역은 무한대라고도 할 수 있겠다. 이렇게 놓고 보면 디자인에 대한 이야기의 범주가 너무 광범위하므로 내 자신으로 한정하련다.

    우선 개인적인 디자인 문제에 있어서, 디자인에 들어가기 전에 우리가 염두에 두어야 할 것은 내 자신에 대한 철저한 분석이다. 나의 강점은 무엇인가? 그에 대한 약점은 무엇인가? 내가 잘 할 수 있는 것은? 내가 피해야 할 것은? 내 인생의 목표는? 내가 맞서고 있는 세상과 나와의 관계는? 등등, 여러 측면에서 나를 우선 알아야 디자인에 들어갈 수 있다.

    이렇게 나에 대해 어느 정도 파악이 끝났으면 '나'라는 상품을 세상에 어떤 형식으로 내놓을 것인지 단순화시킨 그림을 그려봐야 한다. 소욕지족하며 하루하루 맘 편하게 적당히 살 것인가? 좀 무리가 있더라도 내 목표를 향해 전쟁에 임하는 투사처럼 밀고 나갈 것인가? 사람들을 두루두루 아우르며 즐기는 삶을 선택할 것인가, 아니면 악연은 가차없이 잘라내면서 내 목표를 향해 숨차게 뛸 것인가 등등.

그림이 그려졌으면 그때부터 디자인을 해야 한다. 예를 들어 술 하나를 놓고 보자. 사람들과 부담없이 어울리며 그렇게 저렇게 인생을 즐기는 이미지로 살 작정이면 기분에 따라 과음을 하여도 좋다. 또 술을 마실 때는 신나게, 기분좋게, 거나하게, 떠들썩하게 마시고, 기분에 따라 2차, 3차까지도 굳이 사양할 이유가 없다. 그렇게 어우러져 신나게 산다. 이것 자체가 하나의 디자인이다.

그러나 대충 살고 싶지 않은 이미지를 그렸다면 술 한 잔을 하더라도 이미지에 맞는 디자인이 필요하다. 술을 마시기 전에 자신이 그 자리에 앉아 있을 수 있는 시간을 정하고, 그것을 예고한다. 그리고 시간이 되면 미련없이 그 자리를 떠난다. 술도 맥주 천씨씩, 소주는 한 병 이상 마시지 않는다는 디자인을 구성해 놨기 때문에 그 이상은 사양한다. 또 술을 마실 때에도 절대로 허튼소리를 하지 않으며 한마디 한마디 디자인에 맞춘 말만을 한다.

그렇게 철저하게 설계된 디자인에 맞춰 실천하다 보면 어느 사이 자신이 목표를 두고 그린 이미지에 가까워지고 있음을 깨달을 수 있다. 그리고 그 성취감은 자족감 외에도 자존심을 채워주는 남과의 상대적 우월성을 획득하게 된다. 그 것은 마치 담배를 끊고 나서 담배를 피우는 사람들을 보면서 '너는 끝내 담배를 끊지 못했구나. 그러나 난 끊었다. 그런 점에서 나는 너보다 한수 위다'라는 우월감을 갖는 경우와 흡사하다.

가정도 마찬가지다. 자식들을 스파르타식으로 때려 몰아 공부를 시켜 이른바 SKY 대학에 보내고, 사회적으로 높은 신분을 보장받게 하려면 그렇게 디자인하면 된다. 엄마는 학원 가방 두 개 세 개 둘러메고 학원 앞에 섰다가 나오는 즉시 가방을 바꿔 메게 한 후 다음 학원으로 때려 몬다. 그리고 남는 시간은 아이 성적 향상을 위한 정보 습득에 투자한다. 그렇게 올인원하면 목표한 이미지가 그려질 확률은 확실히 높다.

역으로 자식의 개성을 존중하고, 충분히 대화를 하며, 그때그때 삶을 즐기며 순화롭게 사는 디자인이라면 그렇게 살면 된다. 그리하여 사회적으로 높은 신분에 오르지 못할지라도 인생은 사뭇 즐겁기만 할 것이다. 또한 날개가 없어 추락할 염려도 없을 것이요, 그에 대한 고통도 뒤따르지 않을 것이다. 그렇게 평화롭게 살다가 저쪽에서 오라면 까짓 발딱 일어나 엉덩이 툭툭 털고 뒤따라가면 그만이다라는 디자인을 선택했으면 그에 맞춰 살면 그만이다. 어차피 인생은 일회성이라는 사실을 전제하고서 하는 말이지만, 천당이나 극락을 약속받은 사람들한테는 지금까지의 말이 '헛소리'일 수도 있어 제외하고 하는 말이다.

# 날 이뻐하는 사람이야

짝꿍이 가르쳤던 아이 중에 쌍둥이 여자아이가 있었다. 일란성 쌍둥이로 어찌도 그리 예쁘게 생겼는지 신의 미적 경지를 그 녀석들에게서 엿볼 수 있었다. 녀석들에게서 나는 한 가지 인생의 교훈을 얻었다. 두 녀석 다 이갈이를 하였는데, 한 녀석은 이미 앞니가 났는데도 다른 한 녀석은 아직 앞니가 나지 않았다. 그래서 늘 궁금하게 여기던 중 마침내 계제가 있어 꼬치꼬치 그 원인을 캐물었다. 그러면서 놀라운 사실을 확인했다. 앞니가 나지 않은 녀석은 평소 손가락을 빠는 습관이 있다고 했다. 입에 넣은 손가락이 앞니의 생장을 방해하여 아직 '이빨 빠진 새앙쥐' 꼴이 된 것이다. 나름대로 손가락 빠는 습관을 없애려고 그 녀석 부모는 물론 할아버지 할머니까지 나서서 손가락에 테이프도 붙여 보고 쓴 약도 발라보고, 별의별 짓을 다했는데도 그제껏 그 버릇을 확실하게 고치지는 못하고 있댔다.

똑같은 조건에서 단순히 손가락 빠는 버릇 하나로 치아가 있고 없고가 결정되는 결과를 보면서 "습관은 무섭다"라는 여섯 음절을 떠올렸다. 그러면서 두 사람을 떠올렸다. 그

중 한 분과는 호형호제간으로 지냈는데, 어느 날 대선배 작가 분을 만난 자리에서 전화 통화 중 그 대선배 분을 만나고 있다는 말을 했다. 그 말에 그는 "아 그 분, 내가 잘 아는 분이야. 날 무척 예뻐하시는 분이지."라는 대답을 주었다. 그 말을 전했더니 선배님은 피식 웃으면서 그랬느냐는 식인데 영 그 표정이 탐탁지 않은 기색이었다. 아니나 다를까, 나중에 알고 보니 둘 사이는 어떤 이유로 상당히 불편한 관계를 유지하고 있었다. 어쨌든 그 뒤로도 그 '호형'은 남을 두고 일컬을 때는 같은 값이면 좋게 말하고 결코 비난하거나 거론하는 것조차 조심스러워하는 것을 보았다. 그러더니 어느 날 매스컴에서 그의 이름이 붕붕 날아다녔고, 언론인으로서, 정치가로서 입지를 굳히고, 성공한 인생을 영위하고 있었다.

반면 잘 아는 '이분'은 입만 열었다 하면 남을 헐뜯거나 조롱하는 투가 입에 배어 있었다. 그러다 어느 날 이분이 공개석상에서 '그분'을 비판함은 물론 아주 험하게 조롱했단다. 이분과 그분은 씹던 껌도 입에서 꺼내 나눠먹을 사이였는데, 그땟일로 적이 되었다. 서로를 인격모독성 발언으로 공격함은 물론 사회생활을 제대로 할 수 없도록 방해를 놓기까지 하였다. 그리저리하여 결국 두 사람은 끝내 인생 파멸까지 겪고 말았다. 이분은 대학강단 진출을 포기해야 했고 그분은 신경을 너무 써 시력을 잃고 말았다.

그렇다. 아주 하찮게 볼 수 있는 미덕이 그를 성공으로 이끄는 반면, 또한 누구나 있게 마련이라며 하찮게 지나칠 수 있는 결점이 그의 영혼의 육질을 조금씩 조금씩 갉아먹어 마침내 그의 일생이 그르쳐져 헛된 결과로 귀결될 수도 있다. 특히 여기서 중요하게 여겨야 할 것은 미덕과 맞선 뜻인 악덕이 자기합리화, 또는 사회편의상 '개성'으로 치부될 수 있다는 점이다. 남의 결점이나 약점, 또는 사소한 실수를 확대재생산시킴은 물론 그 사실을 교묘하게 조롱화하여 인격모독까지 겪게 하는 이른바 악질적 논객, 사이비 언론인, 편파적 평론가라는 자들이 대표적인 사례 인물들이다. 그들은 칼은 살을 베지만 말은 뼈를 부러뜨릴 수 있다는 점을 악용하는 말종들이다. 그 말종행태는 하루아침에 이루어진 게 아니라 평소 악덕이 세포화되어 인성으로 정착화되는 과정을 겪은 자들이라서 비만처럼 하루아침에 개선될 수 없다. 따라서 그들은 事必歸正, 自繩自縛, 因果應報의 사자성어를 그들이 스스로 입증해 주고 있는 경우가 많으며 우리는 그때마다 카타르시스적 통쾌함을 맛보게 된다.

# 착한 거짓말은 없다

한살이 인생 꾸려가면서 거짓말을 하지 않는다는 것은 불가능하다. 사회생활을 하다 보면 정치성을 띠지 않을 수 없고, 정치성을 띠다 보면 거래가 이루어지고, 거래가 이루어지는 상태에서는 거짓이 때로는 필수다. 예를 들어 엘리베이터에 오르자 윗층에 사는 젊은 아낙을 만났다고 하자. 아낙이 말한다.

"우리 아이들 때문에 힘들 때가 많으시죠?"

자, 그쪽에서 말을 꺼냈으니 아니 대답할 수 없다. 그 진정한 대답은 이거다.

"말하면 무엇해요. 밤에 아이가 이리 뛰고 저리 뛸 때는 올라가 욕이라도 해대고 싶답니다. 하지만 나이 들어 그렇게 하면 체신머리 없다 할 것 아니겠어요. 내 자신이 젊은이와 불편한 관계를 갖고 싶지 않아 괴롭지만 참고 있습니다."

하지만 그 말을 접고 이렇게 말한다.

"괜찮아요. 덕분에 아이 노는 모습이 머릿속에 그려지면서 나름 기를 받는걸요."

거짓말이다. 거짓말 중에서도 어느 전직 대통령이 자주

쓰던 말, '새빨간 거짓말'이다. 하지만 관계속에서 사는 사회적 일원으로서 지켜야 하는 금도에 맞는 거짓말이니 '아름다운 거짓말'이라고 해두자는 게 상식 있는 시민의 일반성이라고 암암리에 규정돼 있다.

그렇다. 길을 가는데 길가에서 어떤 노파가 비름나물을 판다. 그런 나물을 어렸을 때나 먹어봐 추억 삼아 사기로 한다. 아니, 다 팔아야 몇 푼이나 된다고 뙤약볕에 앉아 저걸 팔고 있단 말인가 안쓰러워서 버릴 셈 대고 산다. 노파 말에 따르면 잘 다듬어져 있고 다른 곳에서는 살 수 없이 싼 가격이며 가장 맛있을 시기란다. 집에 와 비닐봉지에 든 비름나물을 내놓자 아내가 기겁을 한다. 제대로 다듬어지지 않아 다시 다듬어야 하고 이미 철이 지나 맛이 없을 것이며 내버려야 할 그것을 비싸게 샀다면서 한마디 덧붙인다.

"당신 하는 일이 다 그렇지 뭐. 늘 엉성하니까!"

그 노파가 꽤 괘씸하기는 하지만, 그 정도까지는 상식선에서 그냥 웃어넘길 수 있다. 막걸리 한 병 대접했다고 여기면 되니까. 법에서도 상식을 크게 뛰어넘는 거짓이 아니면 위법행위로 간주되지 않으니까.

상식을 뛰어넘어 웃어넘길 수 없게 만드는 거짓말 제조자들은 따로 존재한다. 일부 정치가들이다. 그들은 우리를 짜증나게 만들고 있으며 그 짜증은 정치혐오감으로 이어진다. 개인적 소견이지만, 그 짜증은 국정농단사건이 압권이지 싶다. 정치가, 또는 정치 범꾸라지는 그를 만난 적도 없고 더

더구나 이름 자체를 들은 적마저 없다고 한다. 그러나 거짓말임이 백일하에 드러난다. 5천만 국민을 농락한 거짓말이다. 웃어넘길 수 있겠는가.

그런 대국민 거짓말, 사기극이 지금도 현재형으로 지속되고 있다는 사실이 속된말로 사람 환장하게 만든다. 입만 벌리면 거짓말, 입벌거 또는 입만 벌리면 구라치는 입벌구들은 일단 법망에 걸리면 그런 사실이 전혀 없다고 딱 잡아떼기부터 한다. 그러나 대부분 그 거짓말은 결국 진실이 드러나고 만다. 그러면 그들은 법꾸라지 잔머리를 동원하여 그런 거짓말을 발설한 자를 비밀누설이니 공무집행방해니 따위로 뒤집어씌워 운신하지 못하도록 제압해 버린다. 그 뻔뻔함! 그 악마성!

거짓말 자체를 죄악시하는 풍토가 자리잡았으면 한다. 특히 범법행위를 저질렀을 때 반성하면서 솔직하게 죄과를 털어놓는 경우는 정상 참작을 해줘야 한다. 그러나 끝까지 거짓말로 기만하려는 자는 용서 없이 최고형을 적용시킴으로서 법의 준엄성과 존엄성, 사회 진실성이 자리잡는 사회를 추구해야 한다.

따라서 앞서의 경우, 비록 이웃간의 평화를 위해 어쩔 수 없는 선의의 거짓말은 용인될 수도 있다는 전제는 위험하다. 왜냐하면 내 자신이 상당히 스트레스를 받고 있고, 그 사실을 윗집 아낙은 인지하고 있기 때문이다. 따라서 이렇게 말해야 한다.

"네, 가끔 지나치다 싶지만, 당사자 입장에서는 얼마나 힘들까 이해는 하고 있습니다."

그러면 죄송하다는 사과를 받을 것이고 이후로 상식선을 뛰어넘지 않도록 조심하는 배려심에 공감하면서 불상사로 번지는 단계가 생략될 것이다. 또한 빌음나물을 속여 판 노파와의 관계에서도 노파니까, 소외계층이니까 이해하고 용서해야 품이 넓은 인격을 갖춘 사람이지 않겠는가라는 틀을 벗어나야 한다. 그 빌음나물을 가지고 가서 제대로 다듬어서 팔라고 넌지시 항의해야 한다. 돈을 물러주면 받든가 받지 않는가는 개인적 소향이다. 다만 노파의 입장을 참작하여 가능하면 은밀하게, 남이 눈치채지 못하도록 자존심을 살려주면서 항의하는 예의를 갖추면 그것으로 족하다. 거짓말은 거짓말일 뿐 착한 거짓말은 없다.

# 인생은 인연놀음

인생은 인연놀음이라는 말을 앞세우고 쓰다 보니 그 자체가 너무도 간데없는 진리라서 갑자기 식상해진다. 애초 우리가 태어날 때 어느 나라에서 태어났는가부터 인연놀음이 시작된다. 또 어느 부모로부터 태어났으며 어느 시기에 태어났는가도 한삶의 구도에 지대한 영향을 끼친다. 예를 들어 종족분쟁이 끊일 새 없는 소말리아나 르완다 같은 나라의 가난한 농부 부모에게서 오늘 태어난 어린이와 사회보장제도가 잘돼 있다는 스웨덴이나 덴마크, 스위스의 의사 부모에게서 태어난 어린이는 태어날 때 이미 행복지수가 달라지는 인연놀음의 간극을 맞게 된다.

쓰다 보니 거창해졌다. 이번 이야기도 저번에 쓴 글에 이어 아주 작은 인연으로 인해 삶에 영향을 끼친 내 이야기를 꺼내려 한다. 노래하고 관계된 일이다. 오래 전 모 기업체에서 문예창작에 대한 동영상 강의를 맡은 적이 있는데, 거의 1년 가까이 촬영 때문에 일주일에 한 번 꼴로 그들과 만나곤 했다. 그런데 한 동료는 심장판막 수술을 받은 사람이고(그는 5년 전에 저세상 사람이 되었다) 다른 한 동료는 뇌

경색으로 한쪽 발이 약간 불편한 사람이었다. 따라서 일이 끝나고 나면 대체로 나는 술집에 들러 컬컬한 목을 다스리고 싶은데 두 동료의 건강 때문에 그럴 형편이 못되었다. 그러자니 공연히 여기저기 찻집만 전전하며 수다를 떨다 헤어지곤 하였다. 그러다 보니 태생이 변덕쟁이인 나는 진력에 받치고 말았다.

그리하여 궁리 끝에 어느 날 노래방에 가서 노래를 하는 게 어떻겠느냐 제안을 했다. 그런데 의외의 반응이었다. 그들은 평생 노래라고는 한 곡도 부른 적이 없다는 말이었다. 그러면 군생활은 어떻게 했으며 기도와 찬송가가 주축인 개신교 교회활동은 어떻게 하느냐 물었다. (둘 다 기독교 신자였다) 대답인즉, 군에서는 노래를 하지 않는 대가로 불이익을 감수하면 되었고, 교회에서는 입술만 달싹달싹하면 그만이라고 했다. 그러면서 자신들은 태어날 때부터 음치라서 노래하고는 절대로 인연이 없다고 덧붙였다.

그날은 어이가 없어 일단 지나갔다. 그러면서 곰곰 생각해 보니 강의 녹화할 때는 목소리도 좋고 말도 잘하는데 왜 노래를 하지 못할까 의문이 꼬리를 물었다. 생각다 못해 어느 날 나는 결단을 내렸다. 그제는 같이 노래를 즐긴다기보다는 왜 말은 청산유수로 잘하면서 노래는 하지 못할까 의문을 풀고 싶었고, 다른 한편으로는 만약 노래를 할 수 있게 한다면 그들의 삶에 꽃 한송이 꽂아주는 정도의 선행을 베푸는 결과가 될 터이니 그 맛을 즐기고 싶었다. 그래서 진지한 표정을 꾸며내며 이렇게 제안했다.

"자, 지금은 대낮이라서 노래방에는 사람이 없어요. 또 음치라서 괴상한 소리가 나더라도 우리밖에 없으니 창피할 것도 없고요. 그렇다면 내가 시키는 대로 한 번만 따라 해 보는 겁니다."

그렇게 꼬득여 노래방에 그들을 이끌고 들어갔다. 그리고 마이크를 잡은 후 '낙엽 따라 가버린 사랑'을 먼저 불러 보였다. 그러고 나서 미친 척하고 하나씩 노래를 부르라고 했다. 우선 발을 굴러 박자를 맞추며 노래 가사가 나오는 대로 따라 하면 된다느니, 어쩌고저쩌고 블라블라 기본적인 기법을 얘기했다. 이윽고 노래가 시작됐다. 그런데, 그들 중 하나는 선천적으로 약간의 음치지만 못 들어줄 만한 정도는 아니었으며, 다른 한 사람은 목소리며 음정까지 어느 정도 정확했다. 문제라면 너무 오랫동안, 아니 평생 노래를 부르지 않아 리듬 감각이 떨어진다는 것뿐이었다.

어쨌든 그날 자신감을 얻은 그들은 그 뒤로 걸핏하면 노래방에 가자고 했으며 최하가 3시간, 때로는 6시간 동안 노래를 한 적도 있었다. 나중에는 내가 진력이 나서 그들을 피할 정도였다. 물론 그들은 모임만 있으면 만난 사람들을 노래방으로 이끌어간다는 말을 전전으로 자주 들었다.

그런 반면 나도 그들과의 인연이 끈이 되어 내 인생에 도움이 되는 결과를 낳게 한 것도 있었다. 심장판막 수술을 받았다는 그로부터는 정상인과 다름없는 건강을 되찾게 된 것은 인라인스케이트를 배우면서부터라는 말을 듣고, 그의 꼬득임에 이번에는 강의 마치고 오는 날 즉시 인라인스케이트를 사 들고 집에 와 밤에 몰래 나자빠지며 타기 시작했다. 그리하여 여러 가지로 제약이 있는 검도를 그만두고 한때 인라인스케이트 매니아가 됐었는데, 그 덕에 부실한 오른쪽 다리를 개선하는 데 큰 도움을 받은 바 있었다.

돌이켜보건대, 시덥잖은 내 문예창작 강의를 듣고 그에 영향을 받아 시인이나 수필가, 소설가로 등단한 분들이 꽤 있다. 또 장애인을 포함하여 여러 사람이 초등학교 졸업장밖에 없는 등, 가방끈이 짧은 것에 포원을 삼고 있는 걸 조언하여 대학물을 먹게 한 사례도 있다. 이제 나이가 들수록 생각이 깊어지면서 얻어낸 결론은 역시 인생은 인연놀음이며, 누구를 만나 어떤 영향을 받느냐에 따라 삶의 질과 방향이 달라진다는 점에 주목하면서 요즈음 새롭게 인연을 맺게 된 SNS를 인격화시켜 그 대상에 넣어본다.

# 이상하고 아름다운 나라

오래 전, 소설다운 소설을 읽은 적이 있다. 다달이 집으로 배달되어오는 책은 월간지와 계간지 너댓 책이 있는데 그간 읽은 소설들을 보면 영 나하고 이른바 코드가 맞지 않아서인지 힘겨운 인내력을 끌어내지 않으면 끝까지 읽을 수 없는 작품들이 많았었다.

우선 스토리가 없었다. 일본 영향을 받아서인지 소설 장르에 실린 글이면서도 사소설적인, 제 겪은 바만 주절주절 늘어놓아 수필인지 넋두리인지 나로선 구별할 수 없는 게 대부분이었다. 그마저 특별한 경험이라면 몰라도 내내 누구나 겪고 느끼는 그런 일상이었다. 그게 아니면 이른바 '의식의 흐름'을 내세우는 오정희식 소설을 흉내내는 작품도 만만치 않은데, 식견이 부족한 나로서는 이해하기 힘든 부분이 많은 게 바로 그런 종류였다. 그런 글을 상상력이 바탕이 된 픽션이라 여길 수 있는가, 하여 소설이라 할 수 있겠는가라고 자꾸만 의문에 사로잡히게 만든다. 그마저 스토리가 있다 싶으면 그 또한 우리가 겪어서 뻔히 아는 신문뉴스형 소설일 뿐이었다.

그러는 중에 모 문예지에 실린 김용운 작가의 소설 '이
상하고 아름다운 나라'라는 소설을 읽으면서 "그러면 그렇
지!"라는 감탄사가 절로 나왔었다. 그 소설 내용을 주위 사람
들에게 이야기하자 모두 다 호기심을 가지며 나름대로 사회
이슈화되고 있는 폭발적인 노인증가문제와 곁들여 인간으
로서 지녀야 할 최소한의 품위와 가치를 지키면서 생을 마감
하는 존엄사 문제를 비유화시켜 들여다보게 되는 계기를 갖
게 되는 게 확실했다. 동감하고 동의하고 죽음에 대한 지표
설정에 도움이 된다는 피드백으로 확신할 수 있었다. 내용인
즉 이러한 이야기 줄거리였다.

주인공 '나'는 아프리카 어느 나라에 부임한 외교관이
다. 친구를 만나고 돌아가는데 관공서에서 노인이 커다란 자
루를 메고 나오고 있고, 밖에 몰려 있던 노인들이 손뼉을 치
며 환호한다. 기이하게 여기며 차를 몰고 갔다가 일을 마치
고 돌아오는데 마침 그 노인을 만났고, 방향이 같아 차에 태
운다. 그러고는 자루 안에는 무엇이 있는가 그 노인에게 묻
는다. 노인이 자루를 벌려 보이는데 그곳에는 술과 담배가
가득 들어 있다. 주인공은 놀라며 용도를 묻는다. 노인의 대
답인즉, 그 술과 담배는 30병과 30곽으로, 술 중에는 딱 한
병에 '영원히 잠자는 묘약'이 들어 있다 한다. 한 달 동안 매
일 한 병의 술을 마시고 한 곽의 담배를 피며 즐기는데 그러
다 '영원히 잠드는 묘약'이 있는 술병을 비우게 되면 편안히
잠든 채 저쪽 세상으로 가게 된다는 말이다. 그 묘약은 다른

술병과 구별되지 않아서 첫병에 갈 수도 있고 재수가 좋으면 마지막 술병에 그 '묘약'이 들어 있어 보다 '더 긴 행복'을 만 끽하고 죽음을 맞이하게 된다고 한다.

노인이 박수를 받게 된 것은 60세가 넘은 자만이 신청 자격이 있는데, 90% 이상이 신청을 했고, 그중 세비뽑기에 서 행운을 얻었단다. 그러면서 노인은 당신이 사는 나라에서 는 죽음이 임박한 노인을 어떻게 대하느냐 묻는다. 소설속 화자는 대꾸한다. 일단 입원시켜 조금이라도 더 살도록 최선 을 다해 치료를 하며 결국 죽게 되면 가족들이 장례를 치른 다. 이에 아프리카 노인은 죽을 노인을 억지로 살리는 건 좋 은데 돈은 누가 내느냐 묻는다. 당연히 가족이 낸다고 대꾸 한다. 그러자 어차피 죽을 노인을 병원에서 생명연장을 시키 는 것은 되레 죄악이라고 주장한다. 더구나 돈을 받고 생명 을 연장시켜 붙잡아 놓는 것은 도적들이라고 열변을 토한다. 곧 죽음이 찾아오는 게 확실하더라도 생명연장을 포기하는 것은 자못 법적으로 살인행위가 될 수 있다는 말을 노인은 조금도 이해하지 못한다.

그 뒤 한국에 왔을 때 동창들과 노후 대비에 대해 하나 하나 짚어가며 이야기꽃을 피운다. 누구는 재산이 많아 자손 까지 편히 살 수 있으니 걱정없고, 누구는 정년퇴직을 했어 도 연봉이 많아 끄떡없다는 등등이었다. 물론 화자인 나도 외교관으로서 연봉도 나올 것이고, 외국으로 실컷 돌아다녀 좋지 않느냐 하지만, '나' 자신은 행복하지 않다. 마지막으로 술잔만 기울이며 묵묵히 앉아 있는 소설가에게 M이라는 동창이 노후 대책을 묻는다. 소설가는 이튿날 10시에 그 대답을 준다 한다. 그 이튿날 10시에 M으로부터 문자가 온다. 그들이 그곳에 갔을 때는 목매단 시신이 하나 매달려 있고, 미리 시신기증을 약속한 병원에서 앰뷸런스가 와 있다. 주인공 '나'는 후회한다. 미리 아프리카 그 행복한 나라로 그 친구를 이민시켰다면 편안한 죽음을 맞이할 수 있었을 텐데.

무릇 소설은 픽션이어야 하며, 이야기 '꺼리'가 있어야 한다(고 생각한다). 즉 '의미'도 중요하지만 무엇보다도 내용을 재미있게 이야기할 수 있어야 하고 듣는 이도 '재미'가 있어야 한다는 게 개인적인 지론이다. (어디까지나 지금 쓰고 있는 이 수필은 일면성이 허용되므로 내 생각이 그렇다는 말이다) 그런 점에서 김용운 작가의 소설 「이상하고 아름다운 나라」가 지금껏 가슴에 남아있어 꺼내어 펼쳐보았다.

# 잘 죽기 위한 깨우침

　애초 경험이 별로 없는 우리 같은 초짜들에게는 무리한 산행 코스였다. 산은 가파랗고, 산길은 낙엽이 쌓여 있어 바닥의 음흉한 속셈을 알 수 없었다. 따라서 내려올 때는 연신 엉덩방아를 찧었다. 그러다 허방을 밟아 몸이 하늘로 붕 뜨는 듯싶더니 뭔가 딱딱한 물체가 내 오른쪽 광대뼈 주위를 때리면서 코에서 익은 번데기 냄새가 났다. 몇 미터만 내려가면 낭떠러지인데 몸은 대책 없이 뒹굴어 내려갔다. 나로선 대책이 없어 몸을 또르르 말고 가는 데까지 가기로 했다. 어느 순간 굴러가던 몸뚱이가 멈췄다. 다행히 정신은 멀쩡했다. 정수리를 찍혔지 싶은데, 뇌진탕 정도의 충격은 아닌 것 같았다. 안경은 박살났고, 얼굴에서는 피가 흘러 입으로 들어와 간간짭짤했다. 어쨌든 낭떠러지에 떨어져 죽었거나 더 큰 부상을 입지 않은 것만도 천만다행이었다.

　순간의 실족이 나뿐만 아니라 여러 사람을 괴롭게 만들고 말았다. 동행인들 모두에게 심려를 끼쳤고, 일과계획에도 차질이 있었다. 그중에는 그날 다른 행사에 참여해야만 했던 현직 국회의원도 있었는데, 그냥 갈 수 없었던지 기다렸다가

위롯말을 남기느라 시간에 쫓겼다고 한다.

　여기서 나는 아주 값진 교훈을 얻었다. 실족은 순간이고 후유증은 긴 고통이라는 것. 그러고 보니 나 자신도 그랬고, 주위를 둘러봄에 순간의 실족으로 엄청난 고통을 받는 사람들이 많이도 있었다. 주식으로 재산을 날린 사람도 있고, 남의 빚보증을 잘못 섰다가 길거리에 나앉은 사람도 있었다. 남의 여자 눈독들였다가 그것이 이혼으로 이어지고, 가정이 파탄나면서 말년을 힘들게 사는 사람도 있다. 어떤 이는 노름으로, 어떤 이는 마약으로 패가망신을 했다. 또는 음주 운전을 하다 교통사고를 내어 불구가 된 사람도 있다.

　그날의 내 실족도 따져보면 이유가 있었다. 다시 말하면 실족의 원인제공자는 바로 나였다. 다른 산행인들과 떨어져 난 체하며 앞서갔던 것이 첫 번째 잘못이었고, 다음은 시원한 막걸리 한잔 유혹을 뿌리치지 못했던 것이 또 하나의 실족 원인이었다. 또한 신바람이 나서 속력을 내어 뛰어내려오다시피 한 것도 잘못이요, 앞에 주저앉은 사람이 일어날 때까지 기다리지 않고 비켜가려 했던 것도 원인이 되었다. 그 모든 것은 충분히 예방할 수 있는 것들이었다.

　어쨌든 지금까지는 잘 지내왔다. 아니, 잘 늙어왔다. 남은 앞날, 죽을 그날까지 큰 탈 없이 온전히 살려면 그날의 실족을 늘 염두에 두어야 하겠다. 무엇보다도 서둘지 말아야 한다. 나이에 맞지 않게 촐랑대지 말고 나이에 맞지 않게 욕심을 부리지 말아야 한다. 남에게 산을 잘타는 모습을 보이고 싶어 산다람쥐 흉내를 내다보면 그날 꼴을 당하기 십상이다. 남보다 빨리 내려가서 산을 아주 잘 탄다는 칭찬을 받고 뒤늦게 내려오는 사람들에게 마치 승리자처럼 헤헤거리며 막걸리를 들이키는 모습을 보이겠다는 욕심을 부리다보면 그 꼴을 당하기 마련이다. 잘 살아왔으니 이제는 잘 죽기 위한 짧은 앞길 마련을 위해 그날 일을 떠올려 되씹어봤다.

# 떠날 때는 말없이

떠날 때는 말없이… 옛 유행가 가사이다. 사랑하다 헤어질 때는 말없이 떠나라는 메시지가 담겨 있지만, 이 한 마디를 확대해석하면 광대한 신의 뜻까지 포함할 수 있다. 신은 유럽에서 수천만 명이 죽어자빠지는 세계 1,2차대전을 지켜보면서도 말이 없었다. 그 뜻을 우리는 지금 어렴풋이 깨닫고 있다. 그것은 신이 떠났기 때문이다. 그러면서 신은 말이 없었다. 왜? 우리 인간의 자유 의지를 꺾지 않으려는 의도에서일 것이다(라고 긍정적으로 생각하고 싶다. 아니면 다른 뜻이 있을 수 있거나 신 자체가 존재하지 않을 수도 있고).

인간사회도 마찬가지다. 어떤 모임이든 한 사람의 역할이 대단히 클 수도 있다. 그러나 그 모임의 성격이 상식선에서 보다 정의롭고 순수하다면 그 사람이 없으면 그 모임이 당장 깨질 것 같은 존재감을 가진 사람이 막상 자리를 비우더라도 약간의 파장이 있을 뿐 바로 정상화되는 것을 자주 본다. 되레 때로는 당사자가 떠나줌으로써 신선한 변화를 주어 생동감을 찾는 수가 더 많다. 나아가 어떤 모임의 수장도 마찬가지다. 아버지가 없으면 아들이 그 가정을 이끌어가고 남편이 없으면 아내가 꾸려가듯이, 한 조직의 수장이 없다고 하여 그 조직이 모두 깨지는 것은 아니다. 노벨상 수상자 가운데 아버지가 없는 외짝 부모의 자식들이 62프로를 차지한다던가?

이상재 선생이 그랬단다. YMCA를 맡고 있을 때 어느 날 신병이 있어 일주일을 결근하면서 무척 걱정했다고 한다. "왜놈들 치하에 있는 이 난국에 내가 이러고 있으니 제대로 꾸려 나갈까?" 그러나 일주일 후에 나가 보니 그것은 기우에 지나지 않았다. 조직이 잘 돌아가고 있음은 물론이요, 자신이 수장으로 책임을 지고 있을 때보다 더 활기차고 더 잘 꾸려나가고 있었다 한다.

요지는 착각하지 말자는 것이다. 절이 싫으면 중이 떠나면 된다. 그러면 어떤 중이 들어와 그 절을 더 잘 꾸려갈 수 있다. 하지만 절 자체가 별볼일 없으면 그 절은 그가 있어도 마찬가지고 떠나도 마찬가지로 망하기 마련이다. 그런 경우를 역사에서 배워왔고, 현세에서는 정치계와 재계에서 목격하고 있다.

싫으면 떠나면 된다. 뒷마무리 깔끔하게 해놓고 떠나되 말없이 떠나야 한다. 나 떠난다. 괜찮지? 자꾸 묻는 것은 내가 떠난다는데 왜 붙잡지 않는 거야? 라는 구차한 청유에 지나지 않는다. 그냥 가는 것이다. 감투를 벗어놓고 나갈 것이라는 예언에 많은 사람들이 환호하고, 무상급식소로 가게 될지 모른다는 말에 주가가 오르는 등의 현상이 바로 이걸 증명하고 있지 않는가.